聴くヘルダーリン／聴かれるヘルダーリン

聴くヘルダーリン／聴かれるヘルダーリン

詩作行為における「おと」

子安ゆかり

書肆心水

目次

聴くヘルダーリン／聴かれるヘルダーリン

詩作行為における「おと」

凡例

括弧の用法

『　』　書名、作品集名、作品名、「　」内での引用文

「　」　書名の中の題名、作品集の中の作品名、和文引用文、強調語

“　”　欧文引用文、および欧文引用語

《　》　音楽作品の曲集名、曲名

〈　〉　曲集の中の曲名

（　）　補足説明

【　】　譜例

［　］　表、図版

〔　〕　訳註挿入。ただし訳者名の示されている引用文における〔　〕は、その訳者による挿入註記である。

略語

StA

F. Beißner (u.a.)（Hrsg.）: *Friedrich Hölderlin, Sämtliche Werke. Große Stuttgarter Ausgabe*, Stuttgart: Kohlhammer Verlag, 1943-1985.（シュトゥットガルト版）

FHA

D. E. Sattler（u. a.）（Hrsg.）: *Friedrich Hölderlin. Sämtliche Werke Frankfurter Ausgabe Historisch-Kritische*

Ausgabe. Frankfurt a. M./Basel: Stroemfeld/Roter Stern, 1975-2008.（フランクフルト版）

KA

J. Schmidt（Hrsg.）: *Friedrich Hölderlin, Sämtliche Werke und Briefe*. Frankfurt a. M.: Deutscher Klassiker Verlag, 1992-1994.（シュミット版）

MA

M. Knaupp（Hrsg.）: *Friedrich Hölderlin, Sämtliche Werke und Briefe*. München: Carl Hanser Verlag, 1992-1993.（クナウプ版）

Handbuch

J. Kreuzer（Hrsg.）: *Hölderlin Handbuch Leben – Werk – Wirkung*. Stuttgart: Metzlersche Verlagsbuchhandlung und Carl Ernst Poeschel Verlag, 2002/2011.

Idealismus

C. Jamme und F. Völkel（Hrsg.）: *Hölderlin und der deutsche Idealismus, Dokumente und Kommentare zu Hölderlins philosophischer Entwicklung und den philosophisch-kulturellen Kontexten seiner Zeit*. Band 3, 1-4. Stuttgart-Bad Cannstatt: Friedrich Frommann Verlag, 2003.

留意事項

・ヘルダーリンの文献については、主に第Ⅲ章で扱う論考は、シュトゥットガルト版、およびフランクフルト版を参照した。書簡については、シュトゥットガルト版およびシュミット版に基づいている。この原則の上で必要に応じてクナウプ版も参照した。引用箇所は、例えばフランクフルト版、第一四巻三〇三頁を引用する場合には（FHA, 14: 303）というように明記する。

・ドイツ語の文献については、特にことわりのない限り全て拙訳による。

・引用文については、ヘルダーリン以外の文献、およびヘルダーリンの書簡は原則訳文のみを載せた。ヘルダーリンの論考は、原文を註に載せ、詩は原文と訳文を本文に対比させ載せた。

・音楽作品の作品番号は原語で記す。

・音名、調性は日本語表記とし、さらに音高も一般的な表記に従う。（例：c″＝二点ハ音）

・註は、各章ごとの通し番号で章末にまとめる。

・譜例および図表の番号に関しては、各章、各節ごとの通し番号とする。小節数は、T.1-3（第一小節から第三小節）というように記す。

序章

本研究では、ヘルダーリン（Johann Christian Friedrich Hölderlin 1770-1843）の詩作行為に対して「おと[1]」という側面から新たな光を当てることを目指す。

ここでいう詩作行為とは、詩人が「何か」に出会い、言葉にし、紙に書きつけ、そして作品となるに至るまでの全段階を示すこととする。本研究の目指すべき目的は、このような詩作行為の全段階の内、詩人が「何か」に出会い、言葉にし始めるまでの行為が、ヘルダーリンにとっては、「おと」を聴く行為であることを論証することである。

そのために、本研究では二つの分析を通して、すなわち一つは、作曲家が詩に出会い、その詩に付曲（vertonen《フェアトーネン》）する時に、詩の「何を」音楽化しようとしているのか、ということを明らかにすることを通して、およびもう一つは、ヘルダーリンの詩論を読み直すことを通して、ヘルダーリンの言葉にし始めるまでの行為が「おと」を聴く行為であることを論証する。

「詩と音楽」を論じることは、えてして「詩に見られる音楽性」や、「詩が、いかに音楽化されているか」といったことを論じると考えられがちである。「詩に見られる音楽性」とは、韻律を検討することによって明らかになる詩のリズムや、母音や子音の配置によって生まれる詩の流れや旋律性のことだと言い換えることができるだろう。また、「いかに付曲されているのか」とは、作曲家が詩のリズムや旋律性をどのように楽音化しているのかを論じることだと言える。さらには、（言葉としては必ずしもはっきり表れていない）詩の情景や心理を作曲家がどのように感じ取り、楽音化しているのかを明らかにするということでもある。

上記のようなアプローチでは、ヘルダーリンの詩と音楽についても、すでにいくつか研究がなされている。最も早い時期に包括的な研究を行ったのは、シューマッハーである。[2] ヘルダーリンの生涯と作品において、音楽がどのような位置づけにあるのかを検討し、また一九六七年までに音楽化された作品をその当時可能な方法で収集し、多様な角度から分析を試みている。付録には、ヘルダーリン資料室[3]の協力のもと一九六六年までに付曲された楽曲の目録や作曲家の言説なども付けられ、「ヘルダーリンと付曲された作品」を研究する上では、重要な先行研究であり続けている。しかし、包括的な研究という性格上やむを得ないものの、どのような作品があるのか、また楽曲分析においては、どのように作曲家は楽音化しているのか、ということを紹介するという以上の考察はなされていない。また、ヘルダーリンの詩の音楽性については、キャンベルの博士論文[4]をはじめとして、文学者[5]や作曲家[6]によって詩の韻律や母音の音色などの側面から論じられている。アイヒェンドルフの詩を代表とするロマン派の定型詩のような詩と異なる、ヘルダーリンの詩の「音楽性」を明らかにしようとしていることは、「ヘルダーリンの詩と音楽」の研究にとっての功績である。

さらなるヘルダーリンの詩と音楽についてのアプローチとして、筆者は修士論文においてヘルダーリンの詩法や詩の特徴と二〇／二一世紀音楽の技法に近親性が見られることを論証した。

しかし、本書で目指すべきはこのような従来なされたアプローチとは一線を画するものである。本書では、作品となった詩の音楽性を明らかにすることも、またヘルダーリンの詩に見られる音楽的要素と楽音化された音楽との関係を論じることもない。そうではなく、本書では、ヘルダーリンの詩作行為において、「何か」としか言いようのないものを捉える行為が「おと」を聴くという聴覚的な行為であったということを論証することを目指すのである。

本研究は、従来のいかなる研究にもなかった新しい切り口で、ヘルダーリンの詩作行為を捉え直そうとするものなのである。

それでは本編に入る前に、付曲行為を考察する上でも、美学論文を考察する上でも極めて重要なタームとなる「音（Ton《トーン》）」について、ドイツ語として一般的に用いられる意味と本論文において用いられる意味を整理し、確認しておこう。その上で、本書において論じる「おと」を聴くという行為について述べる。

「音（Ton）」について

ドイツ語において「音（Ton）」には、大きく分けて次の四つの意味がある。(7)

① 物音、騒音、音楽外の音
② 楽音、歌われた、もしくは演奏された曲、旋律
③ 発語された音
④ 音色や旋法（②、③の音の調子）、言葉の内容や表現に関係する音調

では、ヘルダーリンが詩作行為について論じる時の「音（Ton）」とはいかなる音であろうか。(8) まず、①、②、③のような具体音ではない。それでは、④の意味における音と考えればよいのだろうか。④の音は実際には「鳴らない音」である。ヘルダーリンが「音調の交替」を考察しようとする時には、確かに④の音と考えられる。しかし、言葉にし始めるまでの詩作行為を論じようとする時に用いられる「音（Ton）」とは、言葉の内容を表す音調や雰囲気という意味ではなく、音調や雰囲気を帯びるよりも前段階における「何か」を示している。この「何か」としか言いようのない「音（Ton）」に出会って詩人は言葉を生み出し、作曲家は、この「音（Ton）」から具体的な楽音を

生み出すのである。本書ではこの「音（Ton）」に新たに⑤の意味を与えて「おと」と表記する。

「おと」を聴くという行為

「犬の鳴き声を聞く」といった行為は、音や響きが耳に入ってくるといった一回性の聴取と言える。このような「音を聞く」は、日常的に個別的に体験することである。また、「美しい歌声に耳を澄ます」、「恩師の話を聴く」といった行為も聞く際の注意力の度合いにおいて違いがあるにせよ、やはり一回性の聴取である。

しかし、本書で論じる「おと」を聴くという行為は、先に述べた分類に従えば、⑤の「おと」を聴く行為のことである。それは、日常的に「音を聞く」行為でもなく、また「音楽や人の話を聴く」といった「音を聴く」とも区別される行為である。

「おと」は、創作者が出会う「何か」であるゆえ、ここでいう「おと」を聴く行為は、日常的に経験される「聴く」とは違い、「聴くことができる」者がする行為、「おと」を捉える行為である。そして、その結果、「おと」がいかなる緊張感を持ち、どのような配置や接続の内にあるのかを具体化していくことが、詩人にとっては言葉にする行為であり、作曲家にとっては具体的な楽音を生み出す行為となるのである。

本書は、四つの章から成る。まず第Ⅰ章で、ヘルダーリンの詩作[9]の概観、およびヘルダーリンの詩に対する研究状況を概観した後、続く三つの章で分析を進める。

第Ⅱ章では、二〇／二一世紀の音楽分野におけるヘルダーリンへの関心、および評価を手がかりにして、詩の付曲とはいかなる行為であるのかを検討する。

第一節では音楽分野におけるヘルダーリンの再評価に注目する。第二節ではドイツ・リートの隆盛期であったにも拘わらずヘルダーリンの詩に付曲することがなかったロマン派の作曲家が志向する音楽を検討した上で、二〇／二一世紀にヘルダーリンの詩に付曲された作品を概観する。そして、第三節では二〇世紀音楽の技法や特徴とヘルダーリンの詩に見られる特徴が共振しているからという理由だけで、二〇／二一世紀の作曲家たちの付曲行為を説明することは困難である。そこで、第四節では詩に付曲する行為とはいかなる行為なのかを検討する。まず「付曲する（vertonen）」、「付曲（Vertonung）」というタームの成立を考察し、その上で、音楽学者であるゲオルギアーデスおよびエッゲブレヒトの付曲に関する研究を参照し、付曲する行為は、詩の意味内容を描写するというような言葉の表層の意味をなぞる付曲に終始するばかりではなく、ゲオルギアーデスによって「根源現象」と言われる詩の「おと」を音楽化する行為であることを明らかにする。

続く第Ⅲ章では、ヘルダーリンの美学論文を音（Ton）に注目して読み解く。

ヘルダーリンは、一八〇〇年前後に出版することを目指しつつ草稿のままに終わったものの、詩作行為についての美学論文を遺している。これらの論文では、特に「言葉にし始める」までの詩作行為について記述されている。そして、その行為を説明する際にヘルダーリンは「音（Ton）」、「声（Stimme）」、「こだま（Wiederklang）[10]」、「絶えず響き続ける（immerfortönend）」、「不協和音（Dissonanz）」、「快い響き（Wohlklang）」といった聴覚的な表現を用いている。勿論、これらの音に関する表現は、比喩であり何かの具体音を指示しているわけではない。しかし、ヘルダーリンが色や形といった視覚に関する表現ではなく、音の表現を用いて記述しようとしたことにこそ、ヘルダーリンの「言葉にし始める」までの詩作行為の特徴がいかなるものであったのかを解く鍵があると考えられる。

まず、第一節ではヘルダーリンの詩作行為は作曲家の行為に近いとするベルトーの研究を検討する。第二節では『詩的精神のふるまい方について／詩人がひとたび精神を操ることができるなら』、第三節では『詩人がひとたび精神を操ることができるなら』の最後に添えられた論考『表現とことばのためのヒント』、第四節ではヘルダーリンの詩法における「音の交替」に関する論考を検討する。

第Ⅳ章では、二〇／二一世紀に行われたヘルダーリンの詩を音楽化した作品を四作品取り上げ、分析する。第Ⅱ章で明らかになった詩の「おと」を音楽化しようとする作曲家は、いかにして詩の「おと」を聴き取り、自らの音楽でその「おと」を実際の楽音にしようとしているのだろうか。

本章では、詩の「おと」を聴き取ろうとする段階を三つの段階に分類し、それぞれの段階の例として、四作品を具体的に分析する。

まず、第一節では、シェーンベルクの弟子であるアイスラーがヘルダーリンの詩の一部を用いて音楽化した歌曲〈希望に寄せて *An die Hoffnung*〉を取り上げる。第二節では、シェーンベルクが歌曲作曲についてどのように考えていたかを紹介した上で、シェーンベルクのヘルダーリンの詩の音楽化の試みを考察する。第三節では二〇世紀におけるヘルダーリンの詩の音楽化にとって、決定的な一石を投じたノーノの弦楽四重奏曲《断章―静寂、ディオティーマに *Fragmente–Stille, An Diotima*》を分析する。第四節ではライマンの歌曲〈あなたのことを歌いたい *Singen möcht ich von Dir*〉を分析する。

註（序章）

（1）「音」ではなく、「おと」と表記することについては、後述する。

（2）Schuhmacher, Gerhard: *Geschichte und Möglichkeiten der Vertonung von Dichtungen Friedrich Hölderlins.* Regensburg: Bosse, 1967.

（3）シュトゥットガルトにある州立図書館内に設置されたヘルダーリン研究にとって中心的な役割を担う資料室。

（4）Campbell, Victoria: *Sound, music and the language of harmony in the works of Friedrich Hölderlin.* Ph. D. Diss., Oxford, Univ., The Queen's College, 1996.

（5）例えば、ビンダーは、ヘルダーリンのギリシャ詩型を用いた詩の韻律について論じている（Binder, Wolfgang: „Hölderlins Verskunst" In: *Hölderlin Jahrbuch 23.* Tübingen: Mohr, 1982/83. 10-33.）。

（6）ドイツの作曲家キルマイヤー（Wilhelm Killmayer 1927-）は、ヘルダーリンの詩に四十曲以上付曲しているが、ヘルダーリンの詩の音楽性についても論じている。

（7）Deutsches Wörterbuch von Jacob Grimm und Wilhelm Grimm 1935: 681-749 グリムのドイツ語辞典では、このTonという語について詳細に分類化しているが、それを要約すると四つに分類できる。

（8）ちなみに、ヘルダーリンは「音（Ton）」という語を詩の中では一一箇所で用いている。どのような意味として用いられているかを見ると、「嵐の音」（『ヘロ *Hero*』）、「音による輪舞der Töne Reigentanz」（『メロディ リューダに *Melodie An Lyda*』）といった①の音、「琴の調べ」（『太陽の神に *Dem Sonnengott*』、『帰郷 *Heimkunft*』）や、ナイチンゲールの歌（『ドイツ人の心が歌う *Gesang des Deutschen*』）を表す②の音、③の音と言える「問いかけの声音」（『冬 *Der Winter*』）というように具体音として用いられている。④の音については、例えば、「ナイチンゲールに音を学ぶ」（『ライン河 *Der Rhein*』）という時には、ナイチンゲールの鳴き声そのものを真似るのでは勿論なく、「愛を歌う」その音調を学ぶといった具合に用いられている。

（9）詩作行為に対して、詩作は、「詩作すること」と「詩作品」の両方を示している。

（10）こだまは本来Widerklangであるが、ヘルダーリンはWiederklangと表記している。

第Ⅰ章　ヘルダーリンの詩作の概観と音楽活動

第一節　ヘルダーリンの詩作の概観

ヘルダーリンは、一七七〇年三月二〇日にネッカー河のほとりにあるラウフェンで生まれた。二歳の時（一七七二年）に実の父ハインリッヒを、そして九歳（一七七九年）の時に母の再婚相手である第二の父ゴック（Johann Christoph Gock 1748-1779）を失う。この二度の喪失経験は、ヘルダーリンの人格形成に影響を与えたと同時に、かれをとりまく経済的な条件を悪化させた。それゆえ、ヘルダーリンは経済上の理由から当時のエリートコースであり安定した職業であった聖職者への道に進むしかなかったのである。また、それが母の願いでもあった。それゆえ、ヘルダーリンが詩人であろうとするためには、母の願いである約束された人生を断ち切らなければならなかった。

表面的には、テュービンゲン大学神学校（以下シュティフトと略記）を修了するまでは、順調に聖職者への道を歩んでいるようにみえる。一七八三年九月に国家試験に合格すると、一七八四年一〇月からデンケンドルフの初等僧院校で学ぶ。デンケンドルフ校は、全寮制であり生徒たちは非常に厳格な生活を強いられていた。優秀な成績で国家試験に合格したヘルダーリンは、ヴュルテンベルク公の奨学生であった。しかし、それは同時に卒業後には聖職か教職につくと誓うことも意味しており、もしもその責務を果たさないという決断をしたならば、学費を償還しなければならなかった。のちに母がヘルダーリンに半ば執拗に聖職者となるように求めていた理由には、この多額の返済に対する恐れもあっただろうし、ヘルダーリンにとっても詩人として生きると決断することは大きな犠牲を伴うものとなったのである。

二年間の教育を受けたのち、一七八六年一〇月にマウルブロンの高等僧院校に入学する。高等僧院校では、学習すべき科目として初等僧院校で課された科目のほか形而上学とフランス語も加えられた。一方で詩人としての活動

マウルブロンの街並み（復活祭前の装飾がなされている）（筆者撮影）

はこの時期に始まった。

マウルブロン時代には、二〇編の詩が遺されている。その中の『嘆き　ステラに *Klagen An Stella*』の手稿では、詩の冒頭部分に⏑ ―といった記号で韻律を書きとめており（FHA, 1: 84/85）、韻律を学びそのリズム感を詩に活かそうとしていることがわかる。のちにはしばしばヘルダーリンの手稿に確認される韻律を書きつけるやり方がすでにこの時期からあることは興味深い。

二〇編の内、オイゲン公夫人、フランチスカにあてた詩、『嘆き　ステラに』、『ルイーゼ・ナストに *An Louise Nast*』を除く一七編を自作の詩集としてまとめている。この詩集は通称「マールバッハクヴァルトヘフト」と呼ばれており、ヘルダーリンがなんらかの意図をもって、マウルブロン時代に書いた詩を一つの詩集としてまとめようとしていることがうかがえる。

この時期のヘルダーリンにとっての手本は、ラテン語から翻訳する中で学んだピンダロス、そして、クロップシュトック、シラー、シューバルト、およびオシアンであった。『わたしの決意 *Mein Vorsatz*』の中では「それはピンダロスの飛翔を目指す弱々しい躍動だろうか？／それはクロップシュトックの偉大さに倣った格闘する志向だろうか？（Ists schwacher Schwung nach Pindars Flug? ists/ Kämpfendes Streben nach Klopstocksgröße?）」（StA, 1: 28）と表現され、『月桂冠 *Der Lorbeer*』では、ヤングと並んで、また『静寂 *Die Stille*』では、オシアンと並んでクロップシュトックが引用されており、当時のヘルダーリンが一八〇〇年以降の詩作にとって決定的な意味を持つピンダロス、ギリシャ詩型および自由韻律を学んだクロップシュトック、オシアンから影響を受けていたことがわかる。

マウルブロン高等僧院校での生活は、詩人として生きるのか、聖職者の道を歩むのかという根本的な葛藤を意識せざるを得ない場となった。

マウルブロン高等僧院校を修了し、ヘルダーリンは一七八八年一〇月にシュティフトに入学する。デンケンドルフ初等僧院校から始まった聖職者になるというレールは、ここにきてその最高学府に至るのである。ここで、二年間の教養課程の後、三年間哲学と神学を中心としたカリキュラムを修める。

シュティフトは、聖職者に限らず、ケプラー（Johann Kepler 1571-1630）、ベンゲル（Johann Albrecht Bengel 1687-1752）、メーリケ（Eduard Mörike 1804-1875）など文化史上に名を残す人物が輩出してきた名門校である。そして、ヘルダーリンはここで同期のシュティフト生としてヘーゲル（Georg Theodor Friedrich Hegel 1770-1831）と出会い、二年後には早年の天才の名を轟かせていたシェリング（Friedrich Wilhelm Joseph von Schelling 1775-1854）とも出会う。ヘーゲル、シェリングとの友情は、シュティフト内だけに留まらず卒業後も続き、書簡のやりとりや活発な議論が行われた。その活発な知的な交流が一七九六年から一七九七年初頭頃に執筆されたと考えられる論文断片『ドイツ観念論最古の体系計画 *Das älteste Systemprogramm des deutschen Idealismus*』[1]へと実を結んでいく。

また、ヘルダーリンは、マーゲナウ（Rudolf Friedrich Heinrich Magenau 1767-1846）、ノイファー（Christian Ludwig Neuffer 1769-1839）と共にクロップシュトックにちなんで命名した「長老同盟（Aldermannsbund）」という詩人サークルを結成し、活発な議論を展開した。ヘルダーリンは、ノイファーを「ぼくの魂の兄」（StA, 6: 75）と呼び、一〇年以上にわたり深い友情で結ばれていた。ノイファーは、ヘルダーリンをシュトイドリーン（Gotthold Friedrich Stäudlin 1758-1796）、シューバルト（Christian Friedrich Daniel Schubart 1739-1791）に引き合わせている。この二人はヘルダーリンが詩人としての道を進むにあたって重要な人物となった。ヘルダーリンは、シュティフトという聖職者となる学生たちが集う場で、聖職者への道を断ち詩人となる決断をするわけであるが、シュティフトに詩のサークルの場があり、哲学的な議論の場があったことが、後の詩人・ヘルダーリンを形作るのである。テュービンゲン時代には、四二編の詩が編まれている。フランス革命の熱狂は、シュティフトにも及んでいたことは想像に難くなく、「自由、平等、博愛」の理念と共に、カント思想を受容していった結果として、友情、愛、調和の女神、自由、人類、美、青春の守護神へ寄せる一連の所謂テュービンゲン讃歌が生まれている。ほかには、『ヘロ』と同じように、数箇所意識的な休止を指定する「間（Pause）」が挿入されている自由律で脚韻のない『時代の本 *Die Bücher der Zeiten*』などもある。

シュティフト時代には、初めてヘルダーリンの詩が出版される。一七九二年には、シュトイドリーンが主宰する「詩神年鑑 *Musenalmanach*」に四篇が、そして翌年には「詩歌選 *Poetische Blumenlese*」に七編の詩が掲載され、シューバルトはすぐに好意的な評価を寄せている。そうした評価も後押ししたと考えられるが、ヘルダーリンは母にそれらの詩を献呈し、詩人として生きることの許しを得ようとしている。一七九三年八月には、弟へあてた書簡の中で「賞賛されるべき書き物の苦行の荷車で期待に満ちていることは、神学のガレー船に乗りため息をつくほど悪くはない（es ist nicht so arg, an den Fronkarren der löblichen Schreiberei gespannt zu sein, als an der Galeere der Theologie zu seufzen）」（StA, 6, 1: 89）と告げ、聖職につかず詩人として生きようとすることを表明している。当時、詩人として生きることとは、経済的な後ろ盾を得るか社会的なつながりを持たなければ困難だったが、それでもヘルダーリンは、詩人であり続けようとしたのである。

一七九三年一二月末にヘルダーリンは、ヴァルタースハウゼンのフォン・カルプ家の家庭教師になる。シュティフトの卒業生にとって、牧師のポストが空くまでの猶予期間に家庭教師をすることはよくあることで[2]、ヘーゲルもシェリングも家庭教師をしている。もとシラーの恋人であったフォン・カルプ家の夫人、シャルロッテ（Charlotte von Kalb 1761-1843）は、ヘルダーリンをよく理解していた。フィヒテ（哲学）との出会いもこの時期である。フィヒテは一七九四年の夏学期からイェーナで講義をしており、六月以降その講義録の中からいくつかを公刊していた。それがサブタイトルに「聴講者のための原稿」を持つ『全知識学の基礎 *Grundlage der gesammten Wissenschaftslehre*』である。シャルロッテは、八月／九月には公刊されたばかりの『全知識学の基礎』を取り寄せていたので、ヘルダーリンはヴァルタースハウゼンにいながらにしてフィヒテ哲学に出会うこととなった。そして一一月には教え子フリッツと共にイェーナに赴くことになり、実際にフィヒテの講義を聞くようになる。ヘルダーリンは到着してまもなく（一七九四年一一月）早速ノイファーに「フィヒテはイェーナの魂だ」とその熱狂ぶりを伝えている。ヘルダーリンは、フィヒテ自身の『全知識学の基礎』の講義ではなく、プラトナー（Ernst Platner 1744-1818）の『哲学的な箴言集』に註解を行う「超越的哲学序論」に出席していた。この講義の中で扱われていた「判断について *Von den Urtheilen*」をたどるならば、後にヘルダーリンが「判断（Urteil）」について、その語源を「(原）分割（Ur-Teilung）」に求め、「主観と客観の根源的な分割」だと論文草稿『判断と存在 *Urteil und Sein*』（FHA および FHA に準拠する版では『存在、判断……*Seyn, Urtheil...*』）で論じている。この Ur（原）と Theilung（分割）をハイフォンで分ける書き方の源がこの講義であったかもしれないと複数の研究者が指摘している。[3] やがて一七九五年一月になると全ては絶対自我の所産であるとするフィヒテに疑念を呈するようになるものの、半年間に、ヘルダーリンはフィヒテ、シラー、ゲーテ、シュレーゲル、ニートハンマーといった「偉大な精神」に触れ、ノヴァーリスとも出会った。この体験はかれの美学論文には勿論のこと、詩作にも直接的につながっていくことになる。ヘルダーリンはこのイェーナ時代に『罰の概念について *Über den Begriff der Strafe*』、前述した『判断と存在』、そして『ヘルモクラテスからケパロスへ *Hemokrates an Cephalus*』の三つの論考を書いている。また、その後も長きにわたりヘルダーリンの良き理解者として様々な面でかれを支えていくことになるジンクレーア（Isaac von Sinclair 1775-1815）と出会い、友情を結んだ。

ヴァルタースハウゼンからヴァイマール、イェーナに滞在していたこの時期には、『ヒュペーリオン *Hyperion*』の執筆に集中しており、この時期詩は六編のみである。その中でまさにシュティフトを卒業し詩人としての一歩を踏み出した頃に書かれた詩『運命 *Das Schicksal*』では、

Im heiligsten der Stürme falle
Zusammen meine Kerkerwand,
Und herrlicher und freier walle
Mein Geist in's unbekannte Land!（Vers 81-84）（KA, 1: 160）

最も神聖なる嵐の内に
わたしの牢獄の壁は崩れ落ちるがよい
そして、より壮大により自由に
わたしの精神は未知なる大地へと進むがよい（八一―八四行）

と、詩人として生きる決意を宣言しているような詩もある。この詩は、シラーにも評価され、『ヒュペーリオン *Hyperion*』と共に、シラーの主宰する雑誌『タリーア *Thalia*』に載った。

ヘルダーリンは、一七九五年五月一五日には学籍登録をしているにも拘わらず、五月末に突然イェーナを去り、ハイデルベルク経由で故郷ニュルティンゲンに戻ってしまう。後にヘルダーリンは、詩『ハイデルベルク *Heidelberg*』

（一八〇〇年）で、この町を歌っているが、草稿には、「追放された旅人は／人間と書物から逃れてきた」[4]（FHA, 4: 50/51, Verse 8/10）との一節があり、イェーナからハイデルベルクを訪れた自らの姿を描いていると考えられる。

一七九五年一二月末、ヘルダーリンは家庭教師としてフランクフルトのゴンタルト家に赴いた。そこで、ヘルダーリンは長男ヘンリー（九歳）の教育にあたることになるのだが、ヘンリーの母であるゴンタルト家の夫人、ズゼッテ（Susette Gontard 1769-1802）との出会いが、ヘルダーリンの詩作にとっても決定的な出会いとなる。ズゼッテは、教養深く、美貌と気品に溢れ感性豊かであり、文芸や音楽を愛する女性であった。[5] ヘルダーリンは、一七九六年六月にノイファーにあてた書簡の中で「愛らしさと崇高さ、静けさと生気、そして精神と心情と容姿がこのひとの中で至福なる全一なんだ」（StA, 6, 1: 213）と語り、ズゼッテの中に「一にして全（Ἓν καὶ πᾶν ヘン・カイ・パン）の名」である「美」そのものの体現を見出だすのである。こうしてズゼッテの存在は、ヒュペーリオンにおけるディオティーマへと昇華し、最終的には書簡形式を取る小説『ヒュペーリオン――ギリシャの隠者 *Hyperion oder Der Eremit in Griechenland*』の完成へと至るのである。さらに、ズゼッテへの愛とズゼッテからの別離から多くの詩が生まれた。[6]

一七九六年七月から九月にかけては、ヘルダーリンは戦禍を避けるためにズゼッテとこどもたちに付き添い、フランクフルトを離れ、カッセルとバート・ドリーブルクに滞在していたが、数週間行動を共にしていたのが、『アルディンゲロ *Ardinghello*』や音楽小説である『ホーエンタールのヒルデガルド *Hildegard von Hohenthal*』の作者であるハインゼ（Wilhelm Heinse 1746-1803）であり、ヘルダーリンは大きな影響を受けた。[7]

ヘルダーリンは『ヒュペーリオン』の完成に続いて詩的悲劇『エンペドクレスの死 *Der Tod des Empedokles*』に取り組み始める。また、この時期に、『エンペドクレスの死』の執筆と重なるようにして、第Ⅲ章で論じる詩作についての美学論文が書かれている。この時期の詩では、『あたかも祭りの日のように…… *Wie wenn am Feiertage...*』といった詩作そのものについての詩も遺されている。未完に終わったこの詩は、「どのようにしてことばに恵まれるのか」ということに迫ろうとしている。この時期、ヘルダーリンは自らが主宰する雑誌の刊行を目指していたので、これらの論文は雑誌に掲載することを想定していたと考えられるが、それ以上に自らの詩作行為について理論的にまとめたいという意図があったのではないかと考えられる。結局、この雑誌『イドゥーナ *Iduna*』の出版計画は頓挫してしまい、ヘルダーリンの美学論文も二〇世紀に入るまで日の目を見ないままとなるが、ヘルダーリンの詩作はこの時期を経て、変化していく。

一八〇〇年六月にホンブルクを引き払い、知己の織物商であるランダウアーに間借りする形で一八〇一年一月まで半年の間シュトゥットガルトに滞在する。ヘルダーリンをよく理解し、詩作に集中できるように環境を整えてくれたランダウアーのもとで、実り多き時を過ごす。より大きな規模のオーデに改作した作品のほか、『ハイデルベルク *Heidelberg*』、『故郷への帰還 *Rückkehr in die Heimat*』、『多島海 *Der Archipelagus*』、『ランダウアーに *An Landauer*』、『シュトゥットガルト *Stuttgard*』、『パンと葡萄酒 *Brot und Wein*』など、かれの代表作となるようなオーデやエレギーが数多く生まれている。

半年余りのランダウアーの許での生活の後、ヘルダーリンは、スイスのハウプトヴィルの商人であったフォン・ゴンツェンバッハ家に家庭教師の職を得て、一八〇一年一月に旅立つ。しかし、三か月後の四月中旬に突然解雇されてしまう。わずか三か月という短い滞在ではあったが、アルプスを間近に見たことは少なからず詩作品にも生かされていく。オーデ『アルプスの麓で歌う *Unter den Alpen gesungen*』をはじめ、アルプスの山々を「神々の居住する天上と人間の住む大地との接点（小磯二〇〇〇、一二七頁）」と位置付けていくことになるのである。ハウプトヴィルから帰郷した後に編まれたのが、エレギー『帰郷 *Heimkunft*』、オーデ『自然と技芸 *Natur und Kunst*』、『詩人の使命 *Dichterberuf*』、讃歌『ライン河 *Der Rhein*』、『ゲルマニア *Germanien*』などである。ランダウアーの仲介で、今度はフランスのボルドーに（四度目の）家庭教師の口を得たヘルダーリンは、一八〇一年一二月一一日に母の許より出発し、一か月半以上たった一八〇二年一月二八日にようやく雇い主であるマイヤー家に到着し、四人の娘の教育にあたるものの早くも五月半ばにヘルダーリンは去っている。六月末にシュトゥットガルトに戻ってきたときには、錯乱状態にあり風貌もヘルダーリンであるとわからないほどの変わり様であった（*Handbuch*, 2011: 48）。さらに、ヘルダーリンは、ズゼッテの死を知り、狂乱の態でニュルティンゲンの母の許に行き、そのまま二年間をそこで過ごすことになる。

バート・ホンブルク、ドロテーン通り　ヘルダーリンはここに1804年から1806年にかけて住んでいた（筆者撮影）

この時期、こと詩作に関しては精力的に取り組み、またソフォクレスの翻訳にも力を注いだ。所謂後期讃歌と言われている『平和の祭 *Friedensfeier*』、『パトモス *Patmos*』、『追想 *Andenken*』、『ムネモシュネー *Mnemosyne*』などは、ほとんどがこの時期に生み出されている。

大規模な詩のほか、一八〇四年には、所謂『夜の歌 *Nachtgesänge*』[8]がヴィルマンスから出版される。一八〇二年から一八〇三年に創作された作品であるが、中でも「生の半ば *Hälfte des Lebens*」は、二節からなる短い詩ながら、第一節の調和的な世界と、第二節の非調和な世界が仲介するものなく対立しており、極端な音調が対立している後期のヘルダーリンの詩の特徴を端的に表している。この詩は、ヘルダーリンの詩の中で最も頻繁に付曲された詩でもある[9]。

一八〇六年から一八四三年の間に書かれた詩は、FHAによると（FHA, 9）五四篇あり、さらに手稿は消失してしまっているが、その存在が確認されているものが八編ある。一八三〇年代までには『ツィンマーに *An Zimmern*』、『ルブレ様に *Dem gnädigsten Herrn von Lebret*』のように特定の人にあてたもの、『あるこどもの死に寄せて *Auf den Tod eines Kindes*』、『あるこどもの誕生に寄せて *Auf die Geburt eines Kindes*』などの献呈詩など、人や現実とのつながりが認められるが、一八三七年以降は、圧倒的に四季を歌ったものが多く、詩中の「わたし」と世界とのつながりが希薄になる。また「スカルダネッリ Scardanelli」と偽名を用いて架空の日付を付けている詩が多く見受けられる。この時期の詩は、精神の闇の内に生きた時代の詩として、なかなか評価が定まらなかったが、近年再評価の試みも行われている。[10]

第二節　ヘルダーリンの音楽活動

ヘルダーリンは、幼少期より常に音楽実践の場を持ち続けていた。ヘルダーリンは、一〇歳の頃よりピアノとフルートを学んでいたが、デンケンドルフ校でも引き続き音楽教育を受けている。この先、マウルブロン校でもまたシュティフトにおいても音楽はヘルダーリンにとって欠かせないものとなる。

ヘルダーリンの詩には、早い時期から音楽の実践を通して培われた感性を感じさせるものがある。例えば、一七八八年に書かれた『ヘロ』では、ギリシャ詩型が持つ韻律の躍動感と共に、「彼女は海に来る」(第一六行の終わり)、「喜ばしく!」(第六一行)、「かすかに」(第六二行)、「彼女は明かりを死者の上にかざして」(第七二行の終わり)、「彼女は激しく泣いて」(第七四行)といったト書きのような挿入句と共に、特徴的と言えるほどにダッシュ(—)が書き込まれている(第七、二〇、二一、三〇、四一、四二、四六、五一、六一、六二、六八、七一、七二、七三、七四、七五、七九、八二、八三、八五、八六、八九、九二行)。ダッシュは、ドイツ語で思考線(Gedankenstrich)と言われることからもわかるように、思考はあるが無言の時間であり、中断を意味するものではない。詩的空間の時間の流れの中に組み込まれ、具体的な言葉とならない空間を存在させている瞬間である。第九一行の終わりにはダッシュが二つ重ねられ、さらに無言の思考時間が作り出された後、改行して「間（Pause）」と書かれている。つまり、ダッシュが二つあることによって、詩の流れは緩やかになり、さらに休止するのである。休止やテンポの違いを詳細に描こうとすることは、音楽的な発想である。さらに、韻律から生まれるリズムだけではなく、いかに全体が流動していくかということに注目し、「かすかに」、「激しく」といった音の大きさや音の大きさの違いによる緊張感などを詩作の際に具体的に聴き取っていたことも示している。マウルブロン時代の教育の中でどの程度音楽活動がなされていたかははっきりとは分からないものの、このような詩作のあり方は、音楽実践を通じて得ることができる感覚であり、ヘルダーリンの音楽的素養の高さを示している。

マウルブロン時代のヘルダーリンの音楽実践については、一七八七年初頭にナストへあてた書簡から窺うことができる。ヘルダーリンは、シラーの『群盗』の中からいくつかの詩を音楽化したツムシュテークの楽曲を「シラーに敬意を表して、ピアノで弾けるようにしたいんだ、いかにおぼつかないガタガタ弾き（Geklemper）で苦労しようとも」（StA, 6: 6）と述べ、シラーの劇が音楽化された作品を自らの実践行為を通じて鳴り響かせようとしている。また、同じく一七八七年一月の書簡でも「ぼくのフルートは唯一の慰め」（StA 6: 8）であり、かれの音楽の演奏能力は、友人たちから一目を置かれる腕前であったことを伝えている。同じ書簡の中で「今まさに、きみにデュエットを送ってあげなくてはと思っている。フルートソロのための曲は協奏曲以外に持っていないんだ。小曲は〔楽譜なしで〕聞き覚えで吹いているから」（StA, 6: 8）と書いていることからもわかるように、ヘルダーリンの音楽能力は高いものであったことがわかる。それは、ある程度の演奏技術がなくては吹くことができない複数のフルート協奏曲の楽譜を所持し演奏していたこと、またそれ以外の曲は他者が演奏している音を聴取し、その音の連なりを記憶し、さらにその音の連なり＝旋律を再現することができたことが示している。さらに、シュティフトに進学する一七八八年の夏には、当時名うての盲目のフルート奏者、デュロン（Friedrich Ludwig Dülon 1768-1826）にレッスンを受けたことが伝えられているが、デュロンに「これ以上何も教えることはない」と言わしめたほどであったようである。(11) ヘルダーリンが、フルートとピアノという、旋律楽器を演奏することに加えて多声音楽および和声的な音楽を演奏できたことは、ヘルダーリンの詩作行為にも影響を与えていると考えられる。演奏していたということは、理論的にではなく、クレッシェンド（徐々に強くして）は音と音とのどのような緊張度の連なりなのか、和音を演奏する際には音と音とのバランスはどのように打鍵すべきなのか、といったまさに身体的な緊張と弛緩、息遣いのバランスとそこから生み出される自らの音、また合奏においては他者から発音される音を聴くことを実践していたということである。

テュービンゲン時代にもヘルダーリンは音楽演奏を行っている。シュティフトでどの程度の演奏がなされていたのかは明らかにはなっていないが、シューマッハーは、それでも毎週日曜日と木曜日に音楽を演奏する時間があり、ヘルダーリンがヴァイオリンやマンドリンを奏していたという記録が遺されているとしている。(12)

一七九三年以降、シュティフトを卒業した後もヘルダーリンの音楽演奏の実践は続いていく。ゴンタルト家でもヘルダーリンが楽器を奏していたことをシューマッハーは指摘しているし（Schuhmacher 1967: 12）、一八〇一年二月にハウプトヴィルからランダウアーにあてた書簡の中にも「こよなく素晴らしい音楽の時間」（StA, 6: 417）に対する特別の感謝が記され、さらに「親しげな音たちがわたしの中で憩っていて、時折わたしの内面とわたしの周りが平安の内に静かなときに、目覚めるのです」（ebd.）と、自らも音楽を演奏し、またその演奏の際に鳴り響いていた音が「静けさ」の中にある時に蘇りまたその音を聴くという、実践かつ身体的に経験された「音を聴く」という行為について言及されている。さらに、ホンブルクではアウグステ公女よりピアノを贈られている。一八〇〇年頃に牧師の定職につくこともなく、友人宅にしても母の許であるにしても寄宿する身である一詩人にピアノを贈る

ヘルダーリンの塔　テュービンゲンのネッカー河のほとりにある（筆者撮影）

ということは、当時のピアノという楽器の希少さから考えると、例外的なことであったと考えられ、この事実は間接的にヘルダーリンの演奏能力の高さを示しているといえよう。一八〇四年四月には、ヘルダーリンの、ソフォクレスの翻訳の出版がかなうものの、ヘルダーリンの健康状態はよくなかった。やがて精神に変調をきたし、一八〇七年にはテュービンゲンの指物師ツィンマーに引き取られる。ヘルダーリンは、そうしてその後一八四三年の死に至るまでほぼ三六年間をツィンマー家の一室で過ごすことになる。この通称「ヘルダーリンの塔」と呼ばれるツィンマー家の一室にもピアノが置かれており、ヘルダーリンが最晩年に至るまで音楽実践をしていたことが報告されている。

註（第Ⅰ章）

（1） このタイトルは、一九一七年にローゼンツヴァイクが出版した際につけたものである（*Idealismus*, 3-3: 246）。この断章はヘーゲルの筆跡であり、ヘーゲルの作品として発見されたにせよ、「誰が著者であるのか」については様々な推測がなされてきた。ペッゲラーは、この断章のもとになっているのはヘーゲルがフランクフルトに移住する前に用意した、ヘルダーリンやジンクレーアとの議論をするための基礎資料であることを論証した（Pöggeler, Otto: „Hegel, der Verfasser des ältesten Systemprogramms des deutschen Idealismus.“ In: Hrsg. C. Jamme u. H. Schneider: *Mythologie der Vernunft*. Suhrkamp taschenbuch wissenschaft 413, Frankfurt a.M.: Suhrkamp, 1984. 126-143.）。実際にはヘーゲルの筆跡であるにしても、ヘルダーリン、およびシェリングなども加わって執筆された（*Idealismus*, 3-3: 5f. / 246）。

（2） 二二の牧師のポストに対して一五〇〇人から二〇〇〇人の継承者が待っているといった事情であった（*Handbuch*: 29）。

（3） *Idealismus*, 3, 2: 138f.

（4） „vertriebenen Wandrer/ Der von Menschen und Büchern floh“

（5） ツェアレーダー（Ludwig Zeerleder）、レーツァー（Marie Rätzer）、ハインゼ（Wilhelm Heinse）などによる証言が遺されている（*Handbuch*: 33）。

（6） 一七九六年から九七年にかけて書かれた『ディオティーマ *Diotima*』四稿（うち一稿は消失）、『ディオティーマに *An Diotima*』とタイトルを持つ詩が二編、そして九七年と九八年にも『ディオティーマ *Diotima*』とタイトルを持つ詩が書かれている。さらに『彼女の守護霊に *An ihren Genius*』および短いオーデである『許しを求めて *Abbitte*』、『良き信仰 *Der gute Glaube*』、『彼女の快癒 *Ihre Genesung*』、『許しがたきこと *Das Unverzeihliche*』、『愛し合う者 *Die Liebenden*』も主題はディオティーマであり、フランクフルト時代に成立している。その内、『ディオティーマ』、『愛し合う者』、『彼女の快癒』、『許しがたきこと』は、一八〇〇年の夏にシュトゥットガルトで四節から九節からなるオーデへと改作されている。エレギー『ディオティーマを悼むメノーンの嘆き *Menons Klagen um Diotima*』

をもって、ディオティーマを主題にした詩、より個人的な主題を持つ詩は終わりを告げる。

（7）第Ⅲ章第四節「音調の交替」を参照されたい。

（8）一八〇四年の出版の際には、『夜の歌』というタイトルはなく、『詩 *Gedichte*』と書かれ、各詩に番号が付けられているのみであった。番号順に「ケイローン *Chiron*」、「涙 *Tränen*」、「希望に寄せて *An die Hoffnung*」、「ウルカヌス *Vulkan*」、「内気 *Blödigkeit*」、「ガニュメデス *Ganymed*」、「生の半ば *Hälfte des Lebens*」、「年齢 *Lebensalter*」、「ハルトの片隅 *Der Winkel von Hardt*」からなる九篇の詩集である（*Handbuch*: 336）。

（9）六〇曲を超える作品が存在する。

（10）一九六〇年代以降、例えばテュルマーは、最後期の詩に見られる素朴な音調の詩が、長母音や短母音の配置や、接続詞や指示代名詞のバランスによる緻密な構造でできていることを明らかにしている（Thürmer: *Zur Verfahrensweise in der spätesten Lyrik Hölderlins*, Marburg, 1970.）。また、ベルトーは、ヘルダーリンは狂気の内にあったのではないとする「高貴なる仮病使い」というテーゼを打ち出し、最後期の詩はスカルダネリという仮名を用いた「謎かけのテクスト」であるとした（Bertaux: *Friedrich Hölderlin.* suhrkamp taschenbuch 686, 1978/1981.）が、四年後にはペータースがそのテーゼに対する反テーゼを打ち出す（Peters: *Hölderlin Wider die These vom edlen Simulanten*, Reinbek, 1982.）など最後期の詩を研究対象とするものが出てきている。和文献では、青木がテュルマー、ベッシェンシュタイン、ホイサーマン（Häussermann: „Hölderlins späteste Gedichte“. In: *Germanisch-romanische Monatsschrift*, Neue Folge, Bd.XI 1961）などの先行研究をふまえた上で、この時期の詩に特徴的に表れる規則的な押韻が、「身体の記憶として回帰してきた表現形式」である可能性を指摘している。また、特にスカルダネリの名で書かれている詩には「壮麗さ（prächtig）、壮麗（Pracht）」という語が頻出していることを「季節という時間を「壮麗さ」の名において見つめ続けていた」と指摘することによって、単に即物的に自然を描写すること以上の意味を見出そうとしている。（青木誠之「目に映じる時――ヘルダーリン最後期の詩へのスケッチ」ヘルダーリン研究会『イドゥーナ』第二号、二〇〇二、六三―九三頁。）

（11）ハンドブック（*Handbuch*: 500）では、一七八八年夏となっているが、StA においては、デュロンがテュービンゲンに滞在していたのは、一七八九年であったことが註で指摘されており、その根拠としてデュロンの自叙伝の中にある「一七八九年夏にテュービンゲンで〔六つのフルートのための作品の内〕最後の曲を作曲した」という箇所を挙げている（StA, 7: 393）。また、FHAでは、一七八九年から一七九〇年にかけて書かれたとされる『テュービンゲン城 *Burg Tübingen*』の手稿の中に記された楽譜の断片は、一七八九年夏にデュロンからフルートのレッスンを受けたことに由来している可能性を指摘しており、やはり一七八九年夏であるとしている。ヘルダーリンがシュティフトに進学するのは、一七八八年一〇月であるので、一七八九年夏の可能性が高いと考えられる。

（12） Schuhmacher, Gerhard: *Geschichte und Möglichkeiten der Vertonung von Dichtungen Friedrich Hölderlins.* Regensburg: Gustav Bosse Verlag, 1967. 10f.

第II章　ヘルダーリンの詩へのアプローチ

第一節　出版状況と研究状況

ヘルダーリンの詩は、一七九一年に初めて公刊されると、シュトイドリーンおよびゼッケンドルフ編の『詩神年鑑』やシラーが主宰する『新タリーア』、『ホーレン *Horen*』に度々掲載されていた。また書簡小説である『ヒュペーリオン』は一七九七年に第一巻、一七九九年には第二巻がコッタより刊行されているし、一八〇四年には、ソフォクレスの悲劇『オイディプス王 *Oedipus der Tyrann*』および『アンティゴネ *Antigonä*』の翻訳を独自の註解をつけてヴィルマンスより出版している。一八二六年には、最初の詩集『フリードリッヒ・ヘルダーリン詩集』が刊行され、一八四三年には、この一八二六年版を改訂し、さらにヘルダーリンの評伝も含めた詩集が出版されている。ヘルダーリンの死後まもなく一八四四年にはすでにヘルダーリン全集の計画が語られ、一八四六年に大シュバーブと小シュバーブの共編によって『フリードリッヒ・ヘルダーリン全集』が刊行される。しかし、この全集は、翻訳、美学論文が完全に欠落しており、『パトモス』が青年時代の詩に含められていたり、一八〇六年以降の詩にそれ以前の詩が含められるなど全集としては極めて不完全なものであった。

さらなる全集版への動きは、その後二〇世紀に入るまで待つことになるが、その間もより一般的なアンソロジーの中でヘルダーリンの詩は人々の目に触れる環境にはあった。また一八九六年にはリッツマンによって手稿の検討を含む歴史的批判校訂版が出版されたが（*Handbuch:* 3）、最後期の詩群と翻訳はここでも除かれており、ヘルダーリンの詩作に対する理解は限定的であった。

このような状況下で二〇世紀に入り、ツィンカーナーゲルでさえ後期の作品は、それ以前にすでに出版されていたものにしか目を向けなかったのに対し、同時期（一九一〇年代）にゲオルゲ派であったヘリングラート（Norbert von Hellingrath 1888-1916）は、後期の作品を積極的に高く評価し、二〇世紀におけるヘルダーリンの再評価に決定的となる役割を果たした。ヘリングラートは第一次世界大戦下一九一六年に没したため自身でこの全集版を完成させることは叶わなかったものの、かれの構想は引き継がれ、一九二三年に歴史批判版として全六巻からなる全集が完結した。この歴史批判版は、その後のヘルダーリン研究の拠り所となった。中でもかれが提唱した「ごつごつとした結合（harte Fügung）」という概念は、その後、ヘルダーリンの詩に対する研究に重要な一石を投じることになるベンヤミンの「列（Reihe）」、およびアドルノの「並列（Parataxis）」にもつながっていく画期的な概念であった。出版状況を見てもヘリングラート版が広く行き渡り[1]、一九世紀には顧みられなかったヘルダーリンの後期の詩や翻訳が積極的に評価されるようになった。そして、それによりさらなる全集版編纂の機運が高まり、並行してヘルダーリン研究が進んでいくという状況が生まれたのである。ヘリングラート版から遅れること二〇年、一九四三年にはバイスナー監修のもとナチスの援助を受ける形でシュトゥットガルト版（＝StA）の第一巻が刊行される。その後StAは戦後ナチス色を払拭した第一巻再版が出版されると、一九八五年に全八巻一五冊からなるStAが完成した。StAは、テクストと考証資料を分けて取り上げ、考証資料が単なる異文ではなく、テクストの本質的な構成要素であるとみなしている。作品の生成の過程全てが、その作品の総体であるとみなすStAの姿勢は、ヘルダーリン研究に大きく寄与している。

　その一方で決定版を目指すという性格ゆえ、テクストとして採用するのは、常に監修者が選択したテクストとなる。特に未完成の詩や草稿としてのみ存在するテクストなどに関しては、驚嘆すべきほどの緻密さをもってだとしてもバイスナーが「ヘルダーリンの意図」を汲み取り再構築するという側面は消えず、そこに監修者の恣意が入り込んでしまう危険性は否めない。バイスナーの「編集者が〔作品の〕真髄に触れながら共詩作することが（中略）絶対的に必要である」（*Handbuch*: 5f.）とまで言い切っているこうした見解に対する批判版として登場したのが、ザットラー監修のもと一九七五年から二〇〇八年にかけて刊行されたフランクフルト版（＝FHA）である。FHAでは、手稿に即して詩の生成の過程をそのまま再現するという姿勢で作られている。FHAは、各詩のはじめにその詩を構成する要素がどの原資料にあるのか、そして、詩が構成されていく各段階、成立史、そして初版情報が記され、テクストは三つの段階別に示す。まず、現存する全ての手稿のファクシミリが掲載され、ファクシミリに隣接する頁にその手稿を筆致、ペンの太さ、インクの濃淡、削除された語の有無などを活字体でそのまま読み解いた頁になっている。その際に重ねられた文字や空白もできるだけオリジナルと同じになるように構成されている。この段階は、時として判読困難なヘルダーリンの手書きの文字を読み解き活字体で生成のプロセスを視覚的にも生き生きと示したものである。次の段階は、第一段階で読み解かれた草稿を分析し編纂し直線的に記述したものである。そして、第三段階が、分析編纂した結果、一つのテクストとしての形に仕上げたものである。この段階でも、出版されているかどうか、草稿のままか、最終稿があるのかなどにより、①校訂されていない（unemendiert）稿（＝清書稿、もしくは正当化されている出版稿）、②校訂された（emendiert）稿（＝①の稿から明らかなミスを除外した稿）、③厳密に識別された（differenziert）稿（＝他者の介入を除外した稿）、④再構成された稿（rekonstruiert）（＝各部分をまとめたもの）、⑤構成された（konstituiert）稿（＝草稿に留まるもの）に区別されて記述されている。[2] つまり、徹底的に編集者を「導き手」の役割から解放するという編纂理念である。逆に言うと、この生成のプロセスに立ち会い、何を見出すかは研究者に委ねられているとも言える。StAが示す生成のプロセスは、「いつ、どのような言葉の取捨選択のプロセスがあり、どのような経緯があったのか」について文献学的な情報を提供するものだとするならば、FHAのあり方は、どの言葉を紙のどの位置に書きつけ、また一つの単語を訂正するにしてもその単語を消すようにして書かれたのか、単語の上に書きつけたのか、一度は削除してまた新たに書きつけたのか、もしくは、一枚の紙の中で空白が占める割合がどの程度あるのか、といったいわばヘルダーリンが言葉にしていくプロセスそのものに立ち会い、ヘルダーリンの詩作を研究できる可能性を提供してくれる。

今日の研究を見ると、StA と並んで FHA が一次文献として参照されているものが多い。しかし、引用箇所から見る限りそのほとんどは、第三段階のテクストを参照している。この事実は、FHA が一次文献として参照必須な文献だと認知されているということを示していると共に、ヘルダーリンの詩に対するアプローチが、今なお文学・解釈学的なアプローチが主流であることも示している。勿論、すでに FHA が刊行されるよりも早い時期から、ヘルダーリンの詩の断片性や未完性、一つのプロセスとしての一貫性の欠如などに注目した研究は行われていたし、ヘルダーリンの記述のプロセスについて注目しようとしている研究もある。[3] しかし、必ずしも文学研究としてのアプローチの中では、FHA が提供してくれる原資料を生かし切れていないとも言えるだろう。

その傾向は、他分野におけるヘルダーリン受容にも言える。二〇世紀以降の哲学者や作曲家、造形芸術家たちはヘルダーリンの詩作に強い刺激を受け、思想を展開し、ヘルダーリンの作品が契機となった作品を生み出している。文学研究の場においてもさることながら、ヘルダーリンは、むしろ他分野において二〇世紀および二一世紀にこそ欠くことができない詩人として存在している。ヘルダーリンの詩は、二〇世紀以降の研究者や哲学者、および芸術家たちによって、詩の断片性、語れなくなっていくこと、沈黙、狂気、もしくは現実からの隠遁としての装われた狂気など様々な文脈で活発に取り上げられ、研究や創作の場で中心的存在になっているとも言えるほどである。しかし、他分野においても FHA を通じて知ることができるようになったヘルダーリンの詩作のプロセス、もしくは詩作行為のあり方そのものにまで踏み込むような作品は多くはない。このような状況の中、FHA に出会い、ヘルダーリンの詩作行為に触れたことが作曲の決定的な契機となったノーノ（第Ⅳ章第三節）のような作曲家は、ヘルダーリン研究およびヘルダーリン受容の今後の可能性に重要な一石を投じた。このように FHA は、文学研究に留まらずヘルダーリンの詩作行為に踏み込もうとする時に重要な文献であり続ける。

以上みてきたように、出版状況や全集版の編集理念が大きく変化していったことに伴い、ヘルダーリンの詩の研究は進展かつ多様化し、ヘルダーリンの詩から盛んに新たな芸術作品が生み出されるようになったのである。ヘルダーリンの詩の研究に関しては書かれたものを分析・研究するという文学研究アプローチと哲学研究アプローチの二つがある。芸術作品の創作に関しては、ヘルダーリンの詩作に刺激を受けて美術作品を創作する美術的アプローチ、ヘルダーリンの詩作に刺激を受けて音楽作品を創作する音楽的アプローチ、ヘルダーリンの詩作に刺激を受けて文学作品を創作する文学的アプローチなどがある。

本書では、音楽分野におけるヘルダーリンの詩へのアプローチに注目する。作曲家たちはいかにヘルダーリンの詩へアプローチしたのか、ヘルダーリンの詩の何が作曲家たちを惹きつけたのか、ということを精査することによって、ヘルダーリンの詩作のあり方の一端が見えてくると考えられるからである。

ヘルダーリンの詩作を用いて歌曲や合唱曲、器楽曲やオペラを作曲する一九世紀の作曲家と二〇世紀以降の作曲家の間には、特異とも言えるほど顕著な違いがある。ヘルダーリンの詩は、初めて付曲を試みたベッティーナ・フォン・アルニム（Bettina von Arnim 1785-1859）の未完の二作品を入れたとしても、一九世紀を通じて三〇曲にも満たない数の付曲[4]しかされていない。ヘルダーリンの詩は、一九世紀ロマン派の流れを汲む作曲家によって付曲されることはほとんどなかった。一九世紀はドイツ・リートの隆盛期であったにも拘わらず、歌曲創作が自身の作曲活動にとって重要なジャンルであった作曲家の内、ヘルダーリンの詩に取り組んだ作曲家はほとんどいない。注目すべきは、わずかにブラームス（Johannes Brahms 1833-1897）が《運命の歌 *Schicksalslied*》作品五四で『ヒュペーリオンの運命の歌 *Hyperions Schicksalslied*』に付曲しているくらいである。

しかし、ヘルダーリンは二〇／二一世紀には最も付曲された詩人の一人となっている。二〇／二一世紀には二千曲にも及ぶ作品が作曲されており[5]、現在も作曲され続けているのである。付曲された作品の数が多いというだけで

バート・ホンブルクのクアパークにあるヘルダーリンの記念碑（筆者撮影）

はなく、シェーンベルク、アイスラー、ウルマン、ノーノ、ヘンツェ、クルターク、リゲティ、ライマン、リームといった音楽界に確かな足跡を残し、しかも声楽曲をはじめとする「詩と音楽」が自身の作曲にとって重要なジャンルである作曲家たちがこぞってヘルダーリンに取り組んでいるのである。このような現象は、ほかの詩人とその詩の付曲の関係では見られない[6]。作品数の多寡自体を論じることはあまり意味がないとしても、二〇／二一世紀の音楽の潮流の中にいた作曲家たちがこぞってヘルダーリンの詩を取り上げている事実は、ヘルダーリンの詩が二〇／二一世紀音楽にとって重要な意味を持っていたことを示唆している。そこで、まず二〇世紀音楽の音楽語法とヘルダーリンの詩論や二〇世紀に指摘されたヘルダーリンの詩の特徴の間にどのような関係があるかを指摘する。

第二節　ヘルダーリンの詩への音楽的アプローチ

二—一　ロマン派の作曲家

前述したように一九世紀を通じてヘルダーリンの詩に付曲された作品は、三〇作品に満たない[7]。ベッティーナの付曲の試みは一八〇六年とされているが、その次の付曲の試みはフレーリッヒ（Theodor Fröhlich 1803-1836）が一八三〇年に作曲した《ヒュペーリオンの運命の歌》および《故郷への帰還 *Rückkehr in die Heimat*》であり、二〇年以上が経過している。また、ヘルダーリンの複数の詩に付曲した作曲家も少なく、カウフマン（Emil Kauffmann

1836-1909）が四篇付曲しているくらいである。このようにヘルダーリンの詩は一九世紀の作曲家を惹きつけるものではなかったのである。

なぜ一九世紀にヘルダーリンの詩は付曲されなかったのかという理由については、一九世紀にはヘルダーリンが無名であったことや、ヘルダーリンが好んで用いたギリシャ詩型は規則的な脚韻を踏むような素朴な定型詩と違って付曲することが困難であることなどがこれまで挙げられてきた。

しかしヘルダーリンは当時の音楽家たちにとって無名ではなかった。ヘルダーリンの作品は第一節でも見たように相当数が公刊されていたし、ベートーヴェン（Ludwig van Beethoven 1770-1827）ともシューマン（Robert Schumann 1810-1856）とも親交があり、当時の文化・芸術の交差点に位置していたベッティーナもヘルダーリンを高く評価していた。例えば、ロマン派の代表的な作曲家シューマンは、当時の文学に非常に精通していた人物としても知られているが、すでに一四歳の時に『ヒュペーリオン』を読んでいる。また、自身が主宰者として編纂・出版していた『音楽新報 *Neue Zeitschrift für Musik*』各号の題辞に用いるために、様々な詩人の詩句を「モットー集 Motto-Sammlung」[8]と呼ばれているノートに書き抜いていたが、そのノートにもヘルダーリンの詩節は九回登場している。[9]そして、実際、ヘルダーリンの一節をモットーとして『音楽新報』に掲載している。当時、『音楽新報』は決して少なくない読者を持っており、ヘルダーリンが音楽家たちに知られていなかったとは言えない。しかし、シューマンはヘルダーリンの詩に付曲しようとはしなかったのである。シューマンは、創作の最晩年にあたる一八五三年に『ヒュペーリオン』を題材にしたと思われるピアノ曲を作曲している。《暁の歌 *Gesänge der Frühe*》作品一三三と呼ばれるこの五曲からなる小曲集は、もともとタイトルに「ディオティーマに An Diotima」と書かれていたことから、『ヒュペーリオン』に登場する「ディオティーマ」に関する詩の音楽化だと考えられてきた。[10]しかし、《暁の歌》は純粋なピアノ曲であり、モットーとしてでさえ、ヘルダーリンの詩句は登場しない。つまり、シューマンはヘルダーリンの詩に精通していたにも拘わらず、ヘルダーリンの詩を歌曲の対象にしようとはしなかったのである。シューマンの例をみてもわかるように、ヘルダーリンは一九世紀の作曲家たちにとって無名な存在ではなかったが、それでもヘルダーリンの詩を取り上げようとはしなかったのである。

また、ヘルダーリンが好んで用いたギリシャ詩型は付曲に向かない、もしくは困難であるとすることも、ベートーヴェンやブラームスの歌曲をみるならば、一九世紀にヘルダーリンの詩に付曲されなかった根拠とするには乏しいことが明らかになる。例えば、ベートーヴェンはサッフォー詩句によるマッティソンの詩を、まさにアドーニス詩句（—◡◡—◡）の長音と短音をそのまま生かして付曲している（《アデライーデ *Adelaide*》作品四六）し、ブラームスは、アスクレピアデス詩節を用いたヘルティーの詩の韻律を、拍節を操作することで生かすことに成功している（《五月の夜 *Die Mainacht*》作品四三・二）。

では、ヘルダーリンの詩が、ドイツ・リートの隆盛期であったロマン派の作曲家たちに取り上げられなかった理由は何だろうか。

一九世紀ロマン派の作曲家に好んで取り上げられた詩は、平易なリズムを持ち、各詩行がなめらかに連結され、全体の調和が図られているものが多い。このようななめらかな結合（glatte Fügung）は、アイヒェンドルフの代表作の一つ『月夜 *Mondnacht*』[11]を例に挙げてみるとよくわかる。「あたかも天がそっと大地に口づけしたかのようであった」と始まる第一節の情調は、続く第二節で「野原」、静かに揺れる「穂」、遠くでさざめく「森」の木々といった具体的な情景や音となり、第三節では、「わたしの魂」が第二節で描かれた大地を越え天へと飛んでいき、天→大地→わたし→天というダイナミックな円環により調和的な世界が描かれている。また、各詩行は規則的な交互韻が踏まれ、長母音や二重母音が多用されていることからも詩行は穏やかな流れを持っている。シューマンは、二つのモチーフを用いて各詩節をつなぎ、音域を変化させたり、ピアノ・パートに音を増減するなどして、この詩のダイナミックな円環を表現している（作品三九・五）。この歌曲の例をみてもわかるように、ロマン派の詩人と作曲家は、調和、まとまり、融合に価値を置く芸術観を共有し、ロマン派の詩を好んで付曲したと考えられる。だとするならば、一九世紀ロマン派の潮流の中にいた作曲家として、ほぼ唯一ヘルダーリンの詩に付曲を行ったブラームスの作品を見ることによって、ロマン派の音楽観とヘルダーリンの詩の齟齬が透けて見えてくる。

ブラームスの《運命の歌》作品五四は合唱とオーケストラのための作品で、ヘルダーリンの『ヒュペーリオンの運命の歌』に付曲した作品である。三連からなるこの詩の第一および第二連では、天上の精霊たちの調和的な世界が描かれ、第三連では、人間たちの生活が「いずこにも安らぎの場がない」ものとして描かれている。調和的で平安な二連に対し、移り行き安らぎのない一連という不均等な構成である。

そのような詩をブラームスは詩節に忠実に音楽化しようとしたが、詩節構成の不均衡（二対一）、激しい音調の変化、そして、第三節の先行二節とは不調和な終結による対立関係をそのままは音楽構造化することができず、音楽的には円満なA－B－Aの三部形式にあてはめてしまっているのである。ブラームスはまず第一部では、オーケストラによって第一連および第二連の穏やかな天上の世界を描き出し、ソプラノの高音域を効果的に用いている。続く第二部は、一転して弦楽器の激しいトレモロで始まり第一部と対立している。「安らぎ」のない第三連を歌う合唱は、ユニゾンでオーケストラと交差しながら織りなすように第三連の詩句を繰り返す。そして、第三部で第一部の音楽を回帰させ、A－B－Aからなる調和的な三部形式の楽曲にまとめているのである。第三部には、合唱はもはや登場せずオーケストラのみであり、第一部で語られた天上の世界があたかもより遠ざかってしまった（第一部では変ホ長調であったが第三部では変ホ長調ではなく三度調であり、変ホ長調から見ると遠隔調であるハ長調で回帰され、ヘルダーリンのことばが語られることもない）かのように想起させることによって、単にヘルダーリンの二対一からなる不均等な詩の構造を無視し、三部形式に当てはめようとしたのではないと読み取ることはできるが、ロマン派の音楽の枠組みの中では、対立を対立のままで終わらせることは難しかったのかもしれない。これは、いわば字面的な付曲がテクストそれ自体による抵抗を通常の音楽形式で解決した一例である。ブラームスの付曲を見てもわかるように、ヘルダーリンの詩は、ロマン派の作曲家にとって付曲しやすいものではなかった。そのことが、ヘルダーリンの詩がどれほど流通していたか、ギリシャ詩型が付曲に向くかどうか、といったこと以上に、一九世紀におけるヘルダーリンの詩の付曲が少なかったことの重要な一因なのである。

二―二　ヘルダーリンの詩に付曲された二〇／二一世紀の作品の概観(12)

まずは、二〇／二一世紀において、どのような作曲家がどのようなジャンルでヘルダーリンの詩に付曲しようとしたのかを概観してみよう。

二〇／二一世紀の作品を概観してみると特徴的な現象がいくつか浮き彫りになる。まず、ハウアー（Joseph Matthias Hauer 1883-1959）、コマ（Karl Michael Komma 1913-2012）、フュッスル（Karl Heinz Füssl 1924-1992）、キルマイヤー（Wilhelm Killmayer 1927-）といったヘルダーリンの詩に集中的に取り組み、付曲した作曲家たちが存在している。ハウアーは、シェーンベルクとは異なる手法で十二音技法を編み出した作曲家として知られているが、ピアノ歌曲のみならず、カンタータや合唱、およびオーケストラを伴う大規模な作品に至るまで四〇以上のヘルダーリンの詩に付曲を行っている。コマは、《ヘルダーリンの詩による歌曲集 *Lieder und Gesänge nach Dichtungen von Friedrich Hölderlin*》を一九六七年に出版し、それまで普及していなかったヘルダーリンの歌曲を紹介するほか、自身も三〇曲以上の詩の付曲を行った。フュッスルには、弦楽オーケストラと高声のための作品が八曲、フルート、ビオラ、ハープを伴う歌曲が六曲あるほか、三三曲のピアノ歌曲がある。キルマイヤーは、ヘルダーリンが精神の闇の内に生きていたとされるテュービンゲン時代に書かれた詩に取り組み、第一集（一八曲）、第二集（一八曲）、第三集（七曲）合わせて四三曲からなる《ヘルダーリン歌曲集》のほかにも四曲のピアノ歌曲を作曲している。勿論、ある作曲家が特定の詩人の詩を集中的に付曲したからといって、直ちにその詩人の重要性が保証されるわけではないだろう。しかし、一九世紀を通じて三〇曲にも満たない程度にしか付曲されなかったヘルダーリンの作品が、二〇／二一世紀の作曲家にとっては、詩の付曲に向かわせる源となる何かを有していたということは確認できる。

次に、芸術歌曲として発展してきたピアノ歌曲が、二〇世紀全般にわたり作曲され続けているということが言える。最も頻繁にピアノ歌曲が作曲されたのは一九二〇年から一九五〇年の三〇年間であり、未出版の作品も入れると実に二七二曲ものピアノ歌曲が作曲されている。

歌曲全般の動向をみるならば、一九世紀に隆盛期を誇ったピアノ歌曲というジャンルは二〇世紀にも創作され続けていくものの、一九世紀末から二〇世紀にかけては、オーケストラ歌曲が数多く創作されるようになる。詩が音読されることによって現れ出るような微細な抑揚までも詳細に音楽化しようとしたヴォルフ（Hugo Wolf 1860-1903）でさえ、自身のピアノ歌曲をのちにオーケストラ歌曲へと編曲している。また、歌曲を交響曲の中に持ち込むような越境的な手法を用いたマーラー（Gustav Mahler 1860-1911）や、オペラ創作と並行するようにオーケストラ歌曲を創作したR・シュトラウス（Richard Strauss 1864-1949）などは、編曲ではなく、はじめからオーケストラ歌曲として作曲した作品も数多い。

そのような流れの中にあって、ヘルダーリンの詩は伝統的なピアノ歌曲というジャンルで付曲され続けていくのである。一方、一九五〇年以降は、ピアノ歌曲以外の詩の付曲、すなわち室内楽伴奏、合唱曲、オーケストラ作品などが増大し、一九八〇年代にはオーケストラを伴う作品数がピアノ歌曲の作品を上回るという現象も起こる。合唱曲やオーケストラ歌曲などの編成の大きい作品では、ピアノ歌曲以上にことばを聴きとることが困難になる。ピアノ歌曲においても、詩の言葉を聴取者に伝えることが主目的であるわけではないが、より言葉の聴取を困難にするような編成の大きな曲の台頭は、詩の付曲が詩の意味内容を描写するということだけに眼目があるわけではないことを示している。そのように考えていくならば、ヘルダーリンの付曲において詩の一部分のみを用いたり、断章が多く取り上げられたりしている事実も理解できるであろうし、さらに、二〇世紀における、特徴的なヘルダーリンの詩とその付曲、声楽／語りを含まない楽曲の台頭も、理解できるのではないだろうか。

このような作品は一九八〇年代以降に多く作曲されるようになっている。典型的な例としてはノーノ（Luigi Nono 1924-1990）が一九八〇年に発表した弦楽四重奏のための《断章―静寂、ディオティーマに *Fragmente – Stille, An Diotima*》を挙げることができる（第Ⅳ章第三節で扱う）。そのほかにも、合唱曲、オーケストラ作品、フルート・ソロなど様々な編成の作品が編みこまれたホリガー（Heinz Holliger 1939-）の《スカルダネッリ＝チクルス *Scardanelli-Zyklus*》やディットリッヒ（Paul Heinz Dittrich 1930-）の合唱曲、テクストのない弦楽四重奏曲を含む室内楽曲など、ヘルダーリンの詩の付曲は、ことばの意味内容を描写したり、言葉の表層的な意味をなぞるような詩の付曲との差異を主張するがごとく、今日に至るまで現代音楽の潮流の中にいる作曲家によって途切れることなく行われ続けている。

第三節　二〇世紀の音楽観と共振するヘルダーリンの詩の特徴

ブラームスの付曲を見てもわかるように、確かにロマン派の作曲家にとって、ヘルダーリンの詩は必ずしも取り上げやすい詩ではなかった。では、ヘルダーリンの詩を盛んに取り上げた二〇／二一世紀の作曲家はどのような音楽を志向していたのだろうか。トリスタン和声に代表されるように、一九世紀後半より機能和声の秩序は徐々に解体へと向かう。また、二〇世紀初頭に文学や絵画の分野で潮流となった表現主義の流れは音楽にも及んだ。二〇世紀音楽は多岐にわたり一括りに語ることは到底できないにしても、二〇世紀に評価されるようになったヘルダーリンの詩の特徴と二〇世紀の作曲家が志向する音楽には一定の共振関係がみられる。そこで、本節ではヘルダーリンが二〇世紀に再評価され、盛んに取り上げられるようになった背景にあると思われるヘルダーリンの詩の特徴と二〇世紀の作曲家が志向する音楽との共振関係について三点確認する。なお、本節は他稿(13)を下敷きにしている。

三―一　中間休止

音楽は時間芸術であり、常に流動している。拍子記号により指示された時間の流れの中に長さの決まった一つ一つの音符・休符が順番に配置されていく。「音楽の流れ」をそのような音符と休符の連なりであるとするならば、休符も音がない音楽の瞬間なのである。二〇世紀音楽においては、拍子記号のない楽曲も存在するが、そのような場合も基準となる音価がどのようなテンポであるかをメトロノーム記号で指示してあるなど、配置された音符と休符の連なりであることは変わらない。また、休符の上に書かれたフェルマータ(14)も「音楽の流れ」の中断ではなく、「音楽の流れ」の中にある引き延ばされた休符である。例えば、シューマンは、ロマン派における代表的な歌曲作曲家でもあるが、多くの歌曲の中でフェルマータを効果的に用いている。同じモチーフが前奏、間奏、後奏で出てくるたびに異なる位置にフェルマータを付けている曲(作品三五・八)や、最後の小節が四分の四拍子であるにも拘わらず八分音符一つのみで休符によって、この楽曲が満たされないままに終わる曲(作品四二・二)など、休符や引き延ばされた音符や休符によって「音楽の流れ」の中に「時間」をいわば作曲しているのである。

しかし、二〇世紀に入ると、このような休符やフェルマータと異なる「𝄒」や、音符や休符の上ではなく小節線上に書かれたフェルマータ(15)によって記された中間休止が頻繁にみられるようになる。【譜例1】

ここで、ピアノ・パートは、右手は黒鍵、左手は白鍵をグリッサンド(ピアノの場合は、指の爪などを用いて鍵盤

【譜例1】A. ベルク：〈風は暖かい〉作品2-4 T. 15

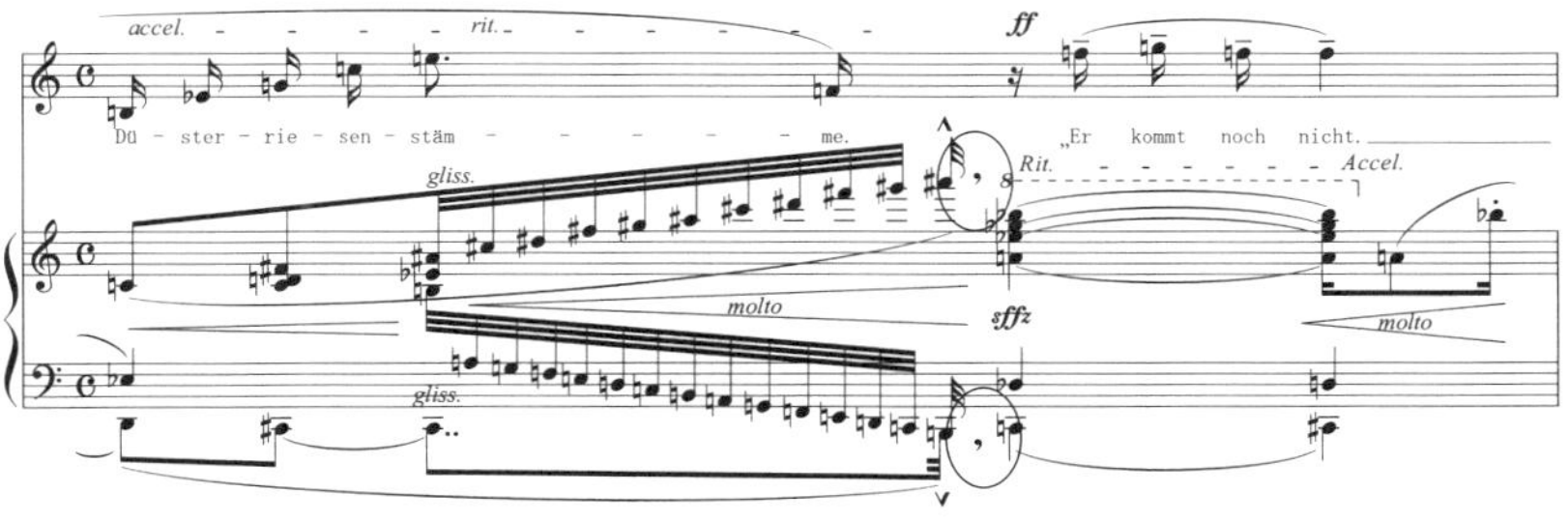

を滑らせるようにして弾く迅速な音階奏）し、さらにクレッシェンド（徐々に強くして）しながら一気に増大する不協和な音響を生み出す。グリッサンドの最後の音であるアクセントが付けられた三点嬰ロ音と下点ろ音は、「*sffz*」（特に強めて強くして）が書き込まれた、は音—変ニ音—二点イ音—三点変ホ音—三点変ト音—三点変ロ音からなる不協和な和音に至るべき音であるが、この和音に至る直前に「❜」と記された中間休止が打ち込まれ、一瞬この音の流れがせき止められている。

では、休符と中間休止の違いは何であろうか。休符は、音楽を停止させるものではなく、「音楽の流れ」の中にある音のない瞬間である。音が鳴っていなくても、その楽曲の流動の中に組み込まれた時間なのである。ケージ（John Cage 1912-1992）の《四分三三秒》[16]などは、最も極端な例だと言える。この楽曲においては、所謂楽器の音は一度も鳴らない。ケージが目指したのは無音を聴くことではなく、休符のみの音楽の流動の時間の中に多くの音が鳴っている（聴衆の息遣いや衣擦れの音からホールの中にある様々な音まで）ことを体験し、そのような音も全て音楽の音として取り込もうという試みであったわけではあるが、少なくともひたすら休符を「演奏」するというこのような極端な例を見ることによって、音楽における休符はいかなるものであるのかわかるだろう。

それに対して中間休止は、「音楽の流れ」を唐突に断ち切るものである。これは、ロマン派の音楽には見られなかった現象であり、二〇世紀以降の音楽を特徴づけることの一つである。「𝄒」や小節線上のフェルマータによって記された中間休止は、休符と違いどのような役割を果たしているだろうか。

この場合、中間休止が果たす役割は二つあると考えられる。一つは、中間休止が打ち込まれている瞬間は、楽曲本来の流動とは別次元の瞬間となるということである。つまり、中間休止は別次元の瞬間を食い込ませることによって音楽の流動を断絶するものなのである。中間休止の前の箇所とうしろの箇所は中間休止によって断絶されることによって、その楽曲の一つの流動の中にあったそれぞれの箇所は分割され、個々の部分は浮き彫りになる。もう一つは、中間休止は「音楽の流れ」とは別の、それ自体が極度に緊張感が高まる重要な瞬間を創り出すということである。「音楽の流れ」を断絶するだけではなく、その断絶によって別の瞬間を創出するということである。このような断絶や本来の楽曲の「音楽の流れ」に挿入される極度に緊張感の高まる重要な瞬間は、二〇世紀以降の音楽の特徴の一つと言える。

このように二〇世紀音楽に特徴的な「音楽の流動をせき止め」、「本来の流動とは別次元の瞬間を生み出す」中間休止がもつ機能につながる考察をヘルダーリンは『オイディプスへの註釈』と『アンティゴネへの註釈』の中で展開している。

> 悲劇の移し換え〔Transport〕は、本来空虚で、最も制約されないものである。
> そのため、そうした移し換えが描き出されるリズム的な表象の連鎖の中に、韻律において中間休止〔Cäsur〕と呼ばれるもの、純粋な言葉、反リズム的な中断が不可欠となってくる。それは、激流のような表象の交替に、その頂点でぶつかり、その結果、それ以後はもはや表象の交替ではなく、表象そのものが現れるのである。(StA, 5: 196/ 武田(訳) 2003: 158f)

悲劇の経過は止まることなく、激しい情動の流れに翻弄されてしまう。しかし、それでは悲劇を悲劇たらしめる特性が見えなくなってしまう。その特性とは、人智を超えた理不尽さや、言葉で表現することができない悲しみといったようなことと想定することもできるだろうが、ヘルダーリンは、これを「表象そのものが顕れる」と言い表している。そのような悲劇を悲劇たらしめるものが顕れるために「反リズム的な中断（gegenrhythmische Unterbrechung）」である「中間休止」が必要である、と説くのである。

かれは、中間休止は中断であり、そしてこの作用の仕方を「反リズム的な中断」と呼ぶ。一方、この中断は、預言者の語りとして前後と切り離された瞬間であり、「純粋な言葉（das reine Wort）」が現れる箇所である。この両悲劇にとっての「純粋な言葉」は、『オイディプス王』ではオイディプスとのダイアローグの後、そして『アンティゴネ』ではクレオンとのダイアローグの後に、中間休止に至るまでの激しいやり取りをせき止め、真実を預言するテイレシアスの語りである。さらにこの語りの後にテイレシアスが舞台から消えることによってこの場面の前後を断ち切る。

したがって、ヘルダーリンの考える中間休止の役割は二つある。一つは前後の部分を断ち切ることであり、ヘルダーリンは、その機能を「反リズム的な中断」にみている。もう一つの役割は、「純粋な言葉」としての役割である。この二つの役割は、二〇世紀の音楽で多用された、楽譜上の中間休止の効果に共振するものである。

どれほど中間休止の役割を意識しヘルダーリンが詩作しているかについて、本書では詳細に立ち入らないが、少なくともヘルダーリンは、アルカイオス詩節と並んで揚格と揚格の間に打ち込まれる緊張感の高い中間休止を持つアスクレピアデス詩節も多用していた。[17] 穏やかな流れの中の一つの区切りであるアルカイオス詩節の中間休止に対して、アスクレピアデス詩節における中間休止は、揚格である長音節と長音節がぶつかり合い、まさに「反リズム的な中断」である流れのせき止めである。ヘルダーリンが流れを一度せき止めることによってもたらされる緊張感を意識的に詩作していたことは明らかである。さらに、アスクレピアデス詩節のようなギリシャ詩型ばかりではなく、ヘルダーリンが中間休止の効果を狙っていたのではないか、と思われる詩もある。

詩「生の半ば *Hälfte des Lebens*」（KA, 4: 320）は、ヘルダーリンがソフォクレスの悲劇論において中間休止について論を展開した後に生まれた詩であり、対立的な世界を描いた二連からなっている。ヘルダーリンの詩の中でも代表的な詩とされ、構造、韻律を含む様々な切り口で議論されてきており、また二〇／二一世紀の作曲家によって最も多く音楽化された詩でもある。

Hälfte des Lebens

Mit gelben Birnen hänget
Und voll mit wilden Rosen
Das Land in den See,
Ihr holden Schwäne,
Und trunken von Küssen
Tunkt ihr das Haupt
Ins heilignüchterne Wasser.

Weh mir, wo nehm' ich, wenn

Es Winter ist, die Blumen, und wo
Den Sonnenschein,
Und Schatten der Erde?
Die Mauern stehn
Sprachlos und kalt, im Winde
Klirren die Fahnen.（KA, 1: 320）

生の半ば

黄色い梨の実を実らせ
野生のバラをいっぱいに咲かせ
大地は湖へとせり出している、
優美な白鳥たちよ、
おまえたちはくちづけに酔いしれて
その頭を浸す
神聖で冷ややかなる水の中へと。

悲しいかな、どこで、冬ならば

花を見つけるのだ、どこに
陽の光を、
そして大地の影を？
壁は立っている
ことばなく冷たく、風の中で
風見がからからと鳴る。

色彩に富み調和的な風景が描かれる第一連と非調和な冬の情景を描く第二連は、例えばアドルノが言うようにこの二連がアンチテーゼとしてそれぞれがそれぞれを必要とするという意味で一つであり、その上で並列的な形式で並べられ、「生そのものの両半分に切れ目を入れる」[18]ということであるならば、その「切れ目」は中間休止であると考えることができるだろう。

さらに、この詩における「中間休止」については、韻律論における「中間休止」という観点から観察することもできる。

第一連では、まずたわわに熟した梨（gelbe Birnen）が稔り、バラが咲き誇る（voll mit wilden Rosen）大地が色と香りに満ちて、冷やかな湖へと迫り出すことによって、色彩に満ちた世界と透明で冷やかな水の調和が図られている。また、くちづけに陶酔した白鳥も、神聖で冷やかな水（heilignüchterne Wasser）に頭を浸すことによって、陶酔と冷静さは一つの調和した状態を実現している。この第一連は、韻律も第六行だけが強拍で始まり（Túnkt ihr das Háupt）、穏やかな韻律の流れに不規則性がもたらされている以外はおしなべて安定している。さらに、長母音や二重母音（Rosen, See, holden, Schwäne, Haupt, heilignüchterne）が多用されていることによって、テンポも緩やかである。

調和的な第一連に対して、第二連は全く様相が異なる。一つの文を構成することなく、詩句は分断されている。第一連で多くみられた形容詞（gelb, voll, wild, hold, trunken, heilignüchtern）は消え、修飾語のない単語が並べられていく。この第二連の中で唯一の生物である「花」もその不在が語られるのみであり、互いの存在を孤立化する「壁」が立ちはだかり、動きがあるのは、金属的な音を立てる風見[19]のみである。韻律は非常に乱れている。中でも、八行目にあたる第二連の一行目は解釈が分かれる箇所である。„Weh mir, wo nehm' ich, wenn“（悲しいかな、どこで、冬になれば）を„Wéh mir, wó nehm' ich, wénn“と読めば、動詞「nehmen」と主語のどちらも抑格となってしまうことに疑問が残るし、かといって„Weh mír, wo néhm' ich, wénn“とするならば、動詞に揚格が置かれることにはなるが、„wo“は抑格になる。すると、次の二行目の„wo“は揚格であるため、齟齬をきたしてしまう。もう一つの可能性として、„Weh mír, — wó nehm' ich, wénn“と解釈することができるかもしれない。ドイツ語としては破格ではあるが、揚格と揚格がぶつかりあった箇所に緊張感に満ちた中間休止が打ち込まれることになる。すると、せき止められたリズムによって、詩の流れは緊張度が高まり、「～の時には（wenn）」「どこで（wo）」といった、投げかけるような問いの単語が揚格となり、この詩行のもつ激しさ（一つの文を構成することもなく、主観的で感情的な表現を有している）が浮き彫りとなるのである。このように「生の半ば」の韻律を解釈するならば、ヘルダーリンがソフォクレスの悲劇論で展開した中間休止の役割と効果を、実際の詩作にも活かしていたと考えられるのである。

そして、中間休止を多用するようになった二〇／二一世紀の作曲家たちが、ヘルダーリンの詩のこのような特徴を嗅ぎ取り音楽化に向かったと言える。

三ー二　ごつごつした結合

ヘルダーリン研究は、二〇世紀に入ってから飛躍的に発展したが、中でもヘルダーリン再評価に決定的な一石を投じたのは、ヘリングラートであった。ヘリングラートは、ロマン派の詩や民謡に代表されるような「なめらかな（言葉の）結合（glatte Fügung）」の対概念として、「ごつごつした結合（harte Fügung）」という表現で、ヘルダーリンの詩の言語の難解な結びつきを解き明かした。[20]「なめらかな結合」と「ごつごつした結合」というタームは、もともと紀元前一世紀のギリシャの修辞学者であったハリカルナッソスのデュオニュシオスが説いた抒情詩文体の二極がもととなっている。デュオニュシオスは、この二極を「詩を聴く者」にどのように響くかという音声的な面から研究しているとし、ヘリングラートはそのような「修練を経た耳」（Hellingrath 1911: 6）が聴き取る両者の特徴を論じた上で、さらにこの二極の文体を「文の旋律、詩行の旋律（satz- und versmelodie）」という観点から捉えようとするのである。「文の旋律、詩行の旋律」の「なめらかな結合」は、言葉の流れはスムーズであり、それぞれの詩行は、一つの像や意味のまとまりを成している。ヘリングラートは「なめらかな結合」の好例として、後期ロマン派の詩によく見られるような規則的な押韻詩や民謡をあげている。前節（二ー二）で見たように、アイヒェンドルフの詩『月夜 *Mondnacht*』では、全体を通じて一つのダイナミックな円環が形作られている。さらに例えば『月夜』の第二節を見るとそれぞれの詩行ごとにまとまった情景が描かれ、各詩行は互いに関連しあい、一つの調和的な自然の様子を成

ヘリングラート愛用の机。ヘルダーリン資料室に所蔵されている。（筆者撮影）

しており、「なめらかな結合」がいかなるものであるかよくわかる。[21]

「なめらかな結合」に対して「ごつごつした結合」は、孤立した、ばらばらの言葉の結合である。読み手／聴き手にとって、意味を把握することは困難となり、思考の道のりをたどることもままならなくなる。ヘリングラートは、この「ごつごつした結合」を以下のように特徴づけている。

破格構文であり、ある時は、その短さの内に文が押し込められ、述語もなく置かれている言葉であり、ある時は、二回三回と新たに始まって、その後不意に途絶える長大な総合文である。すなわち、論理的なつながりが抵抗なく維持されることは決してなく、常に構文上の急激な変化に満ち、韻律論の定型に抗っている(Hellingrath 1911: 5)。

ヘリングラートは、このように「ごつごつした結合」という概念を使って、ヘルダーリンによるピンダロスの翻訳を検証し、一九世紀には理解されることがなかったヘルダーリンの詩的言語を解明しようと試みたのである。

興味深いことに、二〇世紀音楽、例えば二〇世紀初頭の表現主義の楽曲に「ごつごつした結合」の特徴と同じ現象を見出すことができる。ウェーベルンの初期の歌曲集作品三や作品四、またはアイスラーの《ヘルダーリン＝断章》などは、音楽的な「ごつごつした結合」の好例と言える。旋律線は、不意に中断したり、もしくは突如後退する。特定の音程（増四度、長七度、短九度など）、極端に高いか極端に低い音域、極端な跳躍進行は、「歌いやすい」旋律性を脅かす。また、一つの楽曲の中でリズムや拍子は不規則であり、音価の長い音符から突如早いパッセージに移行する、もしくは激しいパッセージの後にいきなり単独の和音だけになる。また、極端な強弱記号もこの時代の音楽を特徴づけるものの一つであろう。吐息のような「*ppp*（非常に弱く）」から荒々しい「*fff*（非常に強く）」や突如打ち込まれる「*sffz*（特に強めて強く）」が一つのテクスチュアの中に現れ、この極端なデュナーミックの頻繁な変化は、冷ややかで無骨な印象を与えるのである。

ヘルダーリンの詩的言語にある無骨さや難解さは、ヘリングラートが再評価するまでその価値は認められておらず、またロマン派の作曲家たちが理想とした音楽観からも遠く隔たっていた。しかし、先に述べたように、二〇世紀の作曲家にとって「ごつごつした結合」は重要な技法であった。

三-三　並列

アドルノ（Theodor W. Adorno 1903-1969）は、作曲家でもあり、一九四〇年から四一年にかけてシェーンベルクの十二音技法[22]について著述している。[23]十二音技法とは、シェーンベルクがほぼ一〇年の歳月をかけて編み出し、調性音楽に代わるシステムとして打ち出した音楽技法である。三〇〇年にわたり西洋音楽を支配してきた調性音楽は、一つの調における主音（トニカ）と他の従属音との関係によって成り立っている。そして、その調に属さない音は非和声音とみなされ、和声音楽の構造的機能は、このトニカに対する関係の様々な度合いによって秩序立てられている。それに対して、一つの音列の中にオクターブ内の十二の音を使って作られる十二音技法においては、個々の音はトニカの支配から「解放され」互いに平等の権利を有することになる。十二音技法では全ての音が規則的に使われるためどの音も同じように強調されることになり、特定の音の優位性も失われ全ての音は同等となるのである。

アドルノは、一九二二年から二四年にウィーンに赴きベルクのもとで作曲を学び、十二音技法を熟知していた。その結果、十二音技法の音列から成る並列的な構造に注目することになるのである。そして、そのことがアドルノのその後のヘルダーリン研究に影響を与えたと考えられる。事実、かれは五〇年代以降のヘルダーリン研究においいて、「並列」の概念によって後期の詩作の構造上の特徴を捉え、以後のヘルダーリン研究にインパクトを与えることになった。この「並列」の概念は、ヘリングラートの提唱した「ごつごつした結合」（三－二）の発展形とも考えられ、さらにアドルノは、自身の音楽理論の知識も活かし、ヘルダーリンの詩の構造を音楽との比較によっても論じている。一般的に言語は概念の枠組みの中に閉じ込められているのに対し、「偉大な音楽は概念なき総合である」（Adorno1981: 471）と述べ、ヘルダーリンの後期の詩は、「概念なき総合」である音楽に当てはまるとしている。ここで言われている音楽とは、「解放されて溢れ出た自然」（ebd.）であり、自然支配の呪縛下にないがゆえに自然自体を「超越した」自然という意味である。

アドルノは、音楽は（ことばのように）何かの概念を喚起するものではなく「概念なき総合」であり、ヘルダーリンは、詩作の「ことば」において音楽と同じように「概念なき総合」を目指しており、それゆえヘルダーリンの詩作の中では、「構成は解離」しており「総合の伝統的な論理」は「宙吊り」にされている、と見ていたのである。

アドルノは、「従属文構造」の存在を認めつつ、列の原理としての「並列」が際立つことにヘルダーリンの（後期の）詩の独自性を見ている。

> ギリシャ語によって鍛えられたヘルダーリンのことばのふるまい方は、大胆に練り上げられた従属文構造を欠いてはいないが、一方で、技巧にみちた攪乱作用としての並列《パラタクセ》も目立っている。並列は、従属関係をもちこむ構文法《シンタクス》の論理的位階制を回避する。（ebd.）

このようなヘルダーリンの詩の並列的な構造をシュルツは以下のように特徴づけている。

ヘルダーリンの「並列的な言語」は、アドルノにとって、支配関係を免れることのできる言語のモデルである。すなわち、従属関係の法則に服する表現の接合体ではなく、分裂している連なりである。[24]

シュルツの指摘は、ただちに、シェーンベルクの十二音技法を思わせる。[25]十二音技法では、主従関係から解放された音の連なりが（水平方向にせよ垂直方向にせよ）「並列」されていくのだが、ただばらばらにされているだけではなく、その都度定められた列の原理で並べられているのである。つまり、十二音技法の目指すところは「結び付けられていないものの統合」（Adorno 1976/1978: 52）としてのシステムなのである。

アドルノは、一九四〇年代に『新音楽哲学』の中で十二音技法について論じており、一九五〇年代以降（講演は一九六三年であり翌一九六四年に公刊された）になって、ヘルダーリンの詩が持つ「構成上の解離」（Adorno 1974/1981: 471）について取り組むことになるのである。つまり、アドルノにとって当時の現代音楽に対する知見がヘルダーリンの詩の分析をする際に役に立ったのである。

このような「並列」的な詩の構造は、調性を解放し新しいシステムとして作られた十二音技法に限らず、ストラヴィンスキーをはじめとする多調音楽[26]やモチーフ展開を解体する手法など、多岐にわたる二〇世紀音楽の様々な方向性から見ても、従属的な関係にないものを「並列」するという意味において魅力的な構造であったことがわかる。二〇世紀の作曲家たちは、アドルノが指摘するよりも早い時期からおそらく直感的にヘルダーリンの詩が持つ並列的な構造が自らの作曲理念に合致していることを感じ取り、ヘルダーリンの詩を音楽化したと考えられる。

三-四　まとめ

ヘルダーリンの詩は、音楽の分野において一九世紀にはほとんど顧みられなかった一方、二〇世紀には最も注目される詩人となっている。付曲数の多いこともさりながら、二〇世紀音楽の潮流にいた作曲家がこぞってヘルダーリンの詩に取り組んでいる事実は興味深い。出版状況から見てもわかるように、ヘルダーリンの詩は一九世紀においても決して流通していなかったわけではなかった。また、ヘルダーリンが好んで使用したギリシャ詩型も、ベルリン・リート楽派のように素朴な有節歌曲を尊ぶ作曲家にとって必ずしも扱いやすい詩型でなかったにしても、ベートーヴェンやブラームスの例を見てもわかるように付曲作品は多々ある。つまり、一九世紀にヘルダーリンの詩に取り組む作曲家がほとんどいないことは、詩の流通の度合いや詩型の問題ではなく、ブラームスの付曲において明らかになったように、ヘルダーリンの詩に見られる対立構造や不均等な構造は、調和やまとまりを尊ぶロマン派の作曲家が志向する音楽に合致しなかったのである。

一方、二〇世紀にヘルダーリンが盛んに取り上げられるようになった背景には、ヘルダーリンの詩の特徴と二〇世紀の作曲家が志向する音楽との共振関係があると考えられる。ヘルダーリン自身が考察している「反リズム的中断」である「中間休止」は、二〇世紀音楽を特徴づけるものの一つであるし、二〇世紀の研究者によって明らかにされた「ごつごつした結合」や「並列」は、そのまま二〇世紀音楽の傾向を表す特徴である。異質な要素がぶつかり、論理的な流れが「宙吊り」にされているヘルダーリンの詩の特徴を、二〇／二一世紀の作曲家たちは、自らの音楽技法に合致するものと感じ取り、ヘルダーリンの詩への付曲が盛んに試みられたということである。

しかし、ヘルダーリンの詩が二〇／二一世紀の作曲家を惹きつけた理由は、本当に技法や構造の一致だけなのであろうか。二〇世紀に再評価されるようになったヘルダーリンの詩の特徴は、二〇世紀の音楽によって付曲できるものになった、すなわち二〇世紀音楽の技法や構造がヘルダーリンの詩の技法や構造に追いついた、ということだけに留まるのだろうか。確かに、技法や構造が一致することは、付曲の可能性を広げることであろう。しかし、付曲するとは、詩の内容に即して音楽を付けたり詩の技法や構造に合致させて音楽を付けることに終わらないはずである。作曲家が詩に付曲するという行為は、研究対象として分析することではなく、また詩に描かれた意味内容を音楽で表現するということだけでもないだろう。それでは、作曲家が詩に出会い付曲することは、どのようなことなのだろうか。そこで、まず、次節において付曲とは詩の「何を」作曲する行為なのかに迫ることにする。

第四節　付曲＝詩の「おと」の音楽化[27]

四‐一　付曲する vertonen というタームの歴史

ドイツ語圏においては作曲家が、詩に出会いその詩を音楽化することについて「vertonen, Vertonung」という語が用いられ、音楽界では「付曲する、付曲」と訳されている。しかしこのタームは、一般的に流通しているとは言い難い。国語辞典や音楽辞典をひもといてみても「付曲する、付曲」という項目は立てられていない。その上、「付曲する」という訳語は、「曲を付ける」と捉えられてしまい、作曲家の行為が付随的なものであるとミスリードしてしまっているようにも見える。そこで、まず本節ではドイツ語の「vertonen」という語はどのように捉えられてきたのかを確認することから始めたい。

では、そもそもこの「vertonen, Vertonung」とはいかなる言葉なのであろうか。「vertonen」という語は歴史の古い言葉ではなく、一九世紀後半に漸く登場した語である。クルーゲの語源辞典を見ると、最初の用例として挙げられているのは、一八三一年六月二〇日に、ゲーテがエッカーマンに語ったとされるものである。[28]その中で、ゲーテは「フランスでは、創造物について語る際に、組み立て（composition）という言葉」で表現することを不適切だとし、「いったいモーツァルトが《ドン・ジョバンニ》を組み立てたなどと言えるだろうか」と批判している。[29]この時点では、komponieren（作曲する）という外来語が「組み立てる」という意味であるため、創造的な活動に対する語としてふさわしくないと批判しているだけであり、「作曲する」という創造的な行為によりふさわしい語を要請しているわけではない。ドイツ語の言語史を見ても、[30]「komponieren」に代わるドイツ語として「zusammensetzen（組み立てる）」が提案されているのみである。「komponieren」という語を「vertonen」に置換しようとしたのは、カンペだとも言われているが、[31]確かではない。一九世紀にはほかにも「komponieren」に代わるドイツ語として「tonsetzen（音を置く／あてる）」、「tonschöpfen（音を創造する）」なども使われてはいるものの主流となることはなかった。[32]「vertonen」とは、直訳するならば、「音（楽）化する」という意味であり、「tonsetzen」や「tonschöpfen」と同じくやはり「音」が意識されていることがわかる。ドイツ語において「作曲する」という行為を表現しようとする時には、「音」ということばが入り込んでいるということは興味深い。すなわち、「組み立てる」という意味である「komponieren」がドイツ語化されていく過程の中で、「音を構成する」、「音を創造する」、「音化する」というように音が意識されているのである。

二〇世紀には、報道機関などの抵抗にあいながらもこの「vertonen, Vertonung」という語は浸透していった。やがて、「tonsetzen」や「tonschöpfen」は雅語として残るのみとなり、「komponieren」という語に吸収されていく。そのような状況の中で、「vertonen（音化する）」はすたれることなく用いられるようになっていくのだが、次第に「komponieren（作曲する）」の代替語としてではなく、「komponieren」から分化して詩や台本など「テクストに作曲する」という意味となっていくのである。[33]「音楽化する」という語が、「テクストを音楽化する」という意味に特化されて用いられるようになるのである。事実、テクストと音楽の関係性について考察されている文献や評論やエッセー、そしてCDのカヴァーなどには「vertonen, Vertonung」という語は頻出している。例えば、音楽関係の文献を網羅しているEBSCOの検索サイト（Abstracts of Music Literature）で検索してみると、タイトルもしくは抄録に

「Vertonung（付曲）」が含まれる文献は、一九六六年から二〇一八年までの間に六四一件「Vertonungen（付曲の複数形）」では、一九六七年から二〇一七年の間に八二〇件ある。さらに、「vertonen（付曲する＝動詞形）」では、一九六七年から二〇一六年の間に五九件、「vertont（付曲された＝過去分詞）」では、一九八一年から二〇一六年の間に二一三件の文献でこのタームがタイトル、もしくは抄録に含まれている。[34] そのほぼ全てが[35]具体的なテクストに対して作曲された楽曲についての考察であり、「作曲する」という行為全般に対してではなく、「テクストに対する作曲行為」を指示するタームとして流通している。

　しかし、楽譜に目を転じてみるならば、「vertonen, Vertonung」という単語はほとんど見当たらない。[36] 〇〇の詩が〇〇の作曲家によって「in Musik gesetzt（音楽にされる）」もしくは〇〇の詩が〇〇の作曲家によって「komponiert（作曲される）」と書かれているか、[37] 作曲家の名が記されているだけである場合がほとんどである。歌曲に限らず、二〇世紀に作曲されたオペラやオラトリオの楽譜にも「vertonen」という語は見当たらない。つまり、この「vertonen」という語は、「作曲する」という行為から分化し、「テクストを作曲する」という行為を表現するものとして生き残ったタームであるにも拘わらず、作曲家自身によって用いられる語でないことがわかる。

　さらに、研究者や一般の市場では頻繁に用いられており、市民権を得ていると思われる「vertonen, Vertonung」という語は、ドイツ語による音楽辞典としては最大規模であるM. G. G.（*Die Musik in Geschichte und Gegenwart*）の新版でも項目として立てられておらず、厳密な定義づけもされていない。

　すなわち、もともとは外来語であり、作曲行為という創造的な行為を表現するのにふさわしくないとされた「komponieren」に代わる語として要請されたタームが、代替語としてではなく、「テクストを音楽化する」という意味に特化された形で、音楽研究者や受容者に用いられてきたということである。つまり、テクストとの関係をもつ音楽作品を観察する、もしくは受容する者が、テクストに作曲する行為を、テクストが介在していない楽曲を創作する行為と差別化して捉えようとした結果、作曲行為全般に用いられている「komponieren, Komposition（作曲する、作曲）」とは異なるタームが要請されたということである。

以上みてきたように、「vertonen, Vertonung」という語に託された意味を考えるならば、日本語の定訳である「付曲する」、「付曲」という語からは文字通り「音楽を付ける」ということ以上の意味を感じにくいかもしれない。そもそもこの定訳はいつ頃から使われるようになったのかについてもはっきりしない。少なくとも音楽辞典や国語辞典をひもといてみても「付曲」という項目は立てられておらず、vertonen, Vertonung と同じように定義されていない語なのである。[38]「曲を付ける」という語からは二〇世紀の音楽学者によって指摘された作曲家の「詩の音楽化」という側面を感じさせず、「vertonen」に対する理解を狭めてしまうかもしれない。

そこで、本論では「vertonen」を「詩を音楽化する」行為とし、「Vertonung」を「詩が音楽化された作品、楽曲」と規定することとし、それぞれ「付曲する」、「付曲」に代わる語として用いることとする。

四-二　ゲオルギアーデス／言葉とことばの構造化

前述したように、「vertonen, Vertonung」という語は、二〇世紀以降の研究者や受容者によって用いられるようになる。では、このタームを要請した二〇世紀以降の研究者は、「詩に出会い、音楽化する」とは、詩の「何を」音楽化する行為だと捉えているのだろうか。

前述したように、EBSCO で検索する限りにおいては、「vertonen, Vertonung」といった語が登場するのは、学術書、雑誌、機関誌、およびCDのブックレットまで含めても一九六〇年代になってからである。

「vertonen」という語が登場し始める一九六〇年代に、芸術歌曲における「詩と音楽」の関係ついて詳細に論じた研究が現れる。

【譜例1】F. シューベルト：さすらい人の夜の歌 D768 T. 4-6

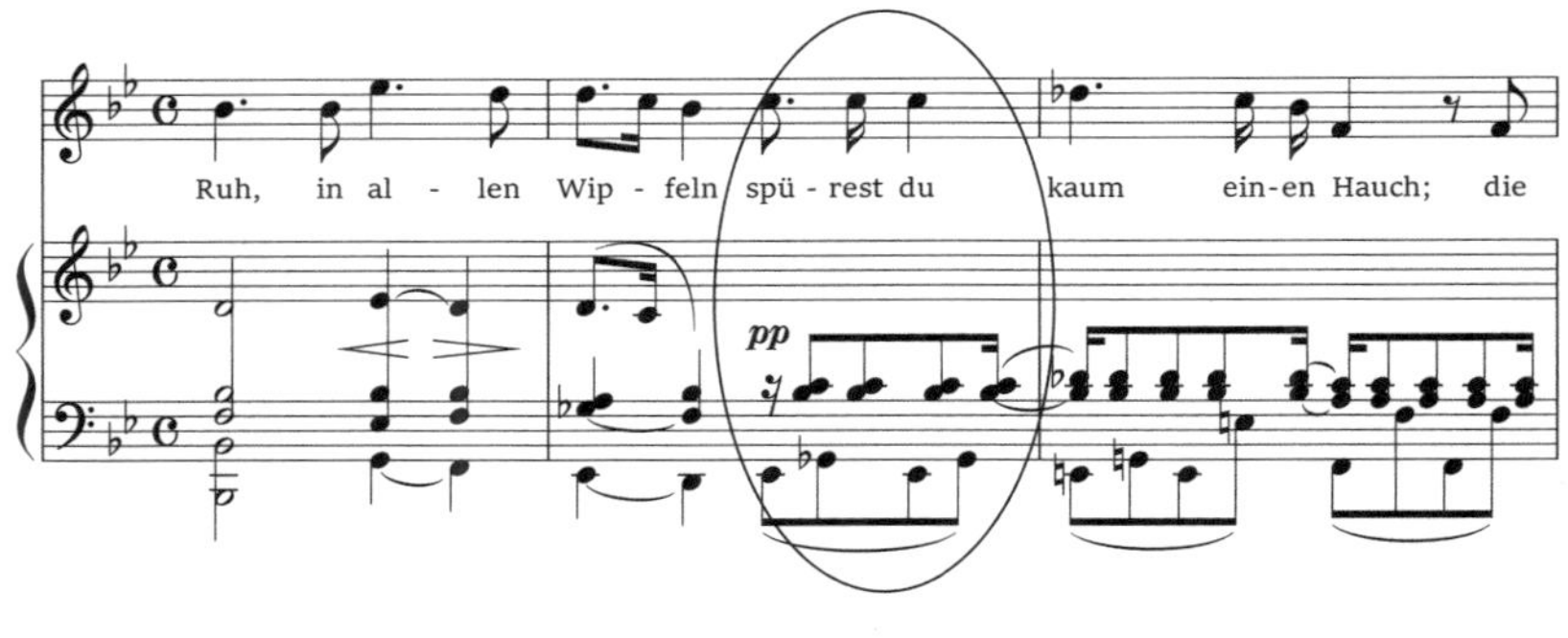

ゲオルギアーデス（Thrasybulos Georgios Georgiades 1907-1977）[39]は、その著書『シューベルト　音楽と抒情詩』の中で、シューベルト（Franz Peter Schubert 1797-1828）がどのように詩を「vertonen（音楽化）[40]」しているのかについて、詳細に検討している。

かれは、シューベルトの歌曲創作は、旋律の音高や音符や休符、そして和声やピアノ・パートのリズムといった音楽の要素を用いて、原詩の詩節の構造を音楽構造化することであると捉え、単に詩節の構造（定型詩の詩行をそのまま規則的な楽節にあてはめるような）に合わせて旋律を付けるような歌曲とは一線を画したものであることを解き明かしている。例えばかれは、まず、《さすらい人の夜の歌Ⅱ *Wanderers Nachtlied II*》作品九六・三（D七六八）を例に挙げる。ゲーテの詩の構造、韻律などを詳細に論じた後、その詩節の音節のリズムに対して、歌唱旋律はどのようなリズムになっているのかを検討している。そして、初めて登場する能動的な動詞「お前は感じる（spürest du）」が出現する箇所を、「ことばという事件[41]（als sprachliches Ereignis）」が生じる箇所だと述べている。声楽パートにおける二つの衝撃、すなわち、付点八分音符と十六分音符からなるリズム上の衝撃、および一点変ロ音を中心とした旋律に、突如二点ハ音が強拍にもたらされる衝撃、そして、それまでほぼ声楽パートとユニゾンであったピアノ・パートがこの箇所でリズム、旋律共に変化すること、以上の三つの「音楽上の組み立て（*musikalische Struktur*）[42]」

【譜例2】C. F. ツェルター：やすらぎ――さすらい人の夜の歌II T. 7-9

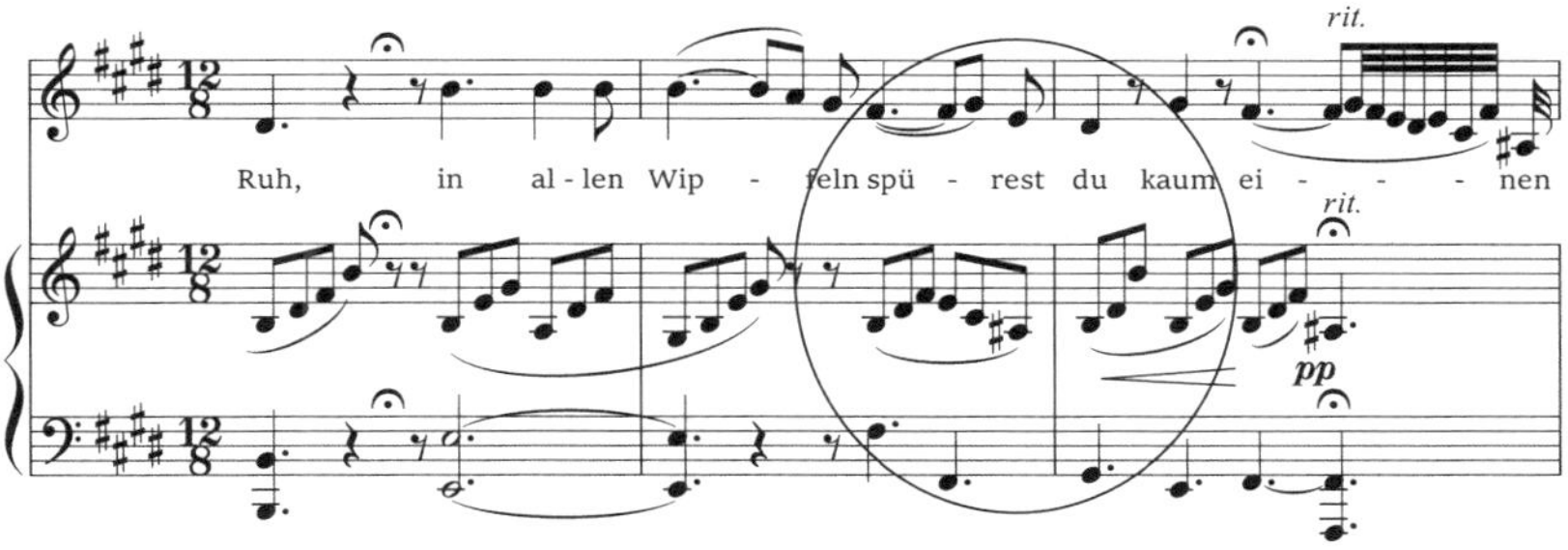

をもって、この「ことばという事件」が明白に表現される、としている（Georgiades 1979：23）【譜例1】。

かれは、シューベルトの歌曲創作の卓越性、および独自性を検証するために、シューベルトにとっての歌曲創作とは「詩を音楽の翼に乗せて運ぶ」（＝言葉の流れに忠実にその流れに沿った旋律として響かせる）ことでも、「聴き手を詩が提示する情調の中へと移す」（＝詩の持つ雰囲気や気分を音楽は作り、聴き手をその雰囲気や気分に浸らせる）ことでもない、と指摘するのである。それは裏返して考えてみるならば、歌曲創作とは言葉の流れに忠実に「詩を歌う」ことや、音楽が一種演出のような効果を持ち、詩の気分を表現するものではない、ということの指摘でもある。そのようにして、ゲオルギアーデスは、シューベルト以前の例えばツェルター（Carl Friedrich Zelter 1758-1832）の歌曲が、詩の流れに忠実であるがゆえ、ゲーテに受け入れられたことは至極当然であることや【譜例2】、シューマンの歌曲を引き合いに出し、シューマンが行っていることは、詩の情調に対する「感情の表現」であると指摘している【譜例3】。

ゲオルギアーデスは、シューベルトが詩を音楽化するということは、詩の言葉（Wort）に音楽付けをすることではなく、「詩の上位にも位置する」（Georgiades 1979：24）「ことば（Sprache）」を音楽で組み立てることだと主張している。

【譜例3】R. シューマン：夜の歌 Op. 96-1 T. 9-12

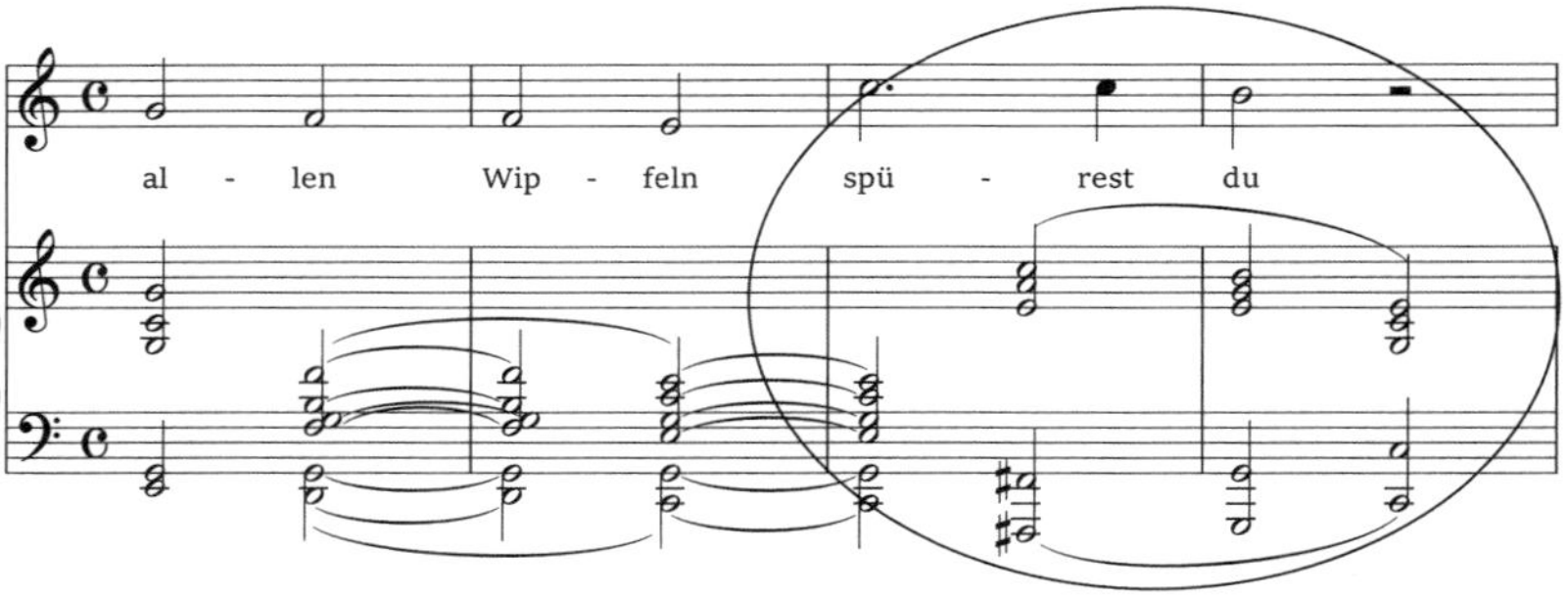

かれは、「ことば（Sprache）」を「言葉／語（Wort）」と区別し、「ことば」とは「生を授け、芸術を初めて可能にする根源現象（Urphänomen）として現れる」（Georgiades 1979: 24）ものと捉えている。つまり、ゲーテの詩に出会い、その詩を音楽化することは、ゲーテの詩行にある言葉に音楽を合わせることではなく、ゲーテが詩作する際に触れた「すでに先立って存在することば（präexistierende Sprache）」であり、「母なることば[43]（Muttersprache）」（ebd.）を、ゲーテの詩の言葉を通じて音楽的に組み立てることである、と考察しているのである。まさに、詩の音楽化に対する本質的なアプローチであると言える。かれはさらに、

> シューベルトは、いわば詩を通じて、そして詩を越えて詩を担っているより深い層、すなわちことばまで突き進み、直接的にそのことばから汲み取り、詩を音楽作品に変身させた。かれは詩の構造の代わりに音楽構造を築いたのである。しかし、かれの音楽は――言語的な層と詩的な層は相互関係にあるので――同時に詩芸術も透かして見せており、その詩芸術を新しく照らし出す。（Georgiades 1979: 29）

と述べ、シューベルトが詩を音楽化するのは、ことばと言われている「根源現象」もしくは「母なることば」であるが、シューベルトはゲーテの詩の言葉を

通じてその根源現象／「母なることば」に触れるわけであるから、音楽で構造化されたその作品には常にゲーテの詩芸術も実現されている、と主張している。ゲオルギアーデスは、詩の（言葉の）構造、すなわち詩行の韻律や言葉の抑揚、また言葉の流れといったものと、音楽的な組み立て、すなわち声楽パートの旋律やリズム、およびピアノ・パートを含む和声などを詳細に検討することによって、シューベルトの詩の音楽化の卓越性をシューベルトの歌曲自体の分析と、かれの歌曲と様々な作曲家の歌曲との比較を通じて論証している。

一九六〇年代に、詩の「言葉」ではなくその言葉を「より深い層」にまで「突き進み」（Georgiades 1979: 29）到達する根源現象＝「ことば（Sprache）」こそが作曲家が音楽化しようと向かう先である、とは非常に先見性の高い見解であり、字面に沿って、もしくは意味内容の音楽的解釈であると見られてきた付曲研究に重要な一石を投じたであろうし、二〇／二一世紀に創作された歌曲を研究するためにも有効なアプローチである。しかしその根源現象が（詩人の言葉というような具体的な言葉ではなく予め存在していることばというような観念的なものであったにせよ）「ことば」であり、あくまでも「言葉」の構造を精査することで詩の「ことば」の音楽化を分析しようとしていることに一つの限界があるとも言える。

その限界は、ヘルダーリンの詩がなぜ音楽化されないのか、について言及する箇所に示されている。ゲオルギアーデスは、音楽化される詩とは、「ことばの求心的な要素が、詩作の構造原理にまで高められていない」ものであるとし、その未だくまなく構造化されていない「ことば」だからこそ、作曲家は音楽で構造化することができるのだと見ている。そこで、ゲオルギアーデスは中にはくまなく「ことば」が構造化されている詩の例として、ヘルダーリンの詩を挙げる。かれは、「ヘルダーリンの詩では、潜在的にことば（Sprache）に内包される要素が現実化され、言葉（Worte）を顕現するもの、しっかりと組み合わされたもの、あらゆる面からしっかりと確定されたものとして登場させる」（Georgiades 1979: 30）ために、作曲家がそのような詩の「ことば」を音楽化する、すなわち音楽で構造化する余地はない、と見ている。ここで、ゲオルギアーデスは、例としてヘルダーリンの『パンと葡萄酒 *Brot und Wein*』の第一節を挙げ、この第一節では『さすらい人の夜の歌』（ゲーテ）と同じように「安らぎ、夜、静寂、苑の頂、山頂」が歌われているが、ゲーテの詩と異なり、「即物的、冷酷、冷静」であり、またそれゆえに内に燃え立つようなものを秘めていると説明している。しかし、どのような要素がゲーテの『さすらい人の夜の歌』と比較して「即物的、冷酷、冷静」であるかの検討はされておらず、恣意的であることは否めない。

さらに、そのように（しっかりと確定されている）ヘルダーリンの詩のことばの構造は「ごつごつした結合」であると、ヘリングラートの提唱したタームを持ち出し、語は個別的に並列していることを指摘すると共に、「聖なる冷静（das ‚heilig Nüchterne'）」がヘルダーリンの詩の特徴であると述べている。「聖なる冷静」とは、ドイツ人にはそもそも備わる特性としてヘルダーリンが指摘する「ユノー的な冷静さ」を念頭においた表現である。ヘルダーリンの詩の中で最も多く音楽化されている「生の半ば *Hälfte des Lebens*」にも「神聖で冷やかなる水の中へ（Ins heilignüchterne Wasser）」という表現で登場している。ギリシャ人にとっては自然に備わっているものの、ドイツ人は修練し身につけるべき「神聖なるパトス」、「天上の火」と対をなすタームである。ヘルダーリンの詩作や、ピンダロスの翻訳などは、前節（三－二）でも指摘したように一九一〇年代にヘリングラートの研究によって、再評価の機運が高まった。自身が作曲家でもあるアドルノが、パラタクシス（並列）という概念でヘルダーリンの詩を捉え直そうとしたのも一九六〇年代である。

二〇世紀前半からヘルダーリンという詩人が注目されるようになったことを踏まえると、ゲオルギアーデスは、ヘルダーリンの詩の構造や「ごつごつした結合」、「聖なる冷静」といった詩の特徴を詳細に検討することなく、ヘルダーリンの詩を例に挙げたと考えられる。「ごつごつした結合」は、言葉と言葉の接続といった表面的な構造論に留まることではないだろうし、また、「聖なる冷静」だけがヘルダーリンの詩を特徴づけるものでもないからである。おそらく、盛んに音楽化が試みられた「なめらかな結合」を持つ詩との対比から、厳格な韻律構造を持つヘルダーリンの詩の特性をことばがくまなく構造化（dichten）されていることに見たゲオルギアーデスは、緩やかな詩の構造を持ち、音楽によって構造化される余地があるゲーテの詩と対比させ、音楽化できない詩の例としたのであろう。

しかし、実際は一九六〇年頃までにヘルダーリンの詩は、著名な作曲家たちによって、多数音楽化されているのである。[44]すなわち、シューベルトの歌曲の卓越性を解明しようとする際には高い説得力を持つ「ことばの構造の音楽化」を検証する以外のアプローチも、「詩を音楽化する」という行為の本質に迫るためには必要であるということである。

その鍵となるものをゲオルギアーデス自身の言葉から見つけよう。それは「根源現象」という語である。詩人が詩作の際に触れ、またその詩に出会った作曲家が向かう先である「根源現象」は、あくまで「ことば」である。いかに「詩の上位に位置しているもの」であり「すでに先立つもの」であったとしても、「ことば」である限り「求心的な」もの、すなわちなんらかの意味やまとまりに向かおうとする。「ことば」である限り常に構造を離れることはできない。そこで根源現象とは、「ことば」すなわち構造化されるものではない何かである可能性を考えてみることはできないだろうか。根源現象が意味や構造に収まらない何かだと考えることによって、詩の「ことば」の音楽化が構造化であるという側面以外のアプローチが可能になるだろうし、ゲオルギアーデスの研究を踏まえた上で、シューベルトの歌曲にもさらに新たな光を当てることも可能になるだろう。

四－三　エッゲブレヒト／詩の「おと」

ゲオルギアーデスの研究を受けた上で、ことばの構造に焦点を合わせるのではなく、詩全体が表現しようとするところに注目しようとした研究が、一九七〇年に登場する。[45] エッゲブレヒト[46]（Hans Heinrich Eggebrecht 1919-1999）は、シューベルトの歌曲において、その歌曲全体が表現しようとする音調は、旋律構成音となっているいくつかの音に集約され、その音調は「単なる情調ではなく、ことば[47]（Worte）の明確な意図／意味である一つの音（Ton）」（Eggebrecht 1979: 168）を鳴り響かせている、ということを論証しようとしている。「一つの音」について、エッゲブレヒトはまずヘーゲルを援用する。ヘーゲルは、『美学』の中で、

> 例えば、歌曲は、詩および歌詞として、多様なニュアンスをもった情調（Stimmung）や直観や表象からなる一個の全体を含みうるけれども、概ね、全てを通じて一貫する同一の感情の根底の響き（Grundklang）を有し、その響きによって、とりわけ一つの心情の音（Gemütston）を奏でる。この心情の音を捉え、音（Tönen）に再現することがそのような歌曲の旋律の主たる効果の本質をなす。[48]

としており、まさに言葉に表れている様々な表現やニュアンスの根底にある一つの響き、ゲオルギアーデスで言うならば、「詩を突き抜けて」達する「根源現象」を「根底の響き」と捉え、「その一つの気分の音」を音楽の旋律で表すことがvertonenの本質だと見ているのである。

このヘーゲルの主張を踏まえた上で、エッゲブレヒトは一九世紀の芸術考察においては「情調（Stimmung）」と「おと（Ton）」が意味する領域はかなり近似していたことを取り上げ、「情調」はより情緒的な反射であるのに対し、「おと」はより対象として捉えられるがゆえ、「おと」を用いるとことわっている（ebd: 167, Anm. 6）。その上で、ヘーゲルのいう「根底の響き」のような曖昧な「おと」ではなく、シューベルトの歌曲の「おと」はどのようにできているのかを明らかにしていく。

まずかれはシューベルトの連作歌曲集《美しき水車小屋の娘》作品二五（D七九五）の第一曲〈さすらい[49] Das Wandern〉を例に挙げる。この曲の核（Kern）となるのは、希望をもって旅立つ「さすらい」であるが、単にその言葉の意味を朗らかな旋律やリズムといった音楽の技法を用いて表現するのではなく、

> 「さすらい」という一つの概念の多層な現実世界が、一つの音楽的なエッセンスへと変化している、翻訳されている。[50]（Eggebrecht 1979: 169）

ことであり、言葉の意味を音楽でなぞるような詩の音楽化とは一線を画するものであるとしている。エッゲブレヒトは、具体的にこの曲の中で「das Wandern（さすらうこと）」と歌われる箇所（第六小節〜第七小節）に用いられている音（ピアノ・パート／下一点変ろ音、変ろ音、へ音、変ロ音、変ホ音、ニ音、声楽パート／二点ニ音、二点ハ音、一点イ音、一点変ロ音）が、この曲のエッセンスであり、ほかの箇所の核となっていることを提示する【譜例4】。

つまり、シューベルトがここで行っていることは、「さすらうこと」という言葉の意味ではなく、この曲における「さすらうこと」の概念をその言葉が歌われる箇所に用いられている音（楽音）で表現し、その音が全曲を通して用いられる構成音となることによって、概念としての「さすらうこと」を鳴り響かせているのだと見ている。

エッゲブレヒトは、「一つの音」が鳴り続けているような詩、「一つの音」に収斂していくような詩の例として、《糸を紡ぐグレートヒェン》作品二（D 一一八）、〈まぼろし〉作品八九・一九（D九一一・一九）を例に挙げて検証し、ゲーテの詩と同じく、《美しき水車小屋の娘》作品二五（D 七九五）、および《冬の旅》作品八九（D 九一一）の詩人であるミュラー（Wilhelm Müller 1794-1827）の詩も、シューベルトが好んで「音楽化（vertonen）」し

【譜例4】

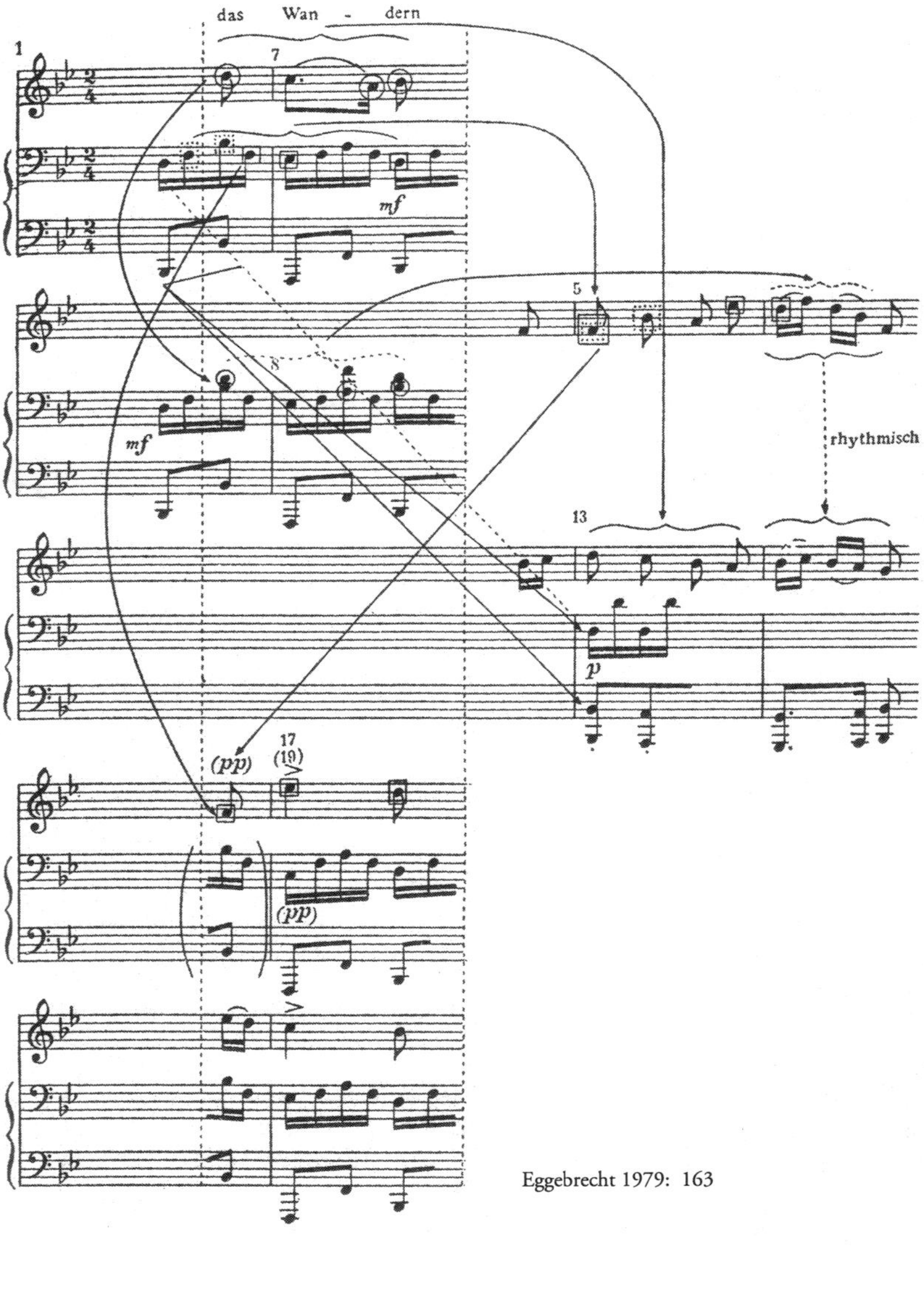

Eggebrecht 1979: 163

ようとする対象であったとしている。

ゲオルギアーデスが「ことば」であるとした「根源現象」を「おと」であるとし、その「おと」が楽曲の中で五つの楽音で表現されている、とエッゲブレヒトは見ている。

シューベルトの歌曲論から九年後、エッゲブレヒトは一九七九年にも「付曲する」こととは、いかなる行為であるかについて、シューベルトの歌曲のみならず、マーラー（Gustav Mahler 1860-1911）の歌曲も例に挙げながら論じている。[51] この論考においては、詩を音楽化するとは、「作曲家がどのように詩を理解したかを表すことであり、音楽の中に染み渡る詩の理解、すなわち芸術〔＝音楽〕を通じて芸術〔＝詩芸術〕を理解すること」（Eggebrecht 1979: 214）だとし、一つの詩を貫く「おと」を楽音化することだと見ている。詩も他の芸術作品と同じく何かを告知しているが、芸術作品である以上その告知することは、「美的な性質・ありようであり、概念的に規定されえない」（ebd. 226）、つまり、何かを告げているが、その何かは言葉や意味などで具体的に規定することはできないのである。詩は言葉で造形される芸術であるので、そこに書かれた言葉の一つ一つを「概念的に」理解することもできるだろう。そのような意味において「何か」は理解することのできる言葉で仲介されている。仲介はされているが、何かは「規定されえない」。しかしその上で、詩は理解しようと志向するものを拒絶するのではなく、活性化し汲みつくすことのできないほどの可能性を提供しており、その一つの理解のあり方が詩の音楽化だとみている。作曲家が行うのは、この「概念的に規定されえない」何かを、自らの音楽で表現することなのである。音楽は、言葉と違い「概念なく（begriffslos）仲介され、しかし美的には徹頭徹尾規定されている意図（Meinen）」（ebd. 238）をもつものである。「概念なく仲介される」のは、テンポ、旋律線、和声、デュナーミクといった楽曲を構成する要素であり、そのような要素自体は何かの意味を知らせてはいない。そのようなそれ自体は意味を告知していない要素は、しかしどのような瞬間に、またどのような連結のやり方で用いられるかによって、その楽曲における明確な要素の意図を知らせている、ということだと考えられる。つまり、「概念的に規定されえない」何かに迫ることが詩の音楽化であるとみているのである。

歌曲の中で詩と音楽が出会う場において、音楽はすでに作曲技法的な形態に意味することを持ちこんでいる。その意味することは、美的な告知として理解されることとして、純粋に音楽的であり、音楽は、詩が芸術としてすでに自ら差し伸べているが、音楽を通じてのみ可能である概念なきメッセージの性質を詩に授けている(ebd. 255)。

と述べている。つまり、すでに二〇世紀後半には、付曲行為(vertonen)に対する研究者の考察は、言葉の意味内容に即して音楽付けがなされているかといった表層的な考察ではなく、音楽化することによって初めて明らかになる「概念的に規定されない」告知の顕現化であると考察していたのである。

四-四　作曲家にとっての詩の音楽化

二〇世紀の研究者によって、「vertonen(詩の音楽化)」というタームが用いられるようになった一方、作曲家たちは「vertonen」という語を用いることはない。では、この事実はどのように説明することができるだろうか。この問いかけは、作曲家にとって、詩を音楽化することと、テクストが介在しない楽曲を作曲することの間に本質的な違いはあるのか、と問い直すことによって答えられるだろう。

古典的な楽曲を例に挙げて考えてみよう。ベートーヴェンの交響曲第六番は、作曲者自らが《田園》という標題を与えたとされているし、かれが森を散策している際に楽想を得たとも言われている。では、ベートーヴェンは、この交響曲を標題音楽と捉え、田園での様子を具体的に描写しようとしたのだろうか。ベートーヴェンはこの交響曲にタイトルのみならず、各楽章にも標題を与えていることから、描写音楽だと考えられるかもしれない。しかし、そうではないことがすでにタイトルに添えられた言葉によって明かされている。そこには、「絵画よりもより感性の表現（mehr Ausdruck der Empfindung als Malerei）」と記されており、描写的ではなく、感情の表現にこそ力点があると明記されているのである。つまり、田園の風景や嵐といった具体的なことが契機となるにしても、作曲することは、あくまでその具体的なことをそのまま音楽で表現することではなく、その具体的なことから感じ取ったことを表現することなのである。そう考えるならば、作曲家にとってテクストに作曲することも、ことばの意味を描写したり、詩の音楽的な側面、すなわち韻律や音読することによって表出される音を音楽で強調したり、再現することだけではないはずである。勿論、韻律に忠実に音楽を付けようとした作品や、森のざわめきや小鳥の歌声などを模倣し、詩に描かれている情景を描写することに留まっている作品も存在している。ドイツ・リート史において極めて重要な作曲家の一人であるシューマンでさえ、絶対音楽の優位を提唱する当時の美学を背景に、一八四〇年に至るまでは歌曲の作曲を絶対音楽である器楽曲の作曲より下位に位置づけていた。ジャン・パウル（Jean Paul 1763-1825）やE・T・A・ホフマン（Ernst Theodor Amadeus Hoffmann 1776-1822）に傾倒し、恋人の住む町の名を音名に当てはめてチクルスを貫くモチーフにしたり（《謝肉祭》作品九）、曲の冒頭にF・シュレーゲル（Karl Wilhelm Friedrich Schlegel 1772-1802）の詩の一節をモットーとして掲げる（《幻想曲》作品一七）など、ことばと深く関わり、ポエジーを音楽化しようとしていたにも拘わらず、歌曲の作曲は付随的なものであるとみなしていたのである。すなわち、シューマンは、この時点では「詩を音楽化する」という行為の本質に迫っていなかったと言える。しかし、一八四〇年以降[53]、シューマンにとって歌曲創作は重要なジャンルとなる。この事実は、シューマンが、歌曲創作とは「詩人の精神」を音楽で表現することであると気づいたからにほかならない[54]。つまり、「愛」や

「平和」といった観念的なモチーフや、言葉が介在せず組み合わされた音からなるモチーフから楽曲を創作することと、歌曲を創作することは実は同じ作曲行為であると気づいたということである。その結果、多くの「詩人の精神」は、シューマンに豊かな土壌を与えるに至った。

このような「詩と音楽」の関係は、シューマンに限ったことではなく、かれ自身が観察しているように、ベートーヴェン以降における芸術歌曲としてのドイツ・リート全般に言えることである。つまり、詩に作曲をするということが、一つの芸術作品である詩に音楽を付けるというような付随的なものとは捉えていない作曲家にとっては、テクストに作曲することを他の作曲行為と差別化する必要がなかったため、あえて「詩を音楽化する」という意味に特化されて使われるタームも必要としなかったのだと考えられる。つまり、芸術歌曲というジャンルを打ち立て、その潮流の中にいる作曲家たちにとっては、「詩を音楽化する」ことは詩の意味内容に即して「旋律を付ける」というような字面的付曲とでも言うべき付随的な行為ではなく、詩に出会い、その詩を通じて「根源現象」もしくは、「おと」に至り、その「根源現象」もしくは「おと」を音楽化する行為であり、何かから着想を得て楽曲を作曲する行為と同じであったということである。だからこそ、字面的な意味でことばに即して旋律を付けるような付曲が成り立たなくなった二〇世紀以降の音楽にとっても、歌曲を作曲することは作曲家たちにとって、常に重要なジャンルであり続けたのである。

四－五　まとめ

以上みてきたことからわかるように、ドイツ・リートにおける詩の音楽化についての研究を援用するならば、詩を音楽化するということは、詩の言葉の意味内容やそこで表現されている情調を音楽で表現したり、詩の韻律構造や言葉の響きに合わせて曲を付けることに留まらず、詩の「おと」に直接アプローチし、その「おと」を音楽化する行為なのである。しかし、実際には一九世紀の作曲家には、シューベルトのような例外を除いては詩の「おと」を音楽化しようとする作曲家はいなかったということになる。それは、詩の言葉の表層的な意味を音楽で表現するような詩の音楽化が成り立たなくなった二〇世紀以降にこそ、盛んに音楽化されるようになったヘルダーリンの詩が、詩の「おと」の音楽化（vertonen）を試みようとする作曲家に刺激を与えたことを意味している。詩の「おと」の音楽化を試みようとする作曲家は、ヘルダーリンの「おと」に到達しようとし、その「おと」をこそ音楽化しようとするようになったのである。すなわち、なぜヘルダーリンの詩作品は圧倒的に二〇／二一世紀の作曲家を惹きつけたのか、という疑問を解明するためには、作曲家の詩の音楽化行為を通じて明らかになった「おと」は、ヘルダーリンの詩作行為においてはどのように捉えられているのかを精査することが必要になる。そこで、次章においてヘルダーリンが「言葉に先立つもの」すなわち「詩のおと」をどのように感受していたのか、そしてヘルダーリンは言葉にし始めるまでの行為をいかなる行為として捉えていたのかをヘルダーリン自身の美学論文から読み解くこととする。

註（第Ⅱ章）

（1） 例えば、レクラム社から出版されたヘリングラート版を元にした「ヘルダーリン全集」の刊行部数は、一九四三年までに三万三千部にのぼる（*Handbuch*: 4）。

（2） *Handbuch* 8 の記載に従った。

（3） よく知られているものでは、ソンディの『ヘルダーリン研究』（Szondi, Peter: *Hölderlin-Studien. Mit einem Traktat über philologische Erkenntnis.* Frankfurt a.M.: Suhrkamp, 1970）などをあげることができる。

（4） 付曲というタームについては第Ⅱ章第四節で論じるが、ここではドイツ語の vertonen という語の既訳として一般的に用いられている語を用いる。

（5） *Handbuch*: 500

（6） 少なくともドイツ語による音楽辞典としては最大規模であるM. G. G.（*Die Musik in Geschichte und Gegenwart*）の中で項目が立てられている詩人の中では、ヘルダーリンとその付曲の関係に見られるような、同時代にはほぼ付曲されることはなかったものの、後の時代に盛んに付曲された詩人はいない。

（7） 一八〇六年から一九九九年までのヘルダーリンの音楽化に関する目録（Hölderlin-Archiv（Hrsg.）: *Musikalien und Tonträger zu Hölderlin, 1806-1999. Internationale Hölderlin-Bibliographie, Sonderband auf der Grundlage der Sammlungen des Hölderlin-Archiv der Würtembergischen Landesbibliothek.* Stuttgart-Bad Cannstatt: Friedrich Frommen Verlag, 2000.）を参照した。

（8） Hotaki, Leander: *Robert Schumanns Mottosammlung. Übertragung, Kommentar, Einführung.* Rombach Wissenschaften-Reihe Litterae. Hrsg. von Gerhard Neumann und Günter Schnitzler, Freiburg: Rombach-Verlag, Bd. 59. 1998.

（9） 書き抜かれている詩は、『運命』、『冬』、『生の享受』、『世の喝采』、『ソクラテスとアルキビアデス』、『若き詩人に』の六編からであるが、この内『運命』、『世の喝采』および『ソクラテスとアルキビアデス』の三編からは二回詩節を書き抜いている。

（10） しかし、最近の研究ではこのディオティーマは、必ずしもヘルダーリンの『ヒュペーリオン』であると断定できない、とするものも出ている。Vgl. Ozawa, 2011: 379-399.《暁の歌》については、特に三九七頁。

（11） Eichendorff, Josef von: *Josef von Eichendorff Werke, Gedichte Versepen Dramen Autographisches.* Düsseldorf und Zürich: Artemis & Winkler Verlag, 1996. S. 285.

（12） 同じく本項において述べる作品や作品数は、Hölderlin-Archiv（Hrsg.）: *Musikalien und Tonträger zu Hölderlin, 1806-1999. Internationale Hölderlin-Bibliographie, Sonderband auf der Grundlage der Sammlungen des Hölderlin-Archiv der Württembergischen Landesbibliothek.* Stuttgart-Bad Cannstatt: Friedrich Frommen Verlag, 2000.）を参照し、筆者が数えた。

（13） 子安ゆかり「20世紀音楽の論理と共振するヘルダーリンの詩法」東京大学総合文化研究科『言語情報科学7』第七号、二〇〇九年、二一九—二三五頁。および、子安ゆかり「付曲された『生の半ば』」武蔵野音楽大学研究紀要第四〇号、二〇〇九年、一九—三五頁。

（14） ここでは、フェルマータは古典派以降の音楽におけるフェルマータ記号について述べている。ちなみにバロック音楽以前の音楽ではフェルマータは「終止」という意味でその音価を引き延ばすという意味はなかった。

（15） 小節線上に書かれるフェルマータは、ベートーヴェンから見られるが、ここで論じようとしているのは、音楽の流れを断絶しようとする小節線上のフェルマータであり、この傾向は二〇世紀以降の音楽に散見されるものである。

（16） ケージが一九五二年に発表した楽曲の通称。楽譜には、「第一楽章休み、第二楽章休み、第三楽章休み」と書かれており、三楽章を通じての演奏時間をこの楽曲のタイトルとするように指示されている。チューダー（David Tudor 1926-1996）が初演した際に、第一楽章を三三秒、第二楽章を二分四〇秒、第三楽章を一分二〇秒で演奏したことから、その合計時間四分三三秒が、この曲の通称となっている。

（17） フランクフルト時代（一七九七年〜一七九八年）に書かれた短詩（『許しを求めて *Abbitte*』、『短さ *Die Kürze*』、『愛し合う者 *Die Liebenden*』、『ソクラテスとアルキビアデス *Sokrates und Alcibiades*』、『世の喝采 *Menschenbeifall*』、『良き信仰 *Der gute Glaube*』、『許しがたきこと *Das Unverzeibliche*』、『若き詩人に *An die jungen Dichter*』）や、一八〇

〇年以降の詩では、『ドイツ人に *An die Deutschen*』、『ハイデルベルク *Heidelberg*』、『生の行路 *Lebenslauf*』、『彼女の快癒 *Ihre Genesung*』、『別れ *Der Abschied*』、『祖先の絵 *Das Ahnenbild*』、『詩人の勇気 *Dichtermut*』が、また『夜の歌 *Nachtgesänge*』の中では「内気 *Blödigkeit*」でアスクレピアデス詩節が用いられている。

（18） Adorno, Theodor W.: „Parataxis.“ In: *Noten zur Literatur.* suhrkamp taschenbuch wissenschaft 355, Frankfurt a.M.: Suhrkamp Verlag, 1981. S. 473.

（19） die Fahnen の訳語として「風見」が一般的であるが、文字通り「旗」であるとも考えられる。そうであるならば、「凍てついた旗」が金属的な音を立てている、ということになる。

（20） Hellingrath, Norbert von: *Pindarübertragungen von Hölderlin.* Prolegomena zu einer Erstausgabe. Jena: Eugen Diederichs, 1911.

（21） 『月夜』の第二節は、「そよ風が野原を吹き抜けていった／穂は穏やかに波打っていた／かすかに森はざわめいていた／そのように星が明るく光る夜であった Die Luft ging durch die Felder/ Die Ähren wogten sacht/ Es rauschten leis die Wälder/ So sternklar war die Nacht.」（Eichendorff, Joseph von: *Werke.* Düsseldorf und Zürich: Artemis & Winkler Verlag, 1996. S. 285.）となっており、調和的な世界が描かれている。

（22） シェーンベルクは「十二のただ連続して関係する音による作曲の方法」と名付けていた。

（23） Adorno, Theodor W.: „Schönberg und der Fortschritt.“ In: *Philosophie der neuen Musik.* suhrkamp taschenbuch wissenschaft 239, Frankfurt a.M.: Suhrkamp Verlag, 1976/1978. S. 36-126.

（24） Schurz, Robert: *Ethik nach Adorno.* Basel: Roter Stern, 1985. S. 197.

（25） アドルノの提唱した「並列」と十二音技法との関連については、グレンツの「アドルノがこの考えを十二音技法から思いついたのは明らかであり、そこからこの技芸（詩芸）に転用したのだ」（Grenz 1974: 221）や、バイヤールの、「この言葉一つ一つのモデルのような配列は、特に音楽的な出所に由来する配列であり、何よりもシェーンベルクの作曲技法において重要な役割を果たすものだ」（Bayerl 2002: 121）などをあげることができる。

（26） 二つ以上の全く異なる調の和声や旋律が同時に演奏される楽曲。一九一〇年代から二〇年代にかけてフランス六人組を中心に多くの作品が残っている。代表的な作品は、ストラヴィンスキーの「ペトルーシュカ」や「春の祭典」、ミヨーの弦楽四重奏曲や「屋根の上の牛」や「プロヴァンス組曲」、「フランス組曲」など。

（27）本節は、他稿（子安ゆかり「付曲するとは、いかなる行為であるのか――Vertonenをめぐる一考察」『武蔵野音楽大学研究紀要』第四七号、二〇一六年、四七―六六頁）を下敷きにしている。

（28）Kluge, Friedrich: *Etymologisches Wörterbuch der deutschen Sprache*, 21. unveränderte Auflage, Berlin, 1975. S. 818f.

（29）ヨハン・ペーター・エッカーマン『ゲーテとの対話』（下）、山下肇訳、東京、岩波書店、二〇一一年、三〇二―三頁。

（30）Friedrich Mauer und Friedrich Stroh (hrsg.): *Deutsche Wortgeschichte* 1959-1960.

（31）Kluge, 1975: 818f.

（32）わずかではあるが、当時の雑誌や小説の中で、vertonen, Vertonungという語が用いられている。例えば、一八五九年に出版された『トイト。若きドイツ社会の年報』（*Teut. Jahrbuch der Junggermanischen Gesellschaft.* Leipzig: Heinrich Hübner, Betrieb für den Buchhandel, 1859.）の中で、componieren（作曲する）に代わる語として、tondichten（音詩作）と並んでvertonenが、またComposition（作曲作品）に代わる語として、Tondichtung（音による詩作品）、Tongedicht（音による詩）、Tonwerk（音の作品）、Tonschöpfung（音の創造物）と並んでVertonungが提唱されている（四七頁）。さらにVertonung（eines Liedes）となっており、この時点で、すでにVertonungに詩もしく歌、すなわち言葉を伴う作曲作品という意味を持たせようとしている一つの例と見ることもできる。

（33）Deutsches Wörterbuch von Jacob und Wilhelm Grimm. Online-Wörterbuch http://woerterbuchnetz.de/DWB/（二〇一四年五月二八日閲覧）

（34）http://web.a.ebscohost.com/ehost/resultsadvanced?sid=0ad1eccb-27d8-4760-8410-4e8eb9d22882%40sessionmgr4005&vid=2&hid=4207&bquery=vertonung&bdata=JmRiPXJpaCZsYW5nPWphJnR5cGU9MSZzaXRlPWVob3N0LWxpdmU%3d（二〇一九年一月六日閲覧）

（35）確認できた範囲では、ピカソの『ゲルニカ』に対してなされたパウル・デッサウのピアノ曲についての考察

（Baur, Christine 2007: „Guernica nach Picasso – Paul Dessaus Vertonung des Picasso-Gemäldes“ In: *Die zerstörte Stadt: Mediale Repräsentationen urbaner Räume von Troja bis SimCity.* S. 367-385.）では、絵画の音楽化に対して、また、映画の中における女性像の音楽化についての考察（Bullerjahn, Claudia: Gender-Konstruktion durch Filmmusik: Eine analytische Betrachtung am Beispiel der Vertonung von Frauenfiguren in Filmen von Alfred Hitchcock und im neueren Frauenfilm. http://www.filmmusik.uni-kiel.de/kielerbeitraege2/KB2-Bullerjahn.pdf 二〇一九年一月六日閲覧）が人物像をどのように音楽で表現するかについてVertonungが用いられている僅かなケースである。

（36）例外的ではあるが、作曲家がvertontと記している場合もある。例えばベルリンの国立図書館のデジタル化された資料の中では、一九一八年に作曲された歌曲の手稿譜と、一九一九年に出版されたこどものための歌の教則本で、作曲者の名前の前にvertontと記されているものがある（http://digital.staatsbibliothek-berlin.de/werkansicht? PPN=PPN728775913&PHYSID=PHYS_0003　http://digital.staatsbibliothek-berlin.de/werkansicht?PPN=PPN770894615&PHYSID=PHYS_0001&DMDID=DMDLOG_0001&view=overview-toc　二〇一六年七月一七日閲覧）。

（37）例えば、シューベルト（Franz Schubert, 1797-1828）の《美しき水車小屋の娘》作品二五の第二版では、„Die schöne Müllerin, ein Cyclus von Liedern, gedichtet von Wilh. Müller, In Musik gesetzt, für eine Singstimme und Pianoforte Begleitung, (...), Franz Schubert.“（美しき水車小屋の娘、ヴィルヘルム・ミュラーの詩による連作歌曲集、単声とピアノフォルテの伴奏のためにフランツ・シューベルトによって音楽にされた）となっており、シューマンの《詩人の恋》作品四八の初版では、„Dichterliebe, Liedercyklus, aus dem Buche der Lieder von H. Heine. für eine Singstimme mit Begleitung des Pianoforte, componirt (...) von Robert Schumann, Op. 48“（詩人の恋、H・ハイネの歌の本からなる連作歌曲集、単声とピアノフォルテによる伴奏のためにロベルト・シューマンによって作曲された）となっている。

（38）最新の音楽用語辞典（篠岡恒悦『伊英独仏音楽用語辞典』、東京、春秋社、二〇一五）には、ドイツ人の監修の下、「vertonen, Vertonung」という語が項目として立てられているが（三九二頁）、その訳語は一九世紀から二〇世紀初頭に用いられた「komponieren」の代替語としての「作曲、作曲する」となっており、詩（テクスト）に付曲するという意味の語を指示することは指摘されていない。

（39）ギリシャ系ドイツの音楽学者。一九三五年にミュンヘン大学でディスカントに関する博士論文で学位を取得。一九四七年に同じくミュンヘン大学でギリシャのリズムに関する論文で音楽学の教授資格を取得する。一九七四年にOrden pour le mérite für Wissenschaft und Künsteを受賞。主な著書に *Musik und Sprache: das Werden der abendländischen Musik dargestellt an der Vertonung der Messe.* Berlin, Göttingen und Heidelberg: Springer, 1954.（『音楽と言語――ミサの作曲に示される西洋音楽の歩み』、木村敏訳、東京、講談社、一九九四年）、*Schubert Musik und Lyrik.* Göttingen: Vandenhoeck & Ruprecht, 1967.（『シューベルト　音楽と抒情詩』、谷村晃、樋口光治、前川陽郁訳、東京、音楽之友社、二〇〇〇年）など。

（40）以下、ゲオルギアーデス、およびエッゲブレヒトが「vertonen」という用語をどのように用いているかを明確にするために、「音楽化」という日本語訳ではなく、「vertonen」という原語を用いる。

（41）一般的にはEreignisは「出来事」と訳されるが、ここでは詩行の「言葉」としては見えてこなかった「言葉」の上位に位置する「ことば」が出現する瞬間であり、その衝撃を捉える語として「事件」を訳語とした。

（42）Strukturは、一般的には「構造」と訳されるが、ここで意図されているのは、付点音符や、旋律といった作曲の書法といったことを示しているので、あえて「音楽の組み立て」と訳した。

（43）Mutterspracheは、母語という意味であるが、ここでは生まれ育った時から用いている言語というよりも、個々の言葉の母体となるような言語という意味で用いられていると考えられる。谷村訳では「母なる言葉」（ゲオルギアーデス　二〇〇四、三〇頁）となっており、ゲオルギアーデスの想定したニュアンスを活かしていると考えられるが、さらに本書では、ゲオルギアーデスが「言葉Wort」と「ことばSprache」を区別して用いていることを踏まえ、「母なることば」を訳語とした。

（44）詳細は、第II章二節　ヘルダーリンの詩が音楽化された作品の概観を参照されたい。

（45）Eggebrecht, Hans Heinrich: „Prinzipien des Schubert-Liedes" In: *Sinn und Gehalt. Aufsätze zur musikalischen Analyse.* Taschenbücher zur Musikwissenschaft 58, Hrsg. von Richard Schaal, Wilhelmshaven: Heinrichshofen's Verlag, 1979. S.

162-199.

(46) 二〇世紀ドイツを代表する音楽学者。ベートーヴェン、マーラーなどについての研究や、美学的見地より音楽と知覚についての研究が知られている。

(47) エッゲブレヒトは、ここで「Wort（言葉）」の複数形として Wörter ではなく、Worte を使用している。つまり、ここで意図されていることは、「ことば」であると考えられるため「ことば」と訳した。

(48) Hegel, George W. F.: *G. W. F. Hegel, Werke in zwanzig Bänden 15, Vorlesungen über die Ästhetik III*. Theorie Werkausgabe, Frankfurt a. M., Suhrkamp, 1970. S. 201.

(49) 既訳としては「さすらい」となっている「das Wandern」は、一人前の職人となった若者が修業のため新たな親方を見つけるために旅をすることであり、日本語の持つ「あてもなくさまよう」といった意味とはかなり差異があるが、ここでは既訳に従う。

(50) ..., die〔Sinnhaltigkeit〕vielschichtige Wirklichkeitswelt des *einen* Begriffs („Wandern") ist in *ein* musikalisches Konzentrat verwandelt, übersetzt.

(51) Eggebrecht 1979: „Vertontes Gedicht. Über das Verstehen von Kunst durch Kunst" In: *Sinn und Gehalt*. S. 213-263.

(52) 各楽章のタイトルは、第一楽章　田園に到着した時に人の心に目覚める、喜ばしい快活な気持ち（Angenehme, heitere Empfindungen, welche bei der Ankunft auf dem Lande im Menschen erwachen）／第二楽章　小川のほとりの情景（Szene am Bach）／第三楽章　農夫たちの愉快な集い（Lustiges Zusammensein der Landleute）／第四楽章　雷鳴、嵐（Donner, Sturm）／第五楽章　羊飼いの歌、嵐の後に神への感謝へと結ばれた慈愛の感情（Hirtengesang. Wohltätige, mit Dank an die Gottheit verbundene Gefühle nach dem Sturm）となっている。

(53) のちに「歌の年Liederjahr」と呼ばれるようになるこの年一年間にシューマンは一四〇曲以上の歌曲を創作する。

(54) シューマンはのちに『音楽と音楽家』の中で、「リート（芸術歌曲）は、ベートーヴェン以降、真に重要なる発展をとげた唯一の音楽のジャンル」であるとし、「決定的なことは、音楽の中に映し出されている新しい詩人の精神である」と述べている。（Schumann 1985: 263）

第Ⅲ章　ヘルダーリンの詩作行為

第一節　ベルトー／詩作プロセスと作曲プロセス

本章では、まずヘルダーリンの美学論文を分析する前に、ベルトーの主張を検討しよう。

ベルトーは、著書『フリードリッヒ・ヘルダーリン』[1]の中で、ヘルダーリンの詩作や詩作行為がいかなるものであったかについて論じている。まず、詩は朗読されるにあたっては「音楽と同じように（wie eine jede Musik）」(Bertaux 1981: 284)、「最適なテンポ（ihr optimales Vortragstempo）」(ebd.) があり、ヘルダーリンの同時代に生きた物理学者リッター（Wilhelm Ritter 1776-1810）の言説との近似性も交えてヘルダーリンにとって「音の世界（in der Welt der Töne）」(ebd: 349) こそが詩作の場であったとしている。ここで論じられている「音」とは、音楽の音であり、朗読される言葉を意味している。その上でヘルダーリンが論じている「音調（Ton）」とは、「詩の根本要素（poetische Grundelemente）」(ebd: 387) であり、すなわち前章で論じた「詩のおと」（エッゲブレヒト）として理解される。さらに、「散文的な、ロゴス的な思考」において構成される文章は、文と文の関係は主従関係になるが、ヘルダーリンの文の構成は「並列的（parataktisch）」(ebd: 389) であり、この「並列的」な文の構造こそがヘルダーリンの詩的世界に合致した構造だった[2]、と見ている。そして、ベルトーは、アドルノによって「音楽のような」と形容されたこの「並列的」な構造こそがヘルダーリンの詩の特徴であるとしている。深く立ち入らないにしてもベルトーがヘルダーリンの思考は「直観像的」(ebd: 386) であると主張している点も興味深い。すると、ヘルダーリンが例えば「音（Ton）」を用いて論じようとする際にも、観念的な「音調」ではなく、具体的な「音の世界」で知覚した音の鳴り響きを描いているということになる。

ベルトーはさらに、時間の経過を一瞬せき止めてしまう「中間休止[3]の音楽的な概念（der musikalische Begriff der

Zäsur)」(ebd: 397) の重要性に言及したのちに、ヘルダーリンの詩作行為は作曲行為に近いと指摘する。

このような、また類似の考察から帰結することは、ヘルダーリンの詩作の方法が文筆家の技法よりもむしろ作曲家のそれに似ているということ、かれの詩が音楽的な接合体として構想され、展開されたということ、したがって、そのようなものとして理解されなければならないということ、そして、書くことの文学的産物として理解されてはならないということである。[4] (Bertaux 1978/1981: 399)

ヘルダーリンの詩が「音楽的な接合体 (Gefüge) として構想された」(Bertaux 1978/1981: 399) と指摘すると、えてしてヘルダーリンが詩の言葉の選択にあたって、母音や子音の響きや言葉のリズムといった音楽的要素を考慮していた、と受け取られてしまう危険性があるが、ここでベルトーが「音楽的な接合体」と言う言葉で示していることは、そのような音楽的な要素を持つ言葉の構造ではない。そうではなく、ヘルダーリンが言葉を生成していくプロセスが、作曲家が音の連なりを生成していくプロセスに「極めて親近性がある (auffallende Verwandtschaft)」(Bertaux 1981: 401) という主張なのである。

ベルトーの理解では、文筆家[5]の創作プロセスは、紙の上から下へ、左から右へと順を追って文を書き、一つながりの経過で思考が進展していくように「線的 (linear)」であり、そこで要求されているのは「思考の線化 (Linearisierung des Denkens)」(Bertaux 1981: 399) なのである。「思考の線化」は各文が論理的につながり、文と文の関係が明確なことを指している。

ではベルトーが述べている作曲行為は、どのように特徴づけられるのであろうか。楽曲のモチーフや構想は順を追って起案されるのでなく、同時に「並列的」に構想されること、個々の瞬間は常に総体として存在していること、などを挙げている（ebd.）。ここでいう「並列的」とは、対位法的な楽曲を想定することもできるだろうし、複数の楽音が楽曲の総体とどのように関わるのかをそれ自体として把握するということと考えることもできる。すなわち、ヘルダーリンの詩作行為は、作曲行為に極めて近いという意味は、思考の経過、および時間の経過が「線的」につながるのではなく並列的であり、瞬間が総体に常に関わっているということなのである。実際、ヘルダーリンの作品には、時間の経過が時系列に沿ったものではなく、円環的であったり（例えば『帰郷 *Heimkunft*』）、シンメトリックであったり（例えば『夕べの想い *Abendphantasie*』）し、また別次元の時間を生み出す「中間休止」が重要な特徴を成しているものも見られる（例えば「生の半ば *Hälfte des Lebens*」など）。

次節からは、ベルトーの指摘も踏まえた上で、ヘルダーリンの美学論文を取り上げ、ヘルダーリン自身によって詩作行為はどのように記述されているのかを読み直す。

第二節　『詩的精神のふるまい方について／詩人がひとたび精神を操ることができるなら』

二―一　論考の成立状況

論考『詩的精神のふるまい方について *Über die Verfahrungsweise des poetischen Geistes*／詩人がひとたび精神を操ることができるなら *Wenn der Dichter einmal des Geistes mächtig*』[6]（以下『ふるまい方』と略記）は、第一次ホンブルク時代（一七九八年一〇月―一八〇〇年六月）にヘルダーリンが書いたいくつかの論考の内最も大規模なものである。ヘルダーリンは『ふるまい方』を一七九九年から一八〇〇年頃にかけて執筆したとされている。[7] この時期ヘルダーリンは『ヒュペーリオン *Hyperion*』第二巻の完成を控え、悲劇『エンペドクレスの死 *Der Tod des Empedokles*』の執筆に取り組む傍ら、月刊の文芸誌『イドゥーナ *Iduna*』の発刊に向けていくつもの論考を書いていた。この時期の論考は『ヒュペーリオン』、『エンペドクレスの死』といった作品の執筆と同時期に行われ、またこの論考の前後には多くの詩作品が生まれている。つまり、文芸誌に掲載するためということは一つの契機であったにせよ目的ではなく、ヘルダーリンにとっては、それまでの詩作の実践を通して、詩の生成はどのようになされるのかについて熟考してきたことを論考としてまとめようとしたのがこの時期であったのだと言える。事実、ヘルダーリンはマウルブロンの神学校時代から常に詩作を行っており、書簡の中でもしばしば自らの詩作についての言及がみられる。また、論考が集中している時期の前後では作風に明らかな変化がみられることや、詩作とその作品について踏み込んでいる讃歌『あたかも祭りの日のように……*Wie wenn am Feiertage...*』の創作期と論考の執筆時期が重なっていることなどからも両者は密接に関係しており、それゆえヘルダーリンの詩作品に、かれが詩の生成について熟考した論考の内容が反映している可能性も十分考えられる。

『ふるまい方』の中で、ヘルダーリンが考察していることは、具体的な詩作術ではなく、詩の生成はどのようになされるのか、という問題である。ヘルダーリンは、「音」、「声」、「響き続ける」、「呼び起こす」といった聴覚的な表現を用いて詩作行為について記述している。本節では、『ふるまい方』の中に見出すことのできる聴覚的なモチーフと読み解くことができる八つの点を取り上げ、なぜヘルダーリンにとってそのような聴覚的な表現を用いることが有効であったのかについて考える。まず、主に六〇〇〇語に迫るほどの長大な初めの一文について三点考察した後に、論考全体に関わる五つの点について考察する。

ヘルダーリンは、カント、シラー、フィヒテの強い影響下で思索し、ヘーゲルやシェリングとの共同作業を通じて自我と非自我の統一はいかにしてなされるのかといった問題を熟考してきた。ヘルダーリンはそのような哲学的背景を踏まえた上で、詩人として、(観念としての精神ではなく)詩の精神は、いかにして素材や情調に触れ言語芸術(ポエジー)として表現できるのかということに踏み込もうとしている。それゆえ、ヘルダーリンの用語や表現についてはかれが影響を受けているドイツ観念論の用語も考慮しながら読むことが必要であると思われる。

二―二　読み手を阻む破格構文

『ふるまい方』の最初の文は、句点にたどり着くまで三頁に及ぶ条件文が連ねられ、一つの破格構文をなしている。そこには、詩人が理解すべき一二の条件が提示されている。この最初の文だけで六〇〇語に近く、さらに長大な註が付与されている。例えば最初の五つの条件だけをみても、

> 詩人がひとたび精神を操ることができるなら、全てに共通で各個に固有な共同の魂を感じ、わがものとし、つかまえ、確認したなら、詩人がさらに、精神が自己を自己自身と他において再生しようとする自由な運動を、調和的交替と進展志向を確認したなら、詩人が精神の理想《イデアール》の中に予め描かれている美しい前進と自らの詩の演繹法を確信したなら、詩人が、全ての部分の共同性と一致同時存在を目指す精神の最も本源的な要求と、それとは別の要求、精神に自己自身の中から出ていくことを命じ、美しい前進と交替の中で自己を自己自身と他において再生することを命じる要求との間に必然的な抗争が生まれることを、この抗争が、遂行の途上において、常に精神をつかまえて引きさらうことを、理解したなら、（後略）[8]（StA, 4: 241/ FHA, 14: 303）

という具合である。この後にさらに五つの条件が続き、最後の二つの条件が示されたのちに、漸く句点で締めくくられる。

詩人が最後には、どのように、一方では内実と理想の形式の抗争が、他方では物質的交替と同一の進展志向の

抗争が、静止点と主要素において合一されるか、両者がそれらにおいて相容れることができない限りにおいて、まさにそれらにおいても、まさにそれゆえに、感じられるようになるか、また現に感じられるかを理解したなら、もし詩人がこうしたことを理解したなら、かれにとって全ては、理想の内実と理想の形式に対する素材の受容性にかかっていることになる。[9]（StA, 4: 243/ FHA, 14: 305）

もしもここで提示されている構文が例えばピリオドによって区切られ、一文として完結する、もしくは、「〜という条件が満たされたなら」その結果、「次のようなことが可能になる」というようにそれぞれの構文の主従関係やそれぞれの条件の相関関係が明らかであったなら、この論考全体に対する印象も違うものになっていただろう。では、区切られることなく、コンマで次々と連ねられていくということは何を物語っているのだろうか。

論理的な文というものは、一つの構築物のようなものである。つまり、この文について言うならば、この長大な一文の結部にある「全ては素材の受容性にかかっている」（StA, 4: 243/ FHA, 14: 305）という結論を引き出すために、まず考えられる条件を提示し、その条件をどのように満たすのかが検討され、その結果により次の段階で満たされるべき条件が明らかとなり、というように文が組み立てられていき、そして以上のことが理解されるならば「全ては素材の受容性にかかっている」ということが明らかになる、という具合である。では、この文にあるように並列されていくということは何を目指しているのであろうか。ヘルダーリンは『アフォリズム *Aphorismen*』（StA では『省察 *Reflexionen*』）としてまとめられている草稿の第二の箴言で以下のように述べている。

双対文〔均整のとれた複雑総合文〕においてことばの倒置が行われる。しかしそうであるならば、双対文そのものの倒置はより大きく効果的であるに違いない。根拠（基調となる双対文の）に生成が、生成に目標が、目標に目的がつづき、副文は常にただ関係しているとうしろに付加されているといった双対文の論理的な配置は、詩人にとっては確実にごく稀にしか役に立たない。[10]（FHA, 14: 69）

ヘルダーリンは詩にとっては双対文の持つ「論理的な配置」はほとんど役に立たない、と考えていた。つまり、詩とは散文をはじめとする双対文と言葉を用いることは同じでも「生成」に対して「目標」が設定され、「目標」に至るための「目的」といった主従関係が明らかな文の構成とは違うものであると考えていたということを示している。そうであるならば、この破格構文からなる初めの一文は、論理的に秩序立てられていく文の生成とは全く異なる詩の生成における諸要件が、相関関係はあるが因果関係というような主従の関係ではなく並存していることを表わそうとしたのではないだろうか。つまり、ヘルダーリンにとってこの一文は、芸術活動である詩の生成の場における並存的な行為を可能な限りそのまま言語化するというような試みだったとみることもできるのである。

『ふるまい方』のこの最初の一文は極端な例だとしても、ヘルダーリンはほかの論考においても、構文をいくつも並べていくような長い一文を用いている。[11] この長大な一文が、思いつきがただ羅列されたものではないことは、この論考がいくつもの草稿断片を経た後に書かれたものであり、ヘルダーリンの論考には珍しく本人によって頁数[12]が各頁の上に打たれていることからも明らかである。この中でヘルダーリンは、詩人が精神（後によりはっきりと述べられるが、詩的精神のことである）を操ることができ、様々な対立と一致、喪失と補完を理解するならば、詩人にとって「全ては内実と形式に対する素材の受容性にかかっていること」がはっきりとし、詩人はこの「素材の受容性」を「精神の受容性」と同じく操ることができるならば「主要素」において何一つ欠けるものはないと述べている。

破格構文がコンマのみで、並べられていく以外にこの文を難解にしているもう一つの理由は、「精神の内実

(geistiger Gehalt)」、「感性の内実（sinnlicher Gehalt)」、「精神の形式（geistige Form)」、「感性の形式（sinnliche Form)」、「素材の形式（Form des Stoffes)」といった用語が説明のないままに用いられていくことであろう。まずは、この長大な一文でどのようなことが言われているのか整理してみよう。

まずはじめの条件は、「詩人がひとたび精神を操ることができるなら」である。ここで言われている精神とは、シラーによって「詩人精神（Dichtergeist）」[13]と呼ばれ、この論考で「詩的精神（poetischer Geist)」と言われる詩人が詩作をする際に働く精神のことである。「精神」という用語は「素材（Stoff)」と共にカントが根底にあると指摘されている。[14]確かにヘルダーリンは一七九一年に書いた詩『美に寄せる讃歌 *Hymne an die Schönheit*』の第二稿でカントの『判断力批判 *Kritik der Urteilskraft*』第一部第一篇の第二章四二の一文を引用しているし、[15]「ギリシャ人とカント」に集中的に取り組んでいると明かしたヘーゲル宛の書簡（一七九四年七月一〇日）の中でも、「とりわけ批判哲学の美学的な部分について習熟」したいと述べている。[16]カントは、『判断力批判』第一部第一篇第二章四九「天才を形成する心的能力について *Von den Vermögen des Gemüths, welche das Genie ausmachen.*」[17]において、芸術における「精神（Geist)」とは「心意識において生気を与える原理」であり、「美学的理念を表現する能力」であると定義づけている。そして「素材（Stoff)」は、「精神」が心に生気を与えるために使うものであり、「心的能力を合目的に活動させる」ものであるとしている。[18]ヘルダーリンの論文の中で最初に言われる「詩人がひとたび精神を操ることできるなら」とは、「操る」こと、すなわち使いこなすことを求められている能力のようなものを想定していることがわかる。実際、この長い段落の後、具体的に素材はどのような性状であるべきかを論じる際には「精神」を「理想的な取扱い（idealische Behandlung)」と言い換えているのである。[19]ヘルダーリンは「精神」を能力であると捉えていたと考えてよさそうである。

しかし、それだけではなく「精神」には、要求するという意思を持つものという側面も付与されている。例えば、先にあげた部分の第三および第五の条件を見てみよう。

詩人がさらに、精神が自己を自己自身と他において再生しようとする自由な運動を、調和的交替と進展志向を確認したなら、詩人が精神の理想《イデアール》の中に予め描かれている美しい前進と自らの詩の演繹法を確信したなら、(StA, 4: 241/ FHA, 14: 303)

詩人が、全ての部分の共同性と一致同時存在を目指す精神の最も本源的な要求と、それとは別の要求、精神に自己自身の中から出ていくことを命じ、美しい前進と交替の中で自己を自己自身と他において再生することを命じる要求との間に必然的な抗争が生まれることを、この抗争が、遂行の途上において、常に精神をつかまえて引きさらうことを、理解したなら、(ebd.)

ここで「精神」は「全ての部分の共同性と一致同時存在を目指す」という「最も本源的な要求」と、「自己自身から出て行き、美しい前進と交替の中で自己を自己自身と他において再生する」という要求を持っており、両者の間に「必然的に抗争」が起きると述べている。つまり、あらゆる部分が一致し共通であり、かつ時間的差異がない静的な滞留に対する要求と、「自己自身から出て行き」＝分裂し、「前進と交替」＝変遷していき、「自己の中と他者の中で自らを再生」していくという動的な運動に対する要求があるということであり、「精神」は意志を持つものとして捉えられている。さらにこの「抗争」は、「遂行の途上」＝「精神が働くときに」、まさに「引き止めつつ」＝「滞留し」、「引きさらう」＝「運動する」のである。「全ての部分の共同性と親和」をヘルダーリンは「精神の内実」であるとし、「全ての部分の交替」を「精神の形式」であるとし、静止である「精神の内実」と交替である「精神の形式」の間に起こる抗争は「素材の形式が全ての部分において同一であり続けることによって解決する」としている(StA, 4: 241f/ FHA, 14: 303)。

素材は詩人に「偶然であるにしても好印象を与え」、その後「精査された上で精神と同じく、詩人によってわがものとされ、つかまえられなければならない」(StA, 4: 242/ FHA, 14: 304)わけであるが、そうすると、やはりカントの言うところの素材、すなわち「心的能力を合目的に活動させるもの」と同じようなものを想定していると考えられる。さらにヘルダーリンは「精査の後に」ふたたび「まだ言い表されていないと感じられた作用」が素材の「同一性(Identität)」であるとしている(ebd.)。その作用は精神に「素材の内にある認識の能力と、再生を現実化する志向を与える」(ebd.)のである。しかし、この時点ではまだ素材は言い表されておらず、したがってその素材を取り扱う詩人以外にはまだ表れていない。言い表されることによって本来の性状から限定される、と言う意味において素材は「分割」されるがその中に宿っている同一性=作用はその分割された素材をつなぐ、つまり分割された素材の一つの部分から次の部分へと向かう「進展志向」となるのである。「素材の形式」については「客観的な内実をかたちづくり、精神の形式に完全な意味を与える」(ebd.)とされている。その結果、全ての部分の交替である「精神の形式」と全ての部分の親和である「精神の内実」の間にある滞留と進展志向の間の抗争は、分割された素材の中にある同一性への志向作用によって解決するとしており、さらに「物質の同一性」についてヘルダーリンは長い註をつけて詳細に論じているが、「物質の交替以前の素材の内にあるもの、精神における理想的な交替以前の一致に相当するもの」であるとしている。交替以前の「一致(Einigkeit)」とは、全てに先立つものとしての一致ということを表わしている。この「一致」と「交替」の間にも必然的に「抗争」がおき、その結果「同一性」[20]と、「熱情的な前進」が失われてしまう危険が生じるわけであるが、この両者の喪失は「絶えず響き続け(immerfortrönend)」ている「全ての部分の共同性と親和」である「精神の内実」によって「補われる」のである。「精神の内実」は「絶えず響き続ける」というあり方で現前している。

「絶えず響き続ける」ということについて考えてみよう。この「絶えず響き続け」ている「精神の内実」を認識することは、聴覚的に表現されている。つまり「精神の内実」は、通奏低音のように音の鳴り響きとして存在し続けるものであるとヘルダーリンは捉えているのである。この箇所で「絶えず響き続ける」とヘルダーリンが表現していることは、個と全体を意識しつつ、交替していくことによって「同一性」が喪失されそうになる中でも、「全ての部分の共同性と親和」である「精神の内実」を常に感じ続ける＝「絶えず響き続ける」ということなのである。そのような意味において、「絶えず響き続ける」とは、常に現前していることを認識することを、「音を聴く」という行為で説明しようとしていると考えられるのである。「何かの音を聞く」瞬間に、それは「何の音を聞いた」に変換され、自己の経験としてその音を反省する、すなわち思い起こすことによってその音は初めて認識される。聞こえてきたある音の連なりは能動的な自己の中で反省され、その音の連なりを思い出し続けることによってその音の連なりを認識できる。「音を聴く」という知覚の構造は「音を思い起こす」というあり方で成り立っているのである。だとするならば、この「絶えず響き続ける」「精神の内実」を聴くという行為は、後にヘルダーリンが「反省」、「想起」と表現する運動の言い換えであることがわかる。ヘルダーリンが「精神の内実」を「絶えず響き続ける」と表現したこと、すなわち「精神の内実」の現前のありようを音響として捉えようとしていたことをここで確認することができる。

二-三　手稿に記された三つの図形

草稿の一頁目の下には三つの図形が描かれている［図版1］。

前述したようにこの草稿の初めの一文は六〇〇語に迫るほどの長大な文であり、三頁にわたっている。この三つ

［図版1］ヘルダーリンの手稿

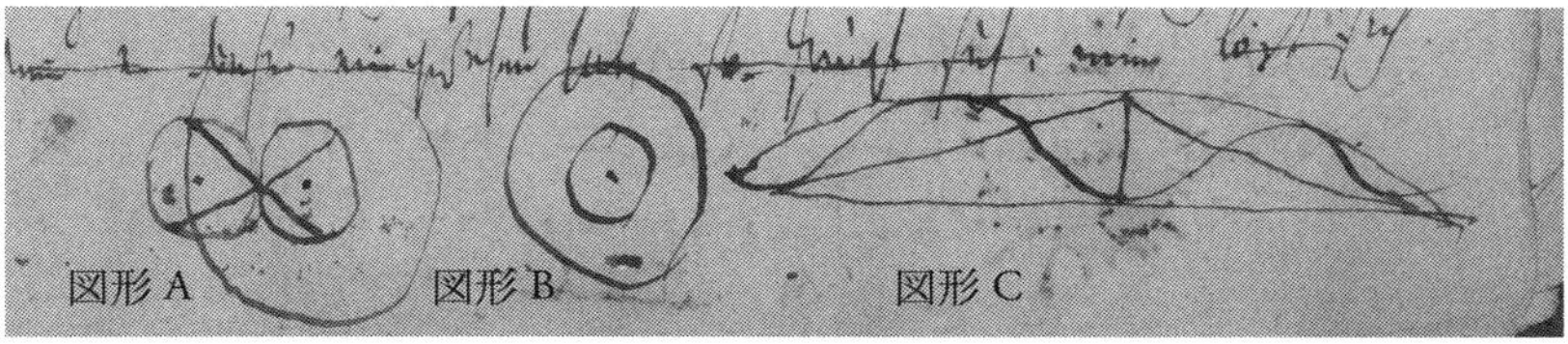

ヴュルテンブルク州立図書館ヘルダーリン・アルヒーフ，シュトゥットガルト・フォリオ・ブーフ，
Cod. poet. et. phil. fol. 63, I, 6, seite 46r

の図形は、その一文の三分の一あたりに位置している。ザットラーは、おそらくこの三つの図形は『ふるまい方』の基本的な着想（grundlegende Idee）を具体的に説明しようとしたものだとしており、さらに『ふるまい方』の前の時期に書かれた『詩作の様々な様式について *Über die verschiednen Arten, zu dichten*』に書き込まれている二つの図形[21]との関連も指摘している（FHA, 14: 264）ものの、それ以上の見解は述べていない。また、他の先行研究の中でも図形について論じているものは筆者が検討したものの中では見られなかった。この図形が書かれている箇所から言っても、また円と線を組み合わせた『詩作の様々な様式について』の図形を見ても、論考と無関係な図だとは考えにくく、ヘルダーリンの問題意識を図形で具体的に整理しようとしたものだと思われる。

図形Aを見てみよう。この図形には、二つの円形とその円を貫く二本の交差する線、中心点、およびその円形を取り巻くような曲線がある。この曲線は完全な円とはなっておらず、左上から下方へとペンの筆致は濃く太くなり、円を描くように右上へと描かれるに従ってペンの筆致は薄く細くなっていく。この曲線の描き方と比較してみると図形Aの二つの円形や図形Bの二重になっている円形の描き方と明らかに異なっている。ペン跡を観察すると、この四つの円形はまず円形の左上方から半円が描かれその半円を閉じるように上方から時計回りで描かれている。では明らかに描き方が異なるこの曲線は、何を表わそうとしているのか。ここに描かれている複数の円が平面に重ねられているのではなく、筆跡の異なる完結していない円形は、三次元すなわち立体として捉えるための線として見ることはできる可能性がある。すると、この二つの完結している円形は立体（ここでは球体）として捉えようとしていると考えることはできないだろうか。すなわち、この曲線で一つの空間を表わそうとしており、その中に二つの球体が向き合っているという構造である。そうなると図形Bは、図形Aの球体を詳細に描こうとしたものと考えることもできるだろうし、図形Cは、図形Aの視点を変えて捉えたものとも、もしくは図形Aにさらに時間経緯を加えた四次元の空間を表そうとしたものとも考えられる。勿論、この三つの図形が何を表わそうとしているのか断定するためにはさらなる検討が必要であるが、図形Aの曲線が平面ではなく立体を表わそうとする線であるならば、さらに図形Cは、ヘルダーリンが「精神の内実」が「絶えず響き続ける」と表現する時間性も含めた空間を表そうとしていると考えられる。

一見、詩作についての思考と幾何学的な図形は結びつかないかもしれない。しかし、ヘルダーリンが学んだシュティフト（テュービンゲン大学）では五年の課程の内、初めの二年の前期課程では、数学、幾何学および物理学なども課せられていた。そして、この課程の修了試験であるマギスター試験では、論文のほかに形而上学、倫理学、歴史学、文献批判学と並んで数学および物理学の口頭試験も課せられていたのである。[22] 当時のシュティフトで数学および物理学の教授であったプファイデラー（Christoph Friedrich Pfeiderer 1736-1821）は、ユークリッド幾何学に関して第一人者であり、最先端の学者の一人であった。教育熱心であり哲学にも造詣が深かったプファイデラーの授業は当時の一般的な水準をはるかに超えるものであった。[23] 同じくヘルダーリンと同時期にシュティフトで学んだヘーゲルやシェリング[24]もプファイデラーの薫陶を受けており、かれらの数学的思考の源をここに見ることもできるだろう。哲学の思考と数学的思考は密接に関わっていたのである。[25] そうであるならば、ヘルダーリンが『ふるまい方』の一頁に描いた図形もその流れで捉えることができる。フランツは『ヒュペーリオン』の二つの稿の序文に出てくる「離心的な軌道」[26]について詳細な検討をしており、ヘルダーリンの数学的思考の一端を明らかにしている。[27]

このように考えるならば、論考の中で用いられている「中心点（Hauptpunkt）」、「静止点（Ruhepunkt）」、「双曲線的な（hyperbolisch）」、「双曲線（Hyperbel）」といった用語は、この図形が表そうとしている数学的な思考から出ているとも言えるだろう。

さて、本文に戻って一一番目の条件について検討してみよう。

> 詩人が、これとは逆に、まさに、精神の静止する内実と精神の交替する形式の間の、両者が相容れない限りでの抗争が、したがってまた、物質的交替と主要素への物質の同一の進展志向の間の、両者が相容れない限りにおいての抗争が、どのように双方を感じられるようにするかを理解したなら[28]（StA, 4: 243/ FHA, 14: 304f）

ここでは、「精神の内実」と「理想の精神の形式」の間にある抗争がどのようにしてお互いを「感じられるようにするのかを理解できたなら」と述べられている。

「精神の内実」は「全ての部分の共同性と親和」であるがゆえ、同一性をもち静止している。一方「精神の形式」は「絶えず交替していく」ことによって、「物質の多様性」が失われてしまうことを補っている。両者の抗争は、「主要素」に向かう進展志向が同一であることと、「物質的交替」をしていくこととの抗争とも言い換えられ、この両者の抗争を双方が「感じられる」ことを理解することが肝要とされ、最後に、いかにして「この抗争が静止点（Ruhepunkt）と主要素（Hauptmoment）において合一」されるかは、一方では「内実」と「形式」の、他方では「物質的交替」と「同一の進展志向」というように同化するものではないもの同士を「感じ」合うことによって達成されるとしている。最後に「こうしたことを理解したなら」、全ては「素材の受容性」にかかっていることがわかり、この「素材の受容性」を「精神の受容性」と同じく操ることができるのであれば「主要素において欠けるものはありえない」と締めくくられている。

もしかれが一方を他方と同様に、素材の受容性を精神の受容性と同様に確信し支配しているなら、主要素において欠けるものはありえない。[29]（StA, 4: 243/ FHA, 14: 305）

「静止点」は、「中心点（Hauptpunkt）」や「中点（Mittelpunkt）」と同じような意味で使われている。では前述したように数学的・物理学的な思考を持つヘルダーリンは、「静止点」をどのようなことだと想定しているのだろうか。「静止」ということは、動いている点、位置の定まらない点に対する点として捉えていると考えられる。しかもその点は「主要素」と同じような位置づけにある点である。ということは、動きの中心にありながら止まっている点、すなわち車輪の中心や、回転木馬の中心というようなものを想定できるのではないだろうか。「主要素」に関しては、静止している必要性は問われておらず、「抗争を感じられる」ためには「抗争」という運動があると考えられる。「静止点」ということによって、「中心点」では言い表すことができない、点の運動性格を書き込むことができるのだ。運動の中心にありながら静止している点であるならば、図形Bは、運動している主要素の中心に静止している中心点を描いた図形に見える。

この論考の中で言われている、主要素や中心点と同じような意味を持つ「静止点」は、動きの中心となる点が静止しているというイメージであり、このような動きの中心にある静止した点というイメージは以後の思考にも受け継がれていく。例えばヘルダーリンが、「中間休止」（第Ⅱ章第三節）を単に動きが止められるということ以上に、動きに反することによって生じる緊張度の強い静止である「反リズム的中断」であると考察する時に、この論考の中で言われている動きの中心にある「静止点」といった思考が引き継がれていると言える。

以上のように一二の条件を概観してみると、特徴的なのは詩的精神の営為が運動として捉えられている点である。

詩的精神の営為は「自由な運動（freie Bewegung）」、「自己自身と他において再生する（in sich selber und in anderen zu reproduciren）」、「交替（Wechsel）」、「進展志向（Fortstreben）」、「前進（Progress）」、「自己自身の中から出ていく（aus sich heraus zu gehen）」、「前進／進歩（Fortschritt）」、また反対に「滞留（Verweilen）」、「静止した（ruhig）」と表現されている。そして、運動と静止の間におこる「抗争（Widerstreit）」は、緊張関係を孕みまさにそうであるがゆえに互いを「感じ」ているということになる。さらにその運動は「絶えず」、「熱情的」、「より速やかな」などと形容されていることから、かなりダイナミックな運動を想定しているといえよう。

二－四　素材の受容性

次の段落では、一二の条件が理解された結果、その全てがかかっている「素材の受容性」とはいかなる「性状（beschaffen）」であるべきかについての考察が続く。ヘルダーリンの考察では、素材は、①叙述される出来事、直観、現実か、②表示される努力、表象、想念、熱情、必然性、もしくは③形成される空想や可能性であり、それぞれに叙述、表示、もしくは形成されるべき「真の根拠」があり、①は適切な努力から、②は適切なことがらからそして③は美しい感性／感受性（Empfindung）から生まれるのであれば、素材は精神に受け入れられるに違いないとしている。そうなると、出来事、直観、現実の叙述は適切な努力から、また努力、表象、想念、熱情、必然性を表示することができる適切なことがらが必要となり、空想や可能性は美的な感覚からかたちづくられることになる。さらに、この「真の根拠」は（次の一文では「この詩の根拠」と言い換えられるが[30]）、「精神」と「表現」の間に位置し、両者の間の移行を形成するべきものであるとしている。

では、素材という言葉で何を意味しているのかと言うと、詩の根拠が二様にあることによって、それぞれの在り方があるようだ。詩が「非応用的なもの（unangewandt）」である場合は、詩の意味とは、詩人の判断により選び取られた素材を用いるにすぎないが、「応用的なもの（angewandt）」である場合は、「活動領域（Wirkungsskreis）」の詩のふるまい方への適合性を示している。ここで活動領域と言われているものは、なんらかの空間的な範囲を表わしているとも言えるが、ヘルダーリンはこの領域をまずは、「理想的なものと理想的なもの、生き生きとしたものと生き生きとしたもの、個的なものと個的なものが向かい合っている」場である「要素（Element）」だとし、さらにこの領域は精神の「乗り物（Vehikel）」に「ほかならない」と断言している（StA, 4: 244, FHA, 14: 306）。つまり、ここでヘルダーリンが言っている活動領域とは精神と表現の間に位置し、両者の間に移行を形成するもの、すなわち乗り物であり、そのことによって精神が「自己を自己自身と他において再生」できるようになる要素なのである。さらにこの活動領域は、精神より大きいように見えるが、実は精神によって選び取られるということによって精神に従属しているということから、活動領域とは「素材（Stoff）」の言い換えでもあることもわかるのである。つまり、詩が応用的なものと理解される場合における素材は、詩人に選び取られるものの、無機的なものではなく（＝「生き生きとした世界の連関から取られ」）、「詩の制約」に逆らうものであり（精神と素材との間におこる抗争）、たやすく精神を乗せ「自己を自己自身と他において再生」させるような従順なものではないのである。つまり、素材は、詩人に一方的に選ばれ操られるものではなく、詩人を「惑わす」ほど有機的に働くものであるということがわかる。[31] つまり、詩人と活動領域（≒要素、≒乗り物、≒素材）の関わり合いは、詩人が素材を選びとり、それを詩のふるまい方に応じて詩作をするといった一方通行的な運動ではなく、素材からの抵抗や誤った方向へと導かれてしまうミスリードといった運動も働く相互的なものとして意識されていることが確認されるのである。詩人が素材を選び取るという運動の中に、すでに素材から精神への働きかけという反省の運動がおこるということであり、しかもその反省はおうむ返しのようなものではなく、反省の中に変動、差異があるということである。

次の段落において表現と精神の間に詩の根拠、意味が存在すると再度確認している。

表現（描出）と自由な理想的な取り扱いとの間に詩の根拠づけにして意味がある。[32]（StA, 4: 245/ FHA, 14: 306）

ここでヘルダーリンが詩の根拠、意味とするものは、「精神的感性的」であり「形式的物質的」なものである。つまり、根拠や意味を持つものとして精神的でありそれを「感じる」という意味で感性的であるが、同時に移行（＝乗り物）、隠喩という「形式的物質的」なものであると理解していると考えてよいだろう。そして、精神、詩の根拠そして表現の間には合一、分離、対立といった様々な緊張関係、および極端なものが触れ合い、その触れ合いを通じて両者が和解するありようを「双曲線的」と表現している。「双曲線」とは、円錐曲線の一つであり二つの定点（双曲線の焦点）からの距離の差が一定となるような点の軌跡である。となるとここでは二つの焦点を精神と表現と考えるならば、その両者が合う点が詩の根拠であることになり、両者から離れているにしても近いにしても詩の根拠までの距離の差は変わらないということを表わそうとしているとも考えられる。クナウプは全集版の註において、「双曲線的」とはおそらく修辞学の用語「誇張的な」という意味ではないかとしているが（MA, 3: 398）、ヘルダーリンはこの「双曲線的」である動きを精神と表現、およびその間にある詩の根拠との関係を表現するために用いているので、二つの焦点が合一する点の軌跡という要素を考慮に入れた方が理解しやすいと思われる。[33]

二－五　シュティムング（情調）

さらにヘルダーリンは、この詩作行為とは「最も一般的なもの、すなわち生と一致している」とし、誰もが体験する生きる行為そのものだと言っている。「生の理念によって詩人は理想的なものに発端、方向、意味を与える」ことができ、そのような「理想的な生」こそが「主観的な詩の根拠」であるとしている。そして、この「主観的な詩の根拠」がどのように捉えられるかと論じる際にヘルダーリンが持ち出してくるのが、「情調（Stimmung）」という概念である。

「Stimmung」は「Stimme（声）」、動詞「stimmen（合わせる、調律する）」といった音響的な意味を含み持つ語である。例えば調律師は「調律する人（Stimmer）」という具合である。このように「情調」という語には、その場の空気、雰囲気という意味以上に音がどのような音律に合わされているのかという音響的な意味があるのである。そのように考えるならば、どのような雰囲気であるか、というのは「どのような音がどのように合わされているのか」ということを「感じる」ということである。確かに、ヘルダーリンは「情調」を「聴く」とは書いておらず、「感じる」と書いている。しかし「どのような音が合わされているのか」を「感じる」行為は、「聴く」という聴覚的な行為を通じて捉えることができるので、「情調を感じ取る」ことは、「聴く」ことであると言える。「理想的な生」は様々な「情調」によって捉えられるので、詩の根拠も様々存在することになる。

ここで素材の性状を三つのケースに分類したように、「情調」をやはり三つのケースに分類している。すなわち①「情調」が主観的な「感覚」として把握される場合、②「情調」が「志向」として把握される場合、そして③「情調」が「知的直観」として把握される場合である。さらに、「感覚／感情」として捉えられるならばその生は特殊なものではなく一般化することができ、「志向」として捉えられるならば、その努力を満たすことができ、「知的直観」として捉えられるならば、直観として把握されたものを現実化することができるとしている。ここでは「理想的情調」と述べていることからもわかるようにあくまでも観念的なレベルであり、具体的にどのように音律が合わされているのかということを示しているわけではない。しかし、理想的な生すなわち主観的な「詩の」根拠がどのように合わされているのか、どのような「おと」[35]として捉えようとしているかが重要である。「おと」については、この論考の最後に添えられている『表現とことばのためのヒント』においてより具体的に考察しているが、ヘルダーリンが理想的な生を把握しようとする時に、その生を様々な「おと」として捉えようとしていることは、ここでも確認することができる。

次の段落ではStAおよびStAに準じる版と、FHAおよびそれに準じる版の間に異同があるので確認しておこう。「詩の生」の営為の在り方について述べている箇所であるが、以下で明らかなようにFHAで採用されている箇所（①および②）がStAでは採用されていない。

> (...) es〔das poetische Leben〕ist nur geschwungner oder zielender oder geworfner, nur zufällig mehr oder weniger unterbrochen; (...)（StA, 4: 247）
> それ〔詩の生〕は、より振り動かされているか、より目標を目指しているか、より投げ出されているかにすぎず、偶然に多かれ少なかれ中断されているにすぎない。

> (...) es〔das poetische Leben〕ist ①nur schwebender oder verweilender oder schneller, ②nur gehaltener [oder][36] nachgelaßner [oder] gespannter [,] ③[nur] geschwungner [oder] zielender [oder] geworfner [,] nur zufällig mehr oder weniger unterbrochen; (...)（FHA, 14: 308）〔数字挿入は引用者〕
> それ〔詩の生〕は、①より漂っているか、より留まっているか、より早くか、②より一様に保たれるか、より鎮まっていくのか、より緊張度が高まるか、③より振り動かされているか、より目標を目指しているか、より投げ出されているかにすぎず、偶然に多かれ少なかれ中断されているにすぎない。

手稿のファクシミリ（FHA, 14: 247）を見る限り、StAで削除された箇所にペンの太さの違いや削除するよう意図した線などはみられない。ザットラーも指摘するように（FHA, 14: 275）、手稿のファクシミリには「oder（もしくは）」やコンマはなく、一つの文ではなく、表のような形態で書きとめているので、詩の生の営為の三つの在り様を分類し体系化しようとしたのではないかと思われる。

ヘルダーリンはテーゼを立てる際に三点あげることが多い。すでにこの論考の中でも、素材と情調について同じように三点あげ、さらにその三点が互いにどのように関係しているかを論じているし、この段落の最後には交替する情調においては、「純粋な詩の生」は、正反対なものと結びついているということによって、もはや「純粋な生」ではなく、生一般として捉えられているが、ここでもやはり支配しているのは三点なのである。また、『ふるまい方』の成立後一八〇〇年に書かれたとされている詩学についてのいくつかの論考を見るならば、三つに分類し、さらにそれぞれの三つの在り様を論じていくやり方がヘルダーリンの典型的な論の進め方であることがわかる。[37] そのように考えると、ここで①と②を削除してしまうのはヘルダーリンの論の進め方の一貫性を損なうことになるのではないだろうか。

ではFHAに倣ってその三点を見てみよう。①は、運動の速度について述べている。すなわち動いているがある方向を定めて動いているわけではないのか、その動きはむしろ停滞しようとしているのか、それともより速く動こうとしているのか、という点について述べている。②は運動の様態について述べている。すなわち一定の動きを保とうとしているのか、それともその動きは緊張度が弱まっていくのか、もしくは強まっていくのか、ということである。そして③は運動の方向性とでもいうべきものである。ここでは、より強い衝動で揺さぶられるのか、目的を定めて動いているのか、それとも方向性を持たずに単に運動だけが行われようとしているのかということである。興味深いことはここでヘルダーリンが用いている形容詞は音楽の様態を表現する用語としても有効であることである。勿論、音楽とは抽象的な意味であることとは言うまでもない。すなわち、聴覚で把握された音の様々な連関という意味における音楽である。そしてまさにこの①②③は、音の連関がどのようになっているのか、どのように連関していくのかを表現する用語として有効であるということなのである。

①では「より速く」は言うまでもないが、「より漂っている」は音の連関で考えるならば、浮遊感のある響き（高音部のみで同じような音型が繰り返されるなど）、もしくは進行がはっきりしない和声という意味になる。それに対して「より留まっている」は、指示されている音価よりも長く引き延ばすことを意味するフェルマータが付けられている音と考えることができる。②で述べられている「より一様に保たれる」は「留まる」よりもさらに一定に持続させるというニュアンスがあり、演奏記号としてはソステヌート（充分に保って）であり、また、「Haltebogen（直訳すると〈保つスラー〉）といえばタイ（結合線[38]）のことである。それに対して「より鎮まっていく」は音量も速度も落ちていく演奏記号としても有効であるし、より緊張度が高まるとは、（例えば機能和声的に説明するならば）ドミナントや減七の和音の連結、もしくは切迫したリズムの反復のことだと言える。③にある「より振り動かされる」とは「Schwungvoll（勢いよく）」といった演奏記号からもわかるように音価以上に勢いを持たせるといったニュアンスであろうか。ちなみに「schwingen」には（音や弦などが）が振動して響くという意味もあり、音が勢いよく振動していく様態と言えるだろう。「より目標を目指す」動きとは、クライマックスや終結部に向かって音域、速度、音量が継続的に高められる、もしくは弱められる場合などを想定すればわかりやすいだろう。そして、「より投げ出される」とは「目標を目指す」音の連関とは反対にある音の連なりがいきなり断ち切られる、もしくは和声が解決せずに終止してしまう場合を想定すればよくわかる。

ヘルダーリンはここで音楽を論じているわけではなく、「詩の生」の在り様を語っている。にも拘わらずここで見てきたようにその在り様が音の鳴り響きの在り様として説明できてしまうということは、ヘルダーリンが考えるところの言葉の生成に先立つ詩作行為とは、「おと」の鳴り響きを聴き、時間の経緯と共に増大や減衰といったデュナーミクを捉えるといった聴覚的な行為であったことを示している。

二－六　器　官 Organ

「詩の生」は「理想的に特徴づけられた情調」で始まり、様々な情調を交替していく中で進展していくと述べられているが、その進展は常に情調の内実によって先行情調に対立するという形で行われる。ここで内実は、「器官[39]（Organ）」と言い換えられている。この器官は、「純粋なものに抗い」（FHA, 14: 308）、さらに「精神と直に対立するもの」であり、「精神をうちに含み、あらゆる対立を可能にする」（FHA: 309）とされている。精神に対立するものとして器官は考えられているが、しかし精神を内包している器官とも言われておりわかりにくい。さらにすぐさま「精神の器官」は、調和的に対立しているものに対して「受容的でなければならない」（ebd.）とのくだりになると、精神と器官の関係性を理解することはさらに困難である。ここで今一度「Organ」という言葉の意味を見てみると、聴覚そして声という意味もあるので、器官は精神の聴覚であり声でもあると言える。精神の耳としての器官であり（対立）、その耳によって捉えられる声すなわち音（自己包摂）である。

すると、「精神の器官」、すなわち精神の「精神に直に対立」するものとしての器官とはどのように捉えればよいのだろうか。ここにこそ「Organ」を器官および声、聴覚と捉えることの意味がある。精神の発する声を精神の耳が受けとめているのである。つまり、能動と受動の行為が共起して、いわば中動態的事態が出来しているのである。つまり、「わたしが声を発する」とは同時に「わたしはその声を聴く」ということでもある。さらに「わたしの声」を聴くことは、どのような音でどのような強弱で聴こえるのかという意味で主観的な行為でありながら、同時にその声が実際どのような音となりどのような強弱で響いているのかを客観的に感じていることでもある。すでにヘルダーリンは一七九五年に書かれた草稿『存在、判断……』の中で分割することが不可能なものの分割について論じている。[40] つまり、ここで器官を声、聴覚と捉えるならば、それは「音を聴く」という営為であり、そうすると、一致と分離であり、「対立」であり「結びつき」でもあるとヘルダーリンが論じている「精神の器官（Organ）」の様態が理解しやすくなると言えるだろう。[41]

二－七　調和的対立

前項において、「器官」は一致かつ分離、対立かつ結びつきであると言われているが、ヘルダーリンはこの論考の中でそのような一致かつ分離、対立かつ結びつきの様態を「調和的対立」という概念で捉えている。

ヘルダーリンはここで「精神」を「物質面」での対立を「形式面」でつなぎ、「生を直接的に」に規定するものであり、「形式面」で「対立」をもたらし、単なる「一致」とは違うあり方で現れるものとしている。そのあり方は、

> 調和的に結びついているものの**一方も他方も対立であり合一である点に存在する**のであり、また、**この点において**、対立によって有限なものとして現れた**精神が自らの無限性において感じられる**のである。器官それ自体に抗う純粋なものは、まさにその器官の中で自己自身に**現前**し、そのようにして初めて**一つの生き生きとしたもの**となる。[42]（StA, 4: 249f/ FHA, 14: 310）〔強調は原文〕

一つの点、一つの色、一つの音だけではその無限性の中で何一つ規定することができないが、完全に結びつき一つのものになるのではなく、「対立」している状態での「合一」であるからこそ自らを感じることができるということは、「無限の接近」であるにしても対立（das Entgegen-setzen ＝向かい合って置くこと）関係にあることによって自らを規定することができるということである。単なる融和ではなく「調和的対立」とは、常に緊張感を孕みつつ

互いに関係を結んでいることである。この単なる融和ではない合一が、汎神論的な定式「一にして全（Ἓν καὶ πᾶν ヘン・カイ・パン）」の影響下にあることに異論はないだろう。

「一にして全（Ἓν καὶ πᾶν）」とは、スピノザ再評価の発端となった汎神論的な定式であり、ヤコービが晩年のレッシングの公言として伝え、当時のシュティフトの学生たちの一つの合言葉となったものである。[43] ヘルダーリンは、この定式をすでに「スピノザの教義についてのヤコービ書簡に」と題した抜き書き（FHA, 17: 108-110）やヘーゲルのゲスト帳の中でも（一七九一年二月一二日）用いている。そして『ヒュペーリオン』の中では、「一にして全」であることを体現するものは「美」であるとしている。

おお、最高にして最善のものを知の深淵に、行動の喧騒に、過去の闇に、未来の迷宮に、墓の中に、あるいは星のかなたに求めているきみたち、きみたちはその名を知っているか。一にして全なるものの名を。
その名は美だ。[44]

この「一にして全」の構想は、すでに『ヒュペーリオン』の冒頭部第二書簡で掲げられている。ここでは、全てのものが一つとなり、「分かち難さ（中略）が世界に生気を与え、うつくしくする」(MA, 1: 615) とされている。「一にして全」とは、すなわち、単に融和し一つになることではなく「分かち難い」状態にあるものが「世界に生気を与えるということである。つまり、この「一にして全」とは『ふるまい方』の中で言われている「調和的対立」に近いということがわかる。さらに、この「分かち難い」とは、一致にして分離ということであり、『ヒュペーリオン』の中でヘラクレイトスの言葉としている「多様の一者（ἓν διαφέρειν ἑαυτῷ ヘン・ディアフェロン・ヘアウト）」からの反映を読み取ることができる。

どうして行き違いが同行（和合）になるのか、かれらにはのみこめないのだ。逆方向へと引っぱり合うことでの結びつき（調和）ということがあるのだ。弓やリュラ琴がちょうどその例になる。（断片五一）[45]

この「多様の一者」は、プラトンの『饗宴』の中でヘラクレイトスの言葉として引用されている（饗宴／一八七頁）。『ヒュペーリオン』第一巻第二部終結部の所謂「アテネ書簡」の中で、「多様の一者」こそ「美の本質」であるとされている。「ヘルダーリンはヘラクレイトスのことばを『饗宴』によって知ったようである」（ヒュペーリオン（青木）／一五一頁）とされているが、ヘルダーリンはプラトンをそのまま引用しているわけではない（Konrad 1967: 33)。ステファヌス版（Henricus Stephanus, *Poesis philosophica, Vel saltem, Reliquiae poesis philosophiae* von 1573）がシュティフトの図書館に所蔵されており、ヘーゲルの蔵書にもあったことから、むしろヘルダーリンはヘラクレイトスの言葉をステファヌス版から直接得ていたと考えることもできるだろう。事実「調和的対立」につながると考えられるヘラクレイトスの言葉はプラトンが引用した箇所以外にも見出すことができる。

反対するものが協調であり、相違するものから、最も美しい音律が生まれる。そして全ては争いによって生ずる。（断片B八）

（…）しかし相反する高音と低音がなければ、音律は生まれず、雌雄がなければ、動物は生じないであろう。（断片四三？）[46]

病気は健康を、飢餓は飽食を、労働は休息を、それぞれ心地よいもの、有難いものにする。（断片B一一一）

断片B八で述べられている、相反する動きこそ協調であり、異質なものの間にある緊張関係こそ「最も美しい音律」を生み出す働きとなることや、断片四三に見られるように高音と低音が融和していくのではなく、相反するものであるからこそ音律が生まれるといった考えはまさに「調和的対立」の概念に直接的につながるものである。

単に一致、融和することが協調ではなく、「最も美しい音律」は対立している状態から生まれるということは、音楽で考えればよくわかる。一様な音の連なりだけでは、一つの旋律と認識することも難しいだろう。そもそも対立する音がなくしてはその音の高さ、もしくは低さを認識することさえ難しいであろう。現在楽器をチューニングする際に用いられる一点イ音の基準となる四四〇～四四二ヘルツの音は、ある音でしかない。それはソプラノの歌手にとっては中音域の音であるが、テノールの歌手にとってはこの音を歌うためには高度なテクニックが要求される高音である。ソプラノ歌手にとっては四四〇ヘルツよりも高い音が中心にあり、テノール歌手にとってはこの四四〇ヘルツの音よりも低い音が中心なのである。つまりどのような音域の中にあるのかによって、同じ音が低い音にも高い音にもなるのである。このように対立する音がその音に対して高いのか低いのかによってその音の高さが規定される。このように同じヘルツの音でさえ、対立する音によって、またどのような音域の中であるかを規定することによって、初めてその音を規定できることになる。

さらに、そのような音と音が同時に響くと一つの和音となるわけであるが、和音とは、複数の音からなる一つの音である。一つの音であるが、和音構成音はそれぞれ独立した音のままである。同時に響くという意味では一致だが、独立しているそれぞれの音の間には緊張関係（＝対立）がある。この緊張関係は和音の構成音によって様々である。例えば機能和声の枠組みで考えるならば、主和音（ハ長調ならばハ音―ホ音―ト音、ハ短調ならばハ音―変ホ音—ト音）は三度、三度、完全五度から成る協和音（調和する響き）であり、各音程間にある緊張はそれほど強くないが、二度音程を含むような不協和音や三全音（三つの全音が重ねられてできる増四度の音程）を含む和音は音程間に強い緊張をもたらすといった具合である。そして、そのような和音同士がどのように連結していくのか、平たく言うならば、楽曲の展開と共に和声はどのように緊張と弛緩のプロセスを踏んでいくのかということが機能和声に基づく楽曲である。和音が垂直方向における音の連なりの緊張関係であるとするならば、対位法的な楽曲とは、水平方向における音の連なり（声部）が複数存在しており、その各声部間が様々な緊張関係で結ばれている楽曲と言える。各声部はそれぞれの声部に対して独立していながら、他の声部に対して音程関係を持ち（協和する音程＝より調和、もしくは不協和な音程＝より緊張）、同時に奏されることはなく、また音価やデュナーミックも変化されていることがあるにしても同じ旋律（モティーフ、テーマ）を有している。このように音の連なりは垂直方向にせよ、水平方向にせよ同時に響くという意味において調和でありながら、融和して一つになることとなく様々な緊張を孕みながら存在しているのである。ほかにもヘラクレイトスの言葉の中には、「調和的対立」につながるものを見出すことができる。

現れている結びつき（調和）より現れていない結びつき（調和）の方がすぐれている。（断片B五四）

ヘルダーリンにとって「調和的対立」とは、「一にして全」や「多様の一者」[47]という概念の流れを引くものであることは明らかであり、このように音と音との関係性を用いて論じると「調和的対立」の様態が理解しやすくなる。そう考えるならば、自己を自己自身から区別し、自己を、調和的に対立するものの中で、それが調和的である限りにおいて、対立させる統一として措定するか、もしくは、調和的に対立するものの中で、それが対立する限りにおいて、合一する統一として措定すること……（StA, 4: 253; FHA, 14: 312）[48]

と「自己」は前述したように、[49]「わたしはわたしである」という時に考えられる一致と分離に照らして措定していることがわかる。このように「自己」が「自己自身」と調和的に対立している統一を具体的に捉えようとする時に、音の鳴り響きで捉えようとすることは有効であると考えられる。例えば複数の音が同時に鳴り響く時に、その音はどのように捉えることができるかということである。複数の音が同時に鳴り響くと一つの和音となる。その際にそれぞれの音は融和して一つになるわけではなく、あくまでも複数の音であり続けており、その意味においては対立し続けている。その上で一つの和音として統一されていると捉えることができるのである。一つの和音は、一つの音でありながら、対立しあう複数の音でもあるのである。つまり、ヘルダーリンが「対立にして合一」の様態を把握する仕方は、例えばこのように和音という複数の音が同時に響く状態を想定していたと考えることもできる。すると、「調和」とはまさに音と音がどのように合っているのかという意味での「調和（Harmonie）」であり、「絶えず響き続ける」（StA, 4: 243/ FHA, 14: 304）というあり方で「精神の内実」を捉え、「永遠なものの声」（StA, 4: 250/ FHA, 14: 310）と表現されている世界経験のあり方なのである。

　勿論、ここでは具体的な何かの実音を聴くということを指示しているわけではないが、時間の推移と共に把握すること、個と全体の関係、融合ではない調和、という意味においてヘルダーリンの言葉にし始める前の詩作行為が、「おと」を聴くという、聴覚的な行為であることを示している。さらにもう一点、「一にして全」や「多様の一者」には書き込まれていないが、ヘルダーリンが「調和的対立」を論じる際に意識している点が見えてくる。それは運動の要素である。音であるならば、その音はどのように響くのか、強まっていくのか、弱まっていくのか、どのような勢いがあるのか、などといったその音の運動が時間の経過と共に意識される。つまり、「調和的対立」とは、「一にして全」であり「多様の一者」といった単なる融和ではない調和であるが、さらにそこに運動の要素も含まれている対立にして合一であるのだ。すると、この論考の冒頭の一二の条件文の中で表現されている「美しい前進と交替」、「自己自身の中から出ていく」、「遂行の途上」、「ひきさらう」といった運動の要素は、「調和的対立」における運動の要素を先取りしていることになる。音が響くということには常に運動があり、その音の運動の様態を経験するということになる。つまり、「おと」を聴くことは、音の様々な鳴り響き、音の運動性を感受するということであり、ヘルダーリンにとって「生き生きとした（lebendig）」、「生動性（Lebedigkeit）」をどのように「ことば＝詩」にできるのかということが中心的な関心事であったことへとつながるのである。

詩（Poesie）がいかにして生き生きとしたものになるのかについて思考していたことは、一七九八年一一月一二日、ノイファーにあてた書簡の中で「詩（Poesie）における、生き生きとしたもの、これが今ぼくの思考と感性を虜にしていることだ」（StA, 6, 1: 289）と述べている箇所や、同年一一月二八日に弟にあてた書簡では「実際に現れるよりも前に生き生きしたことばはわれわれの胸の内で動いている」（StA, 6, 1: 293）とし、「生き生きしたことば」が生まれるためには、生花が咲くまでには造花を作成するよりも時間がかかるように「胸の内で」でことばとなる前に長い生成活動があることを表現している箇所から読み取ることができる。

さらにヘルダーリンは、詩（Poesie）こそ人間を「生き生き」とさせるものであると考えていた。一七九九年一月一日に弟へあてた書簡の中で、詩は「あらゆる力が活発でありながらその親密な調和ゆえに活動的であると認識されない、人間に生き生きとした安らぎを与えるもの」（StA, 6, 1: 305）であるとしているし、「詩こそ、あらゆる感情や理念、偉大さを含みもちつつ」、「人間を一つの生き生きとした、幾千にも区分された親密なる総体」（StA, 6, 1:

306）へ合一させるものだとしている。また、一七九八年一二月二四日に友人のジンクレーアにあてた書簡の中で、ヘルダーリンは個と全体の関係とそこから発する「生き生きしたもの」について言及している。

どんな所産も産出も全て、主体と客体、個と全体との結果なのだ。そして、産出において、それに対する個の関与は、それに対する全体の関与から決して完全には区別されえないのであるから、このことからもまた、それぞれの個は全体に実に親密に関連していること、個と全体はただ一つの生き生きとした全体をなしていること、そしてこの生き生きとした全体は徹底的に個別化されている諸部分からなりたっていることが、明らかとなるのである。[50]（StA, 6, 1: 301）

この二つの書簡から読み取ることができる「それぞれの個は全体に親密に関連して」、「幾千にも区分された親密なる総体」であることとは、単に融和してしまうのではなく「幾千にも区分され」た状態であるからこそ、その差異を感じることで緊張関係がうまれ、まさにその緊張関係こそが「総体」を「生き生き」とさせるということである。音と音との関係で考えるならば、協和する音、不協和な音が様々な段階の緊張を孕んでおり、それぞれの要素を「生き生き」と保つということになる。

以上みてきたことから、ヘルダーリンの説く「調和的対立」は、融合や合一というような調和ではなく、個々が独立した状態であり、緊張を孕み、さらに個々の運動が含まれた生き生きした状態の調和であることがわかる。このような調和のありかたは、音響のありかたで考えるならば理解しやすいであろうし、それはなぜヘルダーリンは「音」というタームで表現しているのかということの傍証にもなるであろう。本節第五項でも前述したように、この論考の中でヘルダーリンは音響を表す「音」や「声」、また「響く」というタームを用いる際に「聴く」という単語は用いておらず、「感じる」という表現を用いている。しかし、音響を表す「音」や「声」はまず「聴く」行為を通じて捉えられる。つまり「音」の鳴り響きは、まず「聴く」ことによってはじめてその「音」を「感じる」ことができ、また「どのような音律で合わされているのか」（＝情調）かも、同じく「聴く」という聴覚的な行為の結果「感じる」ことができるのである。そのようにして「関連と同一性」（＝音と音との関係性）は、「たんに客観的に獲得される」だけではなく、「もろもろの対立の交替の中で獲得」されるのである。

二－八 想 起

本節第二項において「音を聴く」ということは、「〇〇の音を聴いた」とその音を「思い起こす」ことによって経験されると述べた。すなわち、「音を聴く」とはその知覚の構造の中にすでに前提として「想起」が組み込まれているということである。ヘルダーリンは、「一本の糸」である「一つの想起」をもつことこそ、詩的精神にとって「究極の課題」であると述べている。

> 詩の精神の究極の課題は、精神が、決して個々別々の瞬間ではなく、ある瞬間においても他の瞬間においても持続しつつ、ちょうど、精神が**無限の統一の中で**、完全に自らに現前しているのと同様、様々な情調の中で、自らに現前し続けるよう、調和的な交替に際して、一本の糸を、一つの想起をもつことであり[51]（後略）（StA, 4: 251/ FHA, 14: 311）〔強調は原文〕

ここで言われている「一つの想起をもつ」とはどのようなことであると考えればよいだろうか。様々に合わせられた情調と情調との関係の中で、それぞれの情調は今まで述べてきたように想起するという形で現前している。情調は音（Ton）と言い換えられる[52]ことからもわかるように、音響的なことを想定しているといえ、聴覚的に把握しようとしている。そうなると、一本の糸（一つの想起）とは、想起するというあり方で現前しているその一つのつながり、すなわち音の連なりを想起することではないだろうか。例えば一つの旋律をどのように認識するかで考えてみればよくわかるだろう。ある旋律を聴くとは音と音とのつながりを思い起こしつつ聴くということにほかならない。「聴こえた音」と「今響く音」とのつながりを認識することが「一つの想起をもつ」ことなのだ。だからこそ、ここでヘルダーリンは知覚の構造の中に組み込まれている個々の想起された音が、連続して一つの音のつながりと知覚するための「糸」となるべき、（いくつもではなく）「一つの（eine）」想起と言っているのではないだろうか。そのようにして、様々な情調（＝「音」）と情調（＝「音」）の連関を一つのつながりにできることこそ「詩の精神の究極の課題」なのだ。

では、「想起すること」とは「記憶すること」とどのように違うのであろうか。クロイツァーは、「記憶はアプリオリ（経験に依存せず、それに先立っていること）な悟性概念としての「思考」の保存（Konservierung）のために、具体的な経験（生き方 Lebensweise）が度外視されている」（Kreuzer 1998: XVII）ことであり、想起とは一線を画したものであると指摘している。記憶は、過去の事象、経験を留めておくことであるが、想起するとは具体的な経験を「思い起こす」ことなのである。具体的な経験ということは、色や音、肌触りといった五感で感受した経験や「どきっとした」や「うるっとした」といった感情のひだであろう。そのような具体的な経験が「生き生きと」（＝具体的）に立ち現れることが想起するということなのだ。そしてその立ち現れ方は、「音を聴く」という営為に通じる。なぜならば「音を聴く」ときの「わたし」の経験は、能動的な経験であると同時に、その「音」が響いている空間を受動的に経験していることであり、能動的（わたしが○○を思い起こす）であり受動的な経験（その○○がわたしの中で反復される）である想起することと同じ構造を持っているからである。

この「一つの想起」は、さらに応用して考えることもできる。既知の旋律を聴くという経験で考えてみよう。例えば、既知の旋律の断片を聴くという経験を想定してみればわかるように「今聴いた音」と「今響く音」とのつながりを聴くことによって、かつて聴いた旋律を想起することができる。かつて聴いた旋律の断片を聴くことによって、その旋律全体を想起することは、一つ一つの音をつなぐ「一本の糸」である。だからこそ想起が詩作の営為にとって決定的に重要であることをヘルダーリンは強調しているのである。

しかし、それだけであろうか。ヘルダーリンが目指した詩的精神の営為とは「かつて聴いた音をその断片から聴き取る」という段階で留まらないのではないか。「かつて聴いた音をその断片から聴き取る」のみならず、「今響く音」から「未だ聴いたことのない音」を「聴きとる」ことこそが詩的精神の営為であり、その音の連鎖が「一本の糸」を持っていることこそ「究極の課題」であるということだと考えられる。すなわち、ヘルダーリンにとって詩作行為における言葉に先立つ世界経験とは、想起した音の連関によって、その先の音を想起し、一部分を聴くことを通じて、全体を把握するといった、行為であったと言える。一つの音を聴きながら、その音は全体のどこに位置するのかということを把握している（＝想起する）という意味で音を「配置する（komponieren）」ことと同じような聴覚的な行為だとも言えるだろう。聴覚的な行為で個と全体、並存するそれぞれの情調の関係、およびそれぞれのデュナーミクを感受した後、詩人には言葉の成就、そして作曲家には具体的な音の構成の段階が訪れるのである。

このようにして、想起の連鎖が「一つの想起」を持つことができるならば、一致しかつ対立している「調和的対立」の状態で、個々の精神は孤立することなく「無限の統一」となり、そして、この「無限の統一」を、「一致しつつ対立している」と感じることができるそのような「感覚（Sinn）」こそが「詩の性格であり、（…）詩の個性」であるとしている。すなわち一致しかつ対立している状態が統一であると感じることができることこそが詩人にとって必要なセンスであり、そのセンスが詩の個性を形作るということなのである。

二-九　熱狂／精神化 Begeisterung[53]

「音を聴く」という行為には、すでに「想起」が組み込まれていることは前節で述べたが、例えば詩作行為を作曲家の作曲行為と比較して考えるとよくわかる。作曲家は音を聴き、またその音を想起することによって音の連なりを把握し、さらに未だ音にならぬ音を想起した音との関連の中で聴くのである。そのような作曲家の聴取と同じように、詩人も「おと」を想起しつつ「おと」を聴き取ろうとしている。その「おと」を聴くことと「おと」の配置の仕方が「詩の性格、詩の個性」となるのである。

ヘルダーリンは、そのような「詩の性格、詩の個性」に、「神的な瞬間が与えられる」としている。「神的な」とは、この論考の終わりの方で説明されるが（StA, 4: 259f/ FHA, 14: 317f）、あらゆる面での絶妙なバランス感覚という意味だと言える。曰く、「単なる意識、反省、志向、調和」ではなく、またその結果、「快にすぎず、感性的すぎず、活動的すぎず、荒々しすぎることもなく、親密すぎることも熱狂的すぎることも」ない感覚なのである。「内的なものと外的なものの調和を意識しなすぎる」こともなければ、かといって「あまりに調和的」であるがゆえ、「自己について、また外的、内的な根拠について無意識」であることもないような感覚である。この絶妙な感覚を持つ瞬間が「神的」な瞬間である。とするならば、まさに「調和的対立」が実現している瞬間とも言えるだろう。すなわち、緊張感に満ちた「多様の一者」が実現されている「調和」なのである。そして、この高次な調和には、単なる「天才（Genie）」でも、また単なる「人為／技芸（Kunst）」だけでも至ることはできない。「天才」というターム[54]は、「天才の時代」と言われる「疾風怒濤」の流れを考慮し、またヘルダーリンはカントをよく読んでいたことも考慮すると、天与の才能といったニュアンスであると考えられるだろう。そして、「人為／技芸」とは学習して身につけることができる能力だと考えられる。

ここで登場するのが「詩の個性」に「神的な瞬間」を与える「熱狂の同一性」である。「天才と人為の完成」であり、「無限なものの現前」である「熱狂」とはいかなるものであろうか。

まず、ヘルダーリンは前述の『アフォリズム』の中では「熱狂」についてどのように語っているのかみてみよう。

熱狂には様々な程度がある。おそらく最も低次の陽気さから、戦闘の只中で思慮深く精神を意のままに操る将帥の熱狂に至るまで無限の段階（段梯子）がある。これを登ったり降りたりすることが詩人の使命であり喜びなのだ。[55]（StA, 4: 233/ FHA, 14: 69）

ここから読み取れることは、二つある。まず、「熱狂」とは、「愉快に盛り上がる」といった段階から、戦場における指令者の血潮たぎるような思いに至るまで様々なレベルで心を奪われるということ、そしてもう一つは、「熱狂」はしかし、単に心が奪われてしまっている状態ではなく、冷静な判断力のコントロール下にあるということである。ヘルダーリンがこの「熱狂」と同じような意味で用いている言葉に「熱中（Enthusiasmus）」があり、詩作は「熱中において」、その本質を成しているとしている。[56]ここでも「熱中」は単に心を奪われてしまっているのだけではなく「思慮深さ」、「謙虚さ」のコントロール下にあることが重要なのである。すなわち、「熱狂」とは、魅了されていても我を失ってしまうことではないのである。だからこそ、ヘルダーリンは「熱狂」とは、自らが関与して身につけるというより天与のものである「天才」でも、また知的な修練によって身につける「技芸」だけでもなく、両者の「完成」であると言っているのであろう。創造的なことに携わっている人間には、非常に明晰な意識下であるがふわふわしているような感覚や、高度に集中しかつリラックスしているような感覚を持った経験が一度ならずあるだろう。つまり、自らがその創造的な行為を行っているにも拘わらず、自らが完全に主体的に行っているのではないかのような感覚である。意識と無意識が触れ合っているとでも言えばよいだろうか。このような創造的な意識状態をヘルダーリンは「熱狂」と言っているのである。これは、ある意味ではチクセントミハイが提唱した「フロー理論」[57]に当てはめて考えることもできるかもしれない。夢中になって何かに取り組んでいるときの状態は、まさに集中していてかつリラックスしているだろうし、その状態がなんらかの快感として感じられ活性化されているように感じるからである。この論考が書かれた時期に前後して出版された『ヒュペーリオン』で「熱狂」が語られている箇所も、この『ふるまい方』で使われている「熱狂」の文脈で読むことができる。ディオティーマに愛されているという思いは、「あらゆることを熱狂させる信念」(KA, 2: 74)であり、夢のような逢瀬の時間から現実に戻される時は「別れを告げる鐘の音がわれわれの熱狂の中へ割り込む」(ebd. 85)時なのである。そして、「熱狂のひととき」とは「全てがこの上なく親密に一致する」(ebd. 92)ことである。つまり、「熱狂」とは、論考の中で論じられているように、単なる盲目的な感激や熱狂ではなく、生き生きと情熱がみなぎってくるような(=あらゆることを熱狂させる)ものであり、恋人同士の一体感であり、単なる一致とは異なる全てが一致しつつ互いを親密に感じられることなのである。このような瞬間こそが「天才と人為/技芸の完成」である「熱狂の同一性」なのである。そして、「詩の個性」に「熱狂の同一性」であり、「無限なものの現前」である「神的な瞬間」が与えられる、すなわちある世界経験がその詩人にしか感受されえない世界経験として詩人の前に立ち現れるということなのである。

さて、この短い『アフォリズム』の中でヘルダーリンが述べているもう一つ重要な点は、このような様々な段階の「熱狂」を自由に操れることが「詩人の使命であり、喜びである」ということである。すなわち、「熱狂」とは、創造的な営為の場で自らが思慮のコントロール下でありながら心を奪われることであり、かつ詩人はその「熱狂」を自由に操り、詩作することによって現前させるということである。勿論、詩人にとっては、「ことばにする」という営為によってこの「熱狂」を現前させるということにほかならない。

ヘルダーリンはさらなる『アフォリズム』「個々に与えられている熱狂の度合いは……*Das ist das Maas Begeisterung...*)」(KA, 2: 519/ MA, 2: 58) の中でも熱狂について考察しているが、ここでも熱狂は冷静さの共存によって、またその度量によって各自の熱狂の大きさが決定されることを説いている。

> 冷静さがきみを見捨てるところ、そこにきみの熱狂の限界がある。[58] (ebd.)

ここからもヘルダーリンの言う「熱狂」とは、我を忘れてしまうような没入の状態ではなく、冷静さを伴った状態であることがわかる。そして、各々が操れる熱狂の度合いはそれぞれの度量によって違いがあるのである。すなわち、偉大な詩人であればどんなに熱狂しても「柔軟な精神」と「冷静な思慮にある重力」によって、亡我にはならないのである。

以上のようにアフォリズムの中で考察されている「熱狂」も考慮するならば、論考『ふるまい方』の中で言われる「神的な瞬間」である「熱狂」とは、「何かが降りてきた」、「音が聴こえた」などと様々な芸術家によって形容される創造的な行為の瞬間と言えるだろう。「わたしが世界を把握しようとする」主観的な営為とその主観のアプローチからの反省として主観と客観が触れ合っているような「降りてきた」、「聴こえた」などと形容される(それぞれの芸術家の度量に合った)営為がある。すなわち「熱狂(Begeisterung)」とは、「精神化、霊活、感激」などと訳されることからもわかるように、主観と客観が無限に接近しているような「天才と技芸/人為の完成」である創造的な営為の瞬間なのである。

第三節 『表現とことばのためのヒント』

作行為を検討していこう。

三－一 不協和音

本節では、さらに論考『ふるまい方』の最後に付け加えられている『表現とことばのためのヒント *Wink für die Darstellung und Sprache*』（以下『ヒント』と略記）にもとづいて第二節で検討したことを踏まえてヘルダーリンの詩作行為を検討していこう。

『ヒント』は、詩の言葉が生成する過程を記述しているものであり、本論である論考『ふるまい方』に対して具体的な詩作論を記述したものとも言える。勿論、具体的と言っても詩の構成や韻律構造などについてのプログラムが示されているわけではない。本節では、この『ヒント』の中でヘルダーリンが、どのようなプロセスで「言葉の成就」に至るのか、そこで音をどのように用いているのかを検証したい。

まず、ヘルダーリンは『ふるまい方』で論じてきたことから「ことばは統一として一致が含まれる認識と同じではないか」と問題提起をし、そして「最も美しい瞬間」は、「特定の無限からより一般的な無限への移行が行われるところ」にあるのではないか、と問いかける。

〔ことばにとっても認識にとっても〕最も美しい瞬間は、本来の**表現**、このうえなく精神的なことば、このうえなく生き生きした意識が現れているところ、特定の無限からより一般的な無限への移行が行われるところに存するのでなければならないのではないか。[59]（StA. 4: 260/ FHA, 14: 318）〔強調は原文〕

「本来の表現」とは、詩の言葉として表されるということであり、「このうえなく精神的なことば」とは、前節の中で検討された熱狂（Begeisterung）との関連も考慮するならば、「最も精神に満ちた」という意味で「このうえなく詩的なことば」ということもできるだろう。そして、「このうえなく生き生きとした意識」とは、自我と自我が経験している世界をありありと覚醒している状態で感受していることであると読み取れる。さらに「詩における生動性（Lebendigkeit）」（一七九八年一一月一二日ノイファーあての書簡）が最大の関心事であったヘルダーリンにとって「生き生きとした」とは、移行や運動を感じ取れる意識であるということだと言える。

そこで、ヘルダーリンは「認識がことばを予感するように、ことばは認識を想起する。」（ebd.）というのである。ヘルダーリンはこの段階に至るまでを三つの段階で説いている。

まず、「特定の無限の、まだ未反省の純粋な生の感性」（StA, 4: 261/ FHA, 14: 319）の段階である。「特定の無限」とは「わたし」という個人の生という意味で限定的である中の「無限」であり、「わたし」が経験している世界と「わたし」は「わたしの経験」として一致しており未分化だと言い換えることができる。同じく「純粋な」とは混じり気のない、すなわち同じく未分化な状態だと考えられるので、この段階は「わたし」と世界はまだ素朴に一致している状態だと言える。

次に、認識を目指す精神は、この素朴に一致している段階から、分化を始めるわけであるが、ここで詩人が聴くのは「内的な反省、志向、詩作の」間にきしみあう「不協和音（Dissonanz）」（ebd.）の響きである。わたしと他の素朴な一致から分化が始まると、自己の中に響きかえってくることを聴こうとすること（反省）、目指すべきことを意識すること（志向）、詩作に向かおうとすることから、それぞれの音が互いに調和していない「不協和音」の響きを聴くということなのである。「不協和音」とは、音楽用語で複数の音が同時に響くときに調和せず音と音がぶつかりあうような響きのことである。不調和な響きは高い緊張感をもたらすが、同時に調和してしまわないことによって、それぞれの音を意識できる。つまり、素朴な一致の状態のときには感じることができなかったわたしと世界が、不協和音として鳴り始めることによって感じられるようになるのである。

ヘルダーリンは、『ヒュペーリオン』の中でも音楽的・聴覚的なタームをよく用いているが、[60] 中でも「不協和音」は、『ヒュペーリオン』の最終稿に至るまでの各段階の稿でも必ず用いられているタームである。最終稿の序では「ある人物における不協和音の解決」がこの小説の中心課題であることが告げられているし、小説の結部では、「世界の不協和音は愛し合うもののいさかいに似ている」とヒュペーリオンに語らせている。これらの箇所からヘルダーリンが「不協和音」と表現していることは、音楽における不協和音とその解決と同じように、緊張に満ちた不調和な状態から調和を目指して運動している状態のことだと言える。そのような不調和から調和を目指す世界の捉え方を和音のあり方で表現している、つまりどのような緊張感をもった音（不協和音）であり、その和音はどのように解決されていこうとしていくのかを聴くということだと言える。『ヒント』の中で語られる「不協和音」も同じものだと考えてよいだろう。

三－二　「おと」になる

さて、「不協和音」を何度も聴いた（反復する）結果、ついには「自己自身を乗り越え、（中略）自己を再発見する」（ebd.）に至る。この段階は、様々な不協和音を聴き、その解決を目指し自己を「おと（Ton）」にしようとする段階である。

詩人は、本源的な感性の中から、対立する様々な試みを経て、自己を音調（Ton）へと、ほかならぬその感受性の最高の純粋な形式へと懸命に高め、自己が完全に自らの完全な内的外的生に含まれているのをみる段階に

おいて（後略）[61]（StA, 4: 263/ FHA, 14: 320）

ヘルダーリンは、限定された生、また本源的な感情が不協和音の鳴り響きを聴き反省することが「精神化する技術（vergeistigende Kunst）」（StA, 4: 261/ FHA, 14: 319）であるとしている。個々の世界、限定された中で素朴に世界とわたしが一致している状態から、不協和音を経て、獲得することができた音／音調は、「わたしのおと」であり、かつ外的生の、客体としての「おと」なのである。

この「おと」を獲得した段階が、「ことばを予感する」段階である。認識が自らの生を素朴な一致から、「無素材の純粋な情調[62]」、すなわち「本源的な生き生きとした感性のこだま（Wiederklang）[63]」によって高次な「外的内的生の全体」を把握できた段階なのである。「情調」とは、「どのように合わされているのか」という意味での雰囲気であるが、「どのような音と音が調律されているのか」という意味での音響空間だとも考えられるし、「こだま」とは「わたし」の声が反復された響きを聴くこと、すなわち「自己と他において再生産」される響きである。この瞬間には、詩人にとって何一つ規定されているものはなく、「全ては初めて接するがごとく」であり、「ひたすら素材と生の中に溶け込んでいる」状態であるとしている。すなわち、既知のものは一つもなく、全てはまだ名づけられていない。もし詩人がある世界に出会い、その経験を言葉で描写しようとしたり、言葉で捉えようとしたりするならば、すでに名づけられている世界を描写するということになってしまい、「詩人のことばが到来する」という芸術活動とは違う営為になってしまうからである。こうして、限定的な生から出発して不協和音を聴き、「本源的な生き生きとした感性のこだま」が響く「情調」へ達し、詩人が自らの「音／音調」と共に世界に接する（「音を聴く」）この段階が、自らの「情調」と調和（übereinstimmen＝あらゆる声が一致する）すること、「ことばを予感する」ことである。限定された生、本源的な感性から「無素材の純粋な情調」、「本源的な生き生きとした感性のこだま」を獲得するために不協和音を反省する段階が「精神化」する段階であるならば、「情調」、「こだま」からことばが生成していく段階は、「蘇生する（beleben）」反省であり「詩人の精神と未来の詩（zukünftiges Gedicht）に生を吹き込む技術（belebende Kunst）」（StA, 4: 263/ FHA, 14: 320）なのである。つまり音響空間で音が合うこと、こだまとして感じられるもの、など「言葉」が未だ関与していない聴覚的な世界経験がまず「言葉」に先立つものとしてあり、そこから「ことばを予感する」のである。詩人の「ことば」が生まれるとは、「精神の様々な音調を表示するためにこの世界から素材を選び取り、かれの情調から基底にある生をこの親和的な記号で呼び出す（hervorrufen＝こちらへと呼ぶ）」（StA, 4: 264/ FHA, 14: 321）ということだとしている。つまり、まず自らの「おと」を聴き、その「おと」を表すために「親和的な記号で呼び出す」ことがヘルダーリンにとって言葉にし始める段階の詩作行為なのである。

さて、自らが「不協和音」を反省していく中で「生き生きとしたこだま」にまで高められていき、詩人はその純粋な情調の中で素材を選び取ることによって、純粋な情調は、特定の音を持つようになる。ヘルダーリンは、特定の音を持つようになり詩の言葉が完成していく段階を記述していく。この箇所からも、「生き生きとしたこだま」である「情調」から「生を吹き込む技術」が「音を聴く」という営為であると読み取ることができる。それは、「諧和（Zusammenstimmung＝共に音が調律される）」という表現である。そうすると、「情調の諧和の無限性」（StA, 4: 264f/ FHA, 14: 321f）とは、その調律された音がいかようにして調和しているのか、その調和の仕方、音と音との合い方は無限であるものの、調和していると感じられるあり方であると説明できる。音と音が調和しているということは、「快い響き」（StA, 4: 265/ FHA, 14: 322）であるが、融和して一つの響きになるということではない。一つの音となってしまったら調和でなくなってしまう。調和、諧和とはあくまでも複数の異なる音が同時に響くときに感じることができることなのである。その複数の音は一つになるのではないが、あくまでも一つの響きとして「合っている」ことを実現しているのである。

『ヒント』の中ではこれ以上詳細には検討されていないが、ヘルダーリンは同時期にまとめたほかの論考で、特定の音を得た音調について詳細に検討している。[64] 次節において、具体的に検討していくが、そこでは、英雄的（heroisch）、理想的（ideal）、素朴的（naiv）という三つの音調に分類し、それぞれの情調の表現は、特定の情調とは相反するものとしている。ここにも、調和的対立（対立していることによって、互いを生き生きと感じられる）が実現されていると考えていいだろう。例えば英雄的な音調を表現するのは素朴という具合である。さらに、この三つの音調が基底音調と表現音調（基底となる情調とその情調を表現する、実際に用いられる音調）でセットとなり、交替していくという具合である。この音調の交替はヘルダーリンの詩学を特徴づけるものである。[65]『ヒント』の中では、交替について以下のように述べている。

無限の形式が、一つの形象を、より弱いものとより強いものの交替を、無限の素材が快い響きを、より明るいものとよりかすかなものの交替を、双方が緩急の動きの中で、ついには運動の静止状態において否定的に合一することによって（後略）[66]（StA, 4: 265/ FHA, 14: 322）

「より弱いものとより強いもの」を、鳴り響く音のデュナーミックの変化であると捉え、「より明るいものとよりかすかなもの」も音に対する表現であると考えるならば、その対比に矛盾はない。つまり、「より明るい音」は協和音の響きや高音の響きだと言えるし（＝明確）、それに対する「よりかすかな音」は、弱く発音された音や、遠距離から響いてくる音（＝不明確）だと言えるからである。そして、音の動きが速い、遅いの交替を繰り返しながら、つまり交替する限りにおいて生き生きと連関していたものが、落ち着くということが「否定的な」静止に至るということであろう。

ことばにし始めるまでの詩作行為を、「おと」を聴くこととして説明することが有効であるかについては、第二節において検討した。その事実を踏まえて『ヒント』を読むならば、具体的に「不協和音」、「音」、「こだま」、「快い響き」など音響のタームを用いて説明しようとしていることは、単なるわかりやすい比喩ではないことは明らかであろう。「詩人のことば」が成立する前に、音として感受する世界経験があると考えて間違いはないと言える。「詩のことば」とは「おと」に触れ、「こだま」となった「おと」を宿している「ことば」だと言える。

第四節　音調の交替

四－一　論考の成立状況

『ふるまい方』および『ヒント』において、ヘルダーリンの、言葉にし始めるまでの詩作行為は、「おと」を聴く行為であることを論証してきたが、さらにその行為を裏付けるために、本節では『ふるまい方』や『ヒント』の後に書かれたヘルダーリンの一連の論考の最後に位置している『音調の交替[67] *Wechsel der Töne*』について論じる。

ヘルダーリンが自身の詩作について語る時に「音（Ton）」を重要なタームとして用いることは、一連の論考以前から見られる。すでに一七九七年にシラーにあてた書簡や、一七九八年にノイファーにあてた書簡に「音」についても言及が見られる。[68] ヘルダーリンにとって、すでにこの段階で、「音」は単なる音調や雰囲気といった漠然とした意味ではなく、「主調音」、「従属音」といった複数の音の関係性を表わすことができるタームである。さらに、「不協和音の解決」を目指すことが主題となっている書簡小説『ヒュペーリオン』が、一七九七年、および一七九九年に発刊されていることからみても、ヘルダーリンは一貫して複数の音の関係性を念頭に置いていることがわかる。そして、おそらくStAでは『音調の交替』および『詩作様式の混合』の二つにまとめられた一八〇〇年六月頃（FHA,

14: 329）に書かれた『理想的な大転換は……』、『詩学の図式』および『悲劇的な詩人は……』といった論考断章は、「音」の交替や「音」の組み合わせを具体的に図式化、理論化しようとしたものなのである。すなわち、『ふるまい方』の後に書かれたこの論考は、ヘルダーリンのことばにし始めるまでの詩作行為が「おと」を聴くという行為にあるという仮説を裏付け、さらに「主調音（Hauptton）」とその「主調音」と対抗する「音」、「基底音（Grundton）」と「基底音」にぶつかる「不協和音」、そして「音の交替」といった、詩の全体のバランスやデュナーミクをどのように構成するかといったことについてヘルダーリンが、具体的に論じたものである。

「音の交替」について論じるということは、まず一つの音をその音の響きとして認識し、その後に鳴り響く音が前者の音と違う音に変化したと認識できるということである。つまり、ヘルダーリンにとって「音」を聴くとは、基底音とその基底音に組み合わされる表現音といった同時に響く音の組み合わせと、基底音にしても、表現音にしても、詩の展開の中で交替していく音の組み合わせによる複数の音の関係性を把握するということなのである。

そこで次項では、まず、ヘルダーリンはギリシャ詩型の韻律が多彩なリズムから成る音の連関であることに気づき、その音の連関に傾倒したからこそこの時期にギリシャ詩型を盛んに用いているということを示し、さらにヘルダーリンが図式化した詩学を、和音と旋律という観点で捉えてみる。

四－二　独自の詩学としての「音の交替」

純粋な情調は、なんらかの性格を帯びることによって特定の情調となるわけであるが、その情調と素材をどのように組み合わせていくかが、ヘルダーリンの詩作行為においては極めて重要となる。その情調は三つの性格に区分される。すなわち①「素朴的（naiv）」、②「英雄的（heroisch）」、③「理想的（idealisch）」である。

この三つの性格は、『「イリアス」について一言 *Ein Wort über die Iliade*』（FHA 14: 120）という草稿の中で述べられている人物像に対応していると考えられる。(69) ヘルダーリンはこの草稿の中で、ホメロスを「自然的な人間」と名付けている。「自然的」とは、「心情と悟性」が現実に即しており、かつそのことによって、自らの生を「完全に満たしている」状態であり、「素朴的」な情調を体現するような人物像である。「自然的な」ホメロスに対して、より「勇気や犠牲の才に富む」エネルギッシュで屈強な人間については、その魅力と共に、「緊張しすぎて、不十分であり、暴力的すぎる」きらいがあるとしている。この種の人間が持つ情調は「英雄的」と言えるだろう。「理想的」なタイプは、「内面的な力のより大きな調和によって」この世の事象を「個別的にも、全体的にも」意味づけることができるような人間のタイプである。

以上のように情調の三つの性格は、人間の三つのタイプに対応し、情調と組み合わされる素材にも三つの性格があるとヘルダーリンは述べている。すなわち、①素朴的な素材（出来事、観察など）、②英雄的な素材（想念、熱情など）、③理想的な素材（空想など）である。

そしてヘルダーリンは詩作行為においてこの三つの情調と三つの素材を組み合わせるのである。その際、「素朴的」な情調は、「出来事、観察」といった素朴的な素材ではなく、「空想」などの理想的な素材といったように、性格の異なるもの同士の組み合わせとなる。『ふるまい方』の中で、「詩の意味」は、詩の中で表現される「素材」と「精神」の間に「移行（Übergang）を形成しなければならない」（StA, 4: 244, FHA, 14: 305）とされていた。その「移行」は、情調と、素材の性格の「ずれ」と言えるもので、ヘルダーリンの詩学においてヘルダーリン自身が強調している点である。現実に即した自然的な性格を表現するために、「空想」のような素材を用いるということは、性格の異なるものが同時に存在することによって、それぞれの性格が顕かになるということである。

そのように考えるならば、ヘルダーリンが「情調」を「音」とほぼ同義で用いていることも理解できる。すなわち、二つの異なる音が同時に響くということは、一つの音の位置や価値が、その音とは異なる音があることによって、初めてその音として規定できるということであり、まさに「素朴的」な音にとっては異質である「理想的」な音が同時に鳴り響くということによって、すなわち「理想的」な音との異化効果によって表すことができるということになるからである。

さらに、ヘルダーリンは論文草稿『抒情的な、見かけによれば理想的な詩は……*Das lyrische dem Schein nach idealische Gedicht...*』の中で「素朴的」、「英雄的」、「理想的」の三つの情調をそれぞれ「叙事的」、「悲劇的」、「抒情的」な詩という伝統的な分類に対応させて論じていくが、それぞれの詩の見かけとその意味の間にある「ずれ」は、基底音と表現音の間にある「ずれ」と同じである。すなわち抒情的な詩は、外観は「理想的」であるが、その意味は「理想的」ではなく「素朴的」である、といった具合である。つまり、抒情的な詩においては、「基底音（Grundton）」が「素朴的」であるので、どうしても「素朴的」な音に向かいがちであるからこそ、「現実性、明朗さ、優美さ」すなわち「素朴的」な音を求めず、外観は、「不可思議で超感性的」すなわち「理想的」な音になるということである。

しかし、ヘルダーリンの「音」の理論はここに留まらない。この基底音と表現音（＝素材）からなる二つの音からなる和音に「英雄的」な「不協和音（Dissonanz）」が加わるのである。「不協和音」とは文字通り異質で融合しない音である。ヘルダーリンは、この「不協和音」の働きによって、抒情的な詩が、「感性的」な詩の傾向を帯びてしまうことを回避することができ、さらに「現実性、明朗さ、優美」といった「素朴的」な音に向かわないことが「親密な生」を否定することになってしまうという矛盾も解消できると考えている。ヘルダーリンがここで用いている「解消する（auflösen）」という語は、『ヒュペーリオン』をはじめ「音」に関する論考の中で「不協和音の解決」に用いられている語と同じである。この「解消する＝解決する（auflösen）」は、音楽用語としては、不協和な音程が協和音程になることを意味している。すなわち、不協和→調和、緊張→弛緩へと移行することが「解決する」ことなのである。例えば、二度音程にある二つの音が三度音程に移行し「解決する」、もしくは緊張度の高い属七和音

（V_7）が安定感のある主和音（T）へと「解決する」というように用いられる。

つまり、不協和音とは、基底音と表現音の対立関係に対しての緊張度の高い第三の音であり、二つの音調だけでは、一つの対立関係のみの硬直した対立関係に、第三の音として加わることによって、三つの関係性が成立し変遷してゆけることになる。そのようにして音調が交替していくことによって、最終的にはこの不協和音が基底音となった表現音へと向かうことで矛盾が解消されるということなのである。

この基底音と表現音の組み合わせを音楽における「和音」として考えるならば、基底音は根音であり、その上に重ねられる音が表現音となる。基底音が機能和声において根音を意味するGrundtonと言われていることは、ただの偶然ではないだろう。根音の上にどのような音が重ねられるかによって、その和音の性格が決まる。さらに、根音の上に重ねられた音は、根音より高い音であるがゆえ、聴取経験としてはその音の方がより聴き取りやすい音である。すなわちその高い音が前景にある音であり、まず聴き取ることのできる音＝表現音として理解できるのである。二つの「音」が重なり、交替していくという考えは、和音の連鎖と言えるだろう。和音とは同時に二つの音が響いていることであり、その二つの音は同時に響きながらも同化して一つの音になることはない。つまり、根音と表現音では、表現音がよりはっきり聴こえるにしても、根音は消えてしまうわけではなく、また二つの音は一つの響きであっても二つの音のままなのである。さらに、同じ音であってもその音の位置や強弱によって、その音のニュアンスは変化するし、またその音の微妙な差異も聴取することができる。

ヘルダーリンが説く「音」とは、まさに音の連関、音の重なり具合、音の強弱を「聴き」、さらにその音を想起しながら、次の音を「組み合わせていく（komponieren＝作曲する）」という意味における「音楽的」な「音」のことだと言えるのである。ここでいう「音楽的」とは、ある時間経過の中で音を想起し続けることによって認識できる水平的な音の連なりと、同時に複数の音を認識する垂直的な音の連なりの二種類の音の連なりを配置するシステムをもっていることである。そのように考えるならば、ヘルダーリンの「音の交替」の理論はハインゼ（Wilhelm Heinse 1746-1803）の音楽理論を詩法に応用したものであるとするガイアーの論もより説得力を持つだろう。(70)

四-二-一　ハインゼ

ヘルダーリンは、一七九六年の一月にゴンタール家でハインゼ、およびかれの小説『ホーエンタールのヒルデガルト *Hildegard von Hohenthal*』に出会っている。さらに、同年六月一〇日から一〇月六日までの間、ヘルダーリンはズゼッテと彼女のこどもたちと共に、迫りくるフランス軍から逃れるためにカッセルおよびバート・ドリーブルクへと向かいフランクフルトから離れていたが、七月二五日にはその一行にハインゼも加わるのである。ヘルダーリンは二か月半におよんだその期間、ハインゼと幾度も対話を重ねたことは想像に難くない。ガイアーは、このハインゼとの出会いによって、『ヒュペーリオン』の要約的性格、新しい神話学、韻律、音調の交替論という四つの面において、ヘルダーリンの詩学は大きく変化したとみている。その中でも直接的に音楽理論と関わるのは、韻律論と音調の交替論であろう。

四-二-二　韻律論

ハインゼは音楽小説『ホーエンタールのヒルデガルド』の中で音楽は「動作、生そして情熱」に関することにかけてはことばの表現をはるかに凌ぐとし、「最も繊細な時間の要素（Elemente）」を与えてくれるものだとしている。(71)

ここで言われている「最も繊細な要素」とは、例えば「一分を秒の集積として、一時間を分の集積として測ること」とも言い換えられており、その時間経過、すなわち四分音符一つが十六分音符四つ分であるなど、非常に繊細な時間感覚を有していることだと考えられ、その時間は「動作、生そして情熱」を表現する「脈拍（Pulsschläge）」に合っているとしているのである。その上でハインゼは、詩脚は「動作の形成」だとして、「音と言葉」で形作るリズムが「自然そのものにおける現実」を描き出すのだとしている。ガイアーはそのようにして、ハインゼの韻律論は、バロック音楽における情動学を発展させ、韻律論に応用したものだとみている。古代詩の時代から、詩の韻律がリズムや拍節といった音楽的要素であることは変わらないが、「ハインゼは、存在と生のエネルギーとして動かされた拍節とリズムが、同時に身体と精神を動かすという古くからの音楽理論の認識を詩に導入した」(Gaier 2000: 133)としている。ドイツ詩の韻律は、ギリシャ語の多様な韻律の内ドイツ語に応用可能な韻律で成っている。ただ、ギリシャ語とドイツ語ではリズムとアクセントの間に差異がある。ギリシャ語では、長音と短音からなるリズムであり、音価の長さの違い(ー◡◡)から生まれるリズムが韻律である。それに対して、ドイツ語では短音節でもアクセントがある語(Tánz, Kúss など)があるため、長短ではなくアクセントのある音節(揚格)、アクセントのない音節(抑格)からなるリズムとして捉えられている。このように差異はあるものの、音の長短、もしくは強弱から生まれるリズムからなる韻律とは、時間を配置していくという意味において音楽である。

さらに、リズムが情動を惹き起こすと考えられていたバロック音楽の情動学に照らすならば、リズムや拍節を型にはめることによって詩全体の統一感を生み出すドイツ定型詩における脚韻とは違い、各詩行の終わりが画一的ではないギリシャ詩型にみられるリズムや拍節は、多彩な情動を表現することができる。リズムが生に直接的に働きかけると考えていたハインゼは、だからこそギリシャ悲劇のコロスの訳をすることによって、ギリシャ語の韻文における韻律の多彩なリズムとそのリズムによって惹き起こされる情動を学ぶことを推奨しているのである。おそらくヘルダーリンもそれに倣って、ギリシャの韻文における(音の運動の総合体としての)[72]音楽をより深く学ぶために、ピンダロスの詩やソフォクレスの悲劇の翻訳を盛んに試みたとも言える。そう考えるならば、ヘルダーリンのピンダロスやソフォクレスの翻訳の試みはギリシャ語の音のリズムの鳴り響きを聴き取り、その音のリズムとその音によって惹き起こされる情動をそのままドイツ語に移す試みであったわけである。したがって、意味内容が正しく伝達されることが翻訳の重要な課題と考えるような者に酷評されたことも当然である。[73] また、反対にヘルダーリンの理解者であったベッティーナが、ヘルダーリンの翻訳を「狂気の沙汰」と評する者は、ドイツ語の素晴らしさを理解しない者だとし、『オイディプス王』の翻訳におけるヘルダーリンのことばは「あらゆる苦悩は、激しい表現を孕みながら、ひたすらに鳴り響きながら歩み、わたしたちがオイディプスと共に深く、深く嘆かずにはいられないように魂を揺り動かすのです。そうです、わたしの魂は、ことばが鳴り響くように共に鳴り響かずにはいられないのです」(StA, 7, 4: 190) と評価したことは、まさにこのリズムが惹き起こす情動を聴き取り、自らの情動が共鳴するということではないだろうか。ここで、言われている「ことばが鳴り響く」とは、ことばそのものの音、すなわち母音や子音の響きと触れ合うことはあるにしても、母音や子音の響きそのものだけを示しているわけではないだろう。そうではなく、母音の長短からくるテンポの違いや、強弱から生み出される音の違いから生まれるリズムである韻律から惹き起こされることばの連なりの「鳴り響き」であり、その響き（リズム）が情動を揺り動かすということであろう。

そのように考えるならば、リズムとは、音価を長短に分割し、もしくは響きの強弱を配分することであり、一定の時間を分割した上で構成し直すことだと言える。すなわち、例えば西洋音楽における記譜法に準じて説明するならば、四分音符には八分音符の二倍の時間が与えられるということに加えて、音価の小さな音が連続するパッセージや、♩♫♫♫ のような音型は、より速い時間経過を、また反対に四分音符のみ♩♩♩♩のパッセージはより遅い時間経過を構成する、ある種の時間の人為的操作というべき時間を構成することなのである。

この時期以降ヘルダーリンは、精神の闇の内に生きたとされるテューービンゲン時代（一八〇六年以降）に至るまで脚韻を踏む定型詩を一篇も編んでいない。この事実は、ヘルダーリンがハインゼの音楽理論からヒントを得て、ギリシャ詩型の詩行が持つ多彩な拍感とリズムからなるいわば「音楽」に取り組んでいたことを示していると言えるだろうし、リズムを中断するだけに留まらず、時間経過の流れを断ち切る「中間休止」に深い考察を試みたこともよく理解できる。「中間休止」は、記譜法に則れば休符のような時間経過の中に組み込まれた瞬間ではなく、時間経過の流れに属さない一種真空状態のような瞬間であるが、そのことも詩が、（音楽と同じように）リズムの連関という時間経過の内にあることが前提にあるからこそ論じられるわけである。すなわちある一定方向に流れていくリズムの連関を「反リズム的」に止めるものであるからこそ、そこに「遮断された息と言葉」と言われる、前にもうしろにも進むことができずに中断している緊張度の高い瞬間が生まれることになるのである。ヘルダーリンは、このようにしてリズムの連関と断絶の音を聴いていると言える。

四－二－三　音調の交替

ガイアーは、さらにハインゼの三和音における根音と第三音および第五音との音程関係についての註釈が、ヘルダーリンが「音調の交替」という詩学を構成するにあたって大きく示唆を与えたと指摘する（Gaier 2000: 135）。「音（Ton）」とは、„tonus“という語がもとになっており「緊張状態（Spannungszustand）」という意味であった。ヘルダーリンにとっても「音（Ton）」という概念が「緊張状態」（Gaier 1993: 259）ならば、鳴り響く音がどのようなデュナーミク（強度の高い音、低い音）を持ち、複数の音がどのような緊張関係（音程関係）にあるのかという、和音の理論を詩学に応用したという説も有効となってくる。[76]

ハインゼの音楽理論は、当時確立していた機能和声法に基づくものであり、三和音を長三和音、短三和音、減三和音、増三和音の四種に分けて論じている。三和音とは、根音とその三度上および五度上に重ねられた音からなる和音である。根音、第三音、第五音のそれぞれの関係が、長三度、短三度であるものが長三和音、短三度、長三度となるのが短三和音、そして短三度、短三度となるものが減三和音であり、長三度、長三度となるのが増三和音である【譜例1】。

【譜例1】

ハインゼはそれぞれの和音をどのように性格づけることができるかを説明している。かれによれば、長三和音は「十全な存在」を表現しており、それに対して短三和音は「われわれに何かが欠けていること、そしてあらゆる性質の優しさ、感動、悲しみを示し」ている。減三和音は「その実体において存在することができないほど、存在の多大なる不足」であり、増三和音にいたってはもはやその和音だけでは存在を測ることはなく、「単なる不意の移行／経過」なのである（Heinse 1903: 59f）。

ここでハインゼの言う「存在」とはどのようなことだろうか。長三和音と短三和音は、長調、短調の主和音となる和音であり、その調の性格を担い、安定した和音であると言える。それに対して、減三和音、増三和音は緊張度の高い音程関係であり、不安定な和音である。ハインゼは、それぞれの和音の安定度を指して「存在」の充実度を示そうとしているのであろう。それゆえ、緊張度の高い不安定な和音はなんらかの解決を求めて安定感のある和音へと必然的に移行していくべきであり、危うい存在は留まることができず、充実度の高い存在へと移行していく経過的存在だとみているのである。そう考えるならば、減七の和音がもつ衝撃的な効果や、三全音（Tritonus）（三つの全音が重ねられてできる増四度の音程）が「悪魔の響き」とされてきたこともわかるだろう。

ヘルダーリンは、根音の性格もさることながら、その上に重ねられる音との緊張関係によって和音の性格が決定づけられること、同じ音の組み合わせだとしても根音なのかそれとも第三音もしくは第五音なのかによって、和音の性格や音色が違うこと、和音により「存在の充実度」が違い、安定している和音は留まる傾向が強く、緊張度の強い和音は移行する傾向が強いこと、また同じ音であってもその音が根音であるのか、もしくは表現音であるかによって音色も性格も変わることなどをハインゼの音楽理論から学んだに違いない。むしろ、学んだというよりは、詩の音調が交替していく際に、一つの音調から次の音調へどのように移行していくのか、その際にどのようなデュナーミックやテンポで移行するのか、また「一本の糸、一つの想起を持つこと（einen Faden, eine Erinnerung zu haben）」（StA, 4: 251/ FHA, 14: 311）すなわちすでに鳴り響いている音を想起しつつその音との関連で次の音を聴くということが「究極の課題（seine lezte Aufgabe）」（StA, 4: 251/ FHA, 14: 311）であるという確信をもつヘルダーリンは、自身の詩作行為を記述するのに適切な道具立てを見つけたというべきであろう。つまり、ヘルダーリンが自身の詩作に応用できると考えたことは、音楽理論の詩論への転用といった安易な転用などではなく、二つの音が同時に鳴り響く和音とはいかなることなのか、またある和音から次の和音への移行の経過がいかに行われ、またその経過こそが重要である、ということが、自身の詩学を端的に記述できる方法であったということである。

では具体的に抒情的な詩における音調の交替を例にして、ヘルダーリンが構想する、「音調の交替」を示してみよう。抒情的な詩は、まず基底音が「素朴的」であり、表現音が「理想的」な「音」で始まる。抒情的な詩における「不協和音」は、「英雄的」な音である。抒情的な詩においては、この「エネルギッシュで英雄的である不協和音」（FHA, 14: 369）が重要な役割を担い、最終的に「不協和音」であり矛盾を解決してくれる「英雄的」な基底音を目指して変遷していく。ヘルダーリンの考える交替は以下のようである。

素朴的／**理想的**　↓　英雄的／**素朴的**　↓　理想的／**英雄的**（転換もしくは中間休止）　英雄的／**理想的**　↓

理想的／**素朴的**　↓　素朴的／**英雄的**　↓　英雄的／**理想的**（FHA, 14: 340）[77]

＊スラッシュの前は基底音を太字は表現音を表す。

前半は、基底音は常に和音の構成音にない音（例えば、素朴的／**理想的**から英雄的な基底音というように）へと交替し、前の和音では基底音であった音が上に重ねられてその和音の性格を決める音になっている。常に和音構成音にない音が次の和音の基底音になるという交替が三回行われた後に転換が起こる。この転換は「激変、大変動（Katastrophe）」（FHA, 14: 340）と言われており、基底音が交替していく連鎖の動きが止まり、基底音（＝根音）と表現音（＝根音の上に重ねられる音）が入れ替わる。この第三の音が介入することなく両者が入れ替わることを転換と呼んでおり、手稿を見ても、ダッシュ（―）や縦線（｜）で区切られていたり（FHA, 14: 332）、転換前と転換後の二つの和音が括弧で括られており（FHA, 14: 336）、交替ではなく転換すること、およびそこに中間休止（ヘルダーリンは「反リズム的中断」と呼んでいる）があることを指示している。この第三の音が介入せず一種の膠着状態である中断において、基底音と表現音が入れ替わるという転換が行われ、後半は、今響いている表現音が次の和音の基底音となる、という交替となり、前半の交替に比べると変化は緩やかになると考えられる。より聴き取りやすい表現音が次の和音の基底音となり、余韻としてその連結を感じることができるからである。最終的には、転換のあとにはじめに鳴り響いた「英雄的／理想的」という音で閉じられる。これはあたかも機能和声におけるカデンツァ[78]のような効果をもたらすとも言える。

　このように、ヘルダーリンの説く「音調の交替」は、三つの音調が基底音と表現音からなる和音として組み合わされ六種類の音となり、さらに和音同士の移行の仕方にこそ眼目がある緊張と弛緩のバランスを図った和音の「配置（Komponieren）」であることが明らかなのである。

　ヘルダーリンは、この草稿の中でさらに素朴的な基底音も単一ではなく、英雄的な音を帯びている素朴的な音、理想的な音を帯びている素朴的な音、そして極めて素朴的な音の三つの可能性があるとしており、それぞれより英雄的な場合は素朴的に、より理想的な場合は英雄的に、そして極めて素朴的な場合は理想的に始まる、としている。このように素朴的な音という一つの音調の中でもさらに細分化して考えていることは、例えば理論上は同じ長三和音（長三度―短三度）であっても、ハ音―ホ音―ト音とニ音―嬰ヘ音―イ音は、響きの緊張度が異なるということに照らしてみるとわかりやすい。現代の平均律で調律された鍵盤楽器でさえ、シャープ調とフラット調における音調の違い（シャープ調は緊張度が高く、フラット調は緊張度が低い）を聴き取ることは可能であるが、当時の鍵盤楽器は、現在行われている平均律とは異なる古典音律で調律されていたため、音の組み合わせによる響きの差がより明白であった。また、ヘルダーリンにとって最も親しみ深い楽器であったフルートは、当時まさに様々なイントネーションの理想を求めた時代であり、様々な運指法を模索し、楽器の改良が進んだ時代であった。[79] さらに「室内楽／世俗音楽（Kammerton）」、「宗教音楽（Chor- Orgelton）」、そして「野外での音楽（Corneton）」というように、同じ音でも異なるピッチを使用していたわけで、当時の人々の音に対する感覚は現代人のそれよりもはるかに繊細であったと考えられる。そのように考えるならば、ヘルダーリンもそのような文化圏におり、ピアノやフルートの演奏実践を通じて、同じ音でも様々な色合いを帯びるということを実感していたと言える。すなわち、繊細な「耳」を有していたヘルダーリンは、自身の演奏体験を通じて「同じ音」が前後もしくは上下の音との組み合わせによって「より高く」、もしくは「より低く」なるという、音の連関の中における響きの緊張度の違いを実感していたのである。そして、その結果が同じ音でありながら異なる色（緊張度の違い）を帯びた音についての思考につながっていったと言える。このように当時の繊細な聴取経験のあり方を背景に考えるならば、同じ音でもより高くも低くもなるように一つの音も単一ではなく、様々な音調を帯びる、といった音を詩作における音の交替に応用しようとしたものであることがわかる。

　以上のように検討してみると、ヘルダーリンの説く「音調の交替」とは、和音をシステム化しようとする音楽的な「音の交替」であることが明らかになり、さらにそれは当時の聴取経験に根差した繊細な差異まで考察しようとしたものであったことがわかる。

註（第Ⅲ章）

（1） Bertaux, Pierre: *Friedrich Hölderlin*. suhrkamp taschenbuch 686 Frankfurt a.M.: Suhrkamp Verlag, 1978/1981. この著作の中で、ベルトーはヘルダーリンの狂気は装われたものであるというテーゼを打ち出し、ヘルダーリン研究に一つのインパクトを与えた。

（2） ヘルダーリンも草稿『アフォリズム』（StAでは『省察』となっている）の中で、詩においては「双対文」（均斉のとれた複雑複合文）は役に立たない、と述べている（本章第二節を参照されたい）。

（3） 第Ⅱ章第三節を参照されたい。

（4） Aus solchen und ähnlichen Betrachtungen läßt sich schließen, daß Hölderlins dichterische Verfahrungsweise eher mit der Kunst des Komponisten als mit der des Schriftstellers verwandt ist; daß seine Gedichte als musikalische Gefüge entworfen und durchgeführt wurden, also als solche verstanden werden müssen – und nicht als literarische Produkte des Schreibens. (Bertaux 1978/1981: 399)

（5） 既訳としては文筆家であるが、ベルトーはSchrift-stellerとわざわざ分けて書いており、言葉／文字を置いていく人という意味を意識させたいのだと思われる。

（6） StA、およびStAに依拠するKAではツィンカーナーゲルによって「幸運にも」（StA, 4: 411）名づけられたとされる『詩的精神のふるまい方について』というタイトルを採用し、FHA、およびFHAに依拠するMAやクロイツァー編の選集では文頭の一文「詩人がひとたび精神を操ることができたなら……」がタイトルとして掲げられている。

（7） ザットラーは、この論考の成立期を「一八〇〇年前半、おそらく、第一次ホンブルク時代の終わり頃に成立したに違いない。」（FHA, 14: 179）とみている。

（8） „Wenn der Dichter einmal des Geistes mächtig ist, wenn er die gemeinschaftliche Seele, die allem gemein und jedem eigen ist, gefühlt und sich zugeeignet, sie vestgehalten, sich ihrer versichert hat, wenn er ferner der freien Bewegung, des harmonischen Wechsels und Fortstrebens, worinn der Geist sich in sich selber und in anderen zu reproduciren geneigt ist, wenn er des schönen im Ideale des Geistes vorgezeichneten Progresses und seiner poetischen Folgerungsweise gewiß ist, wenn er eingesehen hat, daß ein nothwendiger Widerstreit entstehe zwischen der ursprünglichsten Forderung des Geistes, die auf Gemeinschaft und einiges Zugleichseyn aller Theile geht, und zwischen der anderen Forderung, welche ihm gebietet, aus sich heraus zu gehen, und in einem schönen Fortschritt und Wechsel sich in sich selbst und in anderen zu reproduciren, (...)“ (StA, 4: 241/ FHA, 14: 303)

（9） „wenn er endlich eingesehen hat, wie der Widerstreit des geistigen Gehalts und der idealischen Form einerseits, und des materiellen Wechsels und identischen Fortstrebeus andererseits sich vereinigen in den Ruhepuncten und Hauptmomenten, und so viel sie in diesen nicht vereinbar sind, eben in diesen auch und ebendeßwegen fühlbar und gefühlt werden, wenn er dieses eingesehen hat, so kommt ihm alles an auf die Rezeptivität des Stoffs zum idealischen Gehalt und zur idealischen Form.“ (StA, 4: 243/ FHA, 14: 305)

（10） „Man hat Inversionen der Worte in der Periode. Größer und wirksamer muß aber dann auch die Inversion der Perioden selbst seyn. Die logische Stellung, der Perioden, wo dem Grunde (der Grundperiode) das Werden, dem Werden das Ziel, dem Ziele der Zwek folgt, und die Nebensäze immer nur hinten an gehängt sind an die Hauptsäze worauf sie sich zunächst beziehen, – ist dem Dichter gewiß nur höchst selten brauchbar.“ (FHA, 14: 69)

（11） *Das untergehendeVaterland...* (KA, 2: 449f), *Der Gesichtspunkt aus dem wir das Altentum anzusehen haben* (KA, 2: 507-508), *Ein Wort über die Iliade* (KA, 2: 512-513), など。

（12） 一一一四まで頁数が打たれている（FHA, 14: 179, 236-263）。おそらく頁の見通しの悪さ（例えば六頁目は八頁の後になっている）のためかとも思われる。

（13） シラーの『素朴文学と情感文学』所収の「情感詩人 Die sentimentalen Dichter」の中で、「詩人の精神（der dichterische Geist）は人間にとって不滅であり失われることはない」と述べられた後、「詩人精神（Dichtergeist）」と一語で表現されている。偶然である可能性はあるものの、「詩人精神が自由に操れるところの…… .. wodurch der Dichtergeist mächtig ist..」との記述がありヘルダーリンは同じ表現を用いている。Vgl. Schiller, Friedrich: *Über naive und sentimentalische Dichtung, 1795*; herausgegeben und mit Nachwort und Register versehen von Johannes Beer. S. 34.

（14） *Idealismus* 3, 3: 301

（15） 実際にはヘルダーリンは、『判断力批判』第二章四二（一七〇）の一節「ところでこういうことを言う人があるかもしれない、——道徳的感情との類似などを引き合いに出して美学的判断を解釈するのは、牽強付会に過ぎるように思われる、したがって美学的判断を、自然がその美しい形式を通じて象徴的にわれわれに向かって話しかけるところの暗号文の真正な解読とは認めがたい、と。」（カント『判断力批判』（上）、篠田英雄訳、東京、岩波書店、一九六四／二〇一一、二四四頁）を自由にアレンジしている。

（16） MA, 2: 541/ KA, 3: 147. クナウプは註解の中で（MA, 3: 474）、「批判哲学の美学的な部分 ästhetischer Theil der kritischen Philosophie」はカントの『判断力批判』であるとしている。ヘルダーリンの蔵書の中に一七九二年に出版された初版の重刷版が残されている。

（17） Kant, 5. 1913: 313-319

（18） 篠田訳では、心的能力について「構想力と悟性」と補足説明を付け加えているが、原文にはない（上掲書二六七頁）。

（19） StA, 4: 244f ヘルダーリンがいくつかのタームを他の言葉で言い換え、そのことによって、読解が困難になっているとはすでに指摘されている（*Idealismus* 3, 3: 317）。例えば、「表現（Ausdruck）」は、「技法の性質（Kunstcharakter）」、「外観（Schein）」、「描写／表現されたもの（Dargestelltes）」というように、また「精神（Geist）」は、「合一（Vereinigung）」、「態度／考え方（Haltung）」、「仲介（Vermittlung）」と言い換えられているという具合であり、それぞれ言い換えられた語が独自の意味を有しているために（例えば「表現」と「外観」はただちには一致しないがゆえ）読解を困難にしているのである。

（20） FHAでは手稿に従って„der Verlust von materieller Identität (des geahndeten Totaleindruks) vom leidenschaflichen, die Unterbrechung fliehenden Fortschritt...“となっているが（FHA, 14: 304）、「予感された全体印象の物質の同一性の喪失」では論旨から考えて無理があるとし、MAでは、„der Verlust von materieller Identität vom leidenschaflichen, die Unterbrechung fliehenden Fortschritt des geahndeten Totaleindruks“ と校訂している（MA, 2: 78f. / MA, 3: 397f.）。StA や StA に依拠する KA では，この括弧で括られた „des geahndeten Totaleindruks“ を削除している。

（21） 図形は上掲のように，複数の直線が交わる図形と，図形 A との関連も示すような円と直線からなる図形である。複数の円と直線がどのように交差しているかを見ると，この円は球体をイメージしたものではないか，とも考えられる。

（22） Franz, Michael: „Einführung.“ In: Franz（Hrsg.）„... *im Reich des Wissens cavalieremente“?. Hölderlins, Hegels und Schellings Philosophiestudium an der Universität Tübingen.* Tübingen: Hölderlin-Gesellschaft, Edition Isele, 2005. S. 16.

（23） Ziche, Paul: „Mathematik und Physik als philologisch-geschichtliche Wissenschaften. Christoph Friedrich Pfeiderers Inaugralthesen in den Fächern Mathematik und Physik（1790-1792）“ In: Franz, Michael（Hrsg.）„... *im Reich des Wissens cavalieremente“?. Hölderlins, Hegels und Schellings Philosophiestudium an der Universität Tübingen.* Tübingen: Hölderlin-Gesellschaft, Edition Isele, 2005. S. 378-380.

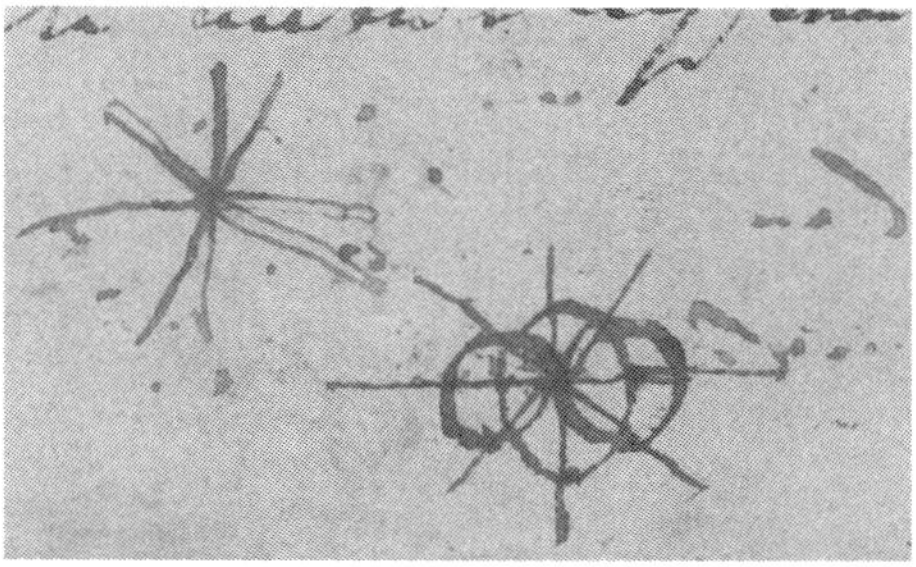

バート・ホンブルク市寄託，ヴュルテンブルク州立図書館ヘルダーリン・アルヒーフ，ホンブルク，A95-98, S96

（24） ベルリンに保存されていたシェリングの若き日々の資料がシェリング全集ミュンヘン版の編纂の際に公開されて以来，テュービンゲン大学における数学および物理学の教育や試験について明らかになったことが多い。Vgl. Franz 2005: 18（Anm. 31）

（25） Ziche 2005: 376f

（26） 「離心的な軌道」については，ベルトーもヘルダーリンがケプラーの天文学から影響を受けた思考だとしており，『ふるまい方』の図形との関連も指摘している。（Bertaux 1981: 388f）

（27） Franz, Michael: „Hölderlins Platonismus. Das Weltbild der ‚exzentrischen Bahn‘ in den Hyperion-Vorreden“ In: *Allgemeine Zeitschrift für Philosophie, Jg. 22.* Stuttgart-Bad Cannstatt: frommann-holzboog, 1997. S. 167-187. フランツ

は、この論文の中でヘルダーリンがシュティフト（テュービンゲン大学）時代に受けた教育や、マギスター試験で課されたテーゼを提示し、ヘルダーリンがヘーゲルやシェリングと共に高度な数学的素養を有していたことを明らかにした上で、『ヒュペーリオン』の第二稿（タリーア断片）および第五稿（最終前稿）の序文に見られる「離心的な軌道（exzentrische Bahn）」が、螺旋として構想されているものだとしている。フランツによれば、「確定すること」と「無限へと前進すること」という二つの「衝動」をシラーやフィヒテは、遠心力と向心力という物理的なメタファーで捉えていたのに対し、ヘルダーリンにおいては、この二つの「衝動」を半径上における点の動き、しかもその動きは螺旋をかたちづくると捉えており、数学的なメタファーが優勢であるとしている。

(28) „wenn er eingesehen hat, wie umgekehrter weise eben der Widerstreit zwischen geistigem ruhigem Gehalt und geistiger wechselnder Form, so viel sie unvereinbar sind, so auch der Widerstreit zwischen materiellem Wechsel und materiellem identischem Fortstreben zum Hauptmoment, so viel sie unvereinbar sind, das eine wie das andere fühlbar macht (...)“ (StA, 4: 243/ FHA, 14: 304f)

(29) „Ist er des einen gewiß und mächtig wie des andern, der Receptivität des Stoffs, wie des Geistes, so kann es im Hauptmomente nicht fehlen.“ (StA, 4: 243/ FHA, 14: 305)

(30) この論考の理解を困難にしている理由の一つは、用語がその都度言い換えられていくことにも一因がある。同じように、ここでは「真の根拠」が「詩の根拠」に、さらには「詩の意味」と言い換えられていく。

(31) ライアンも、ヘルダーリンが述べている素材とは「何か〈死んだ〉物質として捉えてはいない」と指摘している。Vgl. Ryan, Lawrence J.: *Hölderlins Lehre vom Wechsel der Töne.* Stuttgart: W. Kohlhammer, 1960. 34.

(32) „Zwischen dem Ausdruke (der Darstellung) und der freien idealischen Behandlung liegt die Begründung und Bedeutung des Gedichts.“ (StA, 4: 245/ FHA, 14: 306)

(33) ヘルダーリンは、一七九五年九月四日にシラーにあてた書簡の中で、「哲学の無限の進歩の理念／観念を探求している」(StA. 6, 1: 181, KA. 3: 203) と述べている。この手紙の中で、「絶対的自我において主観と客観の合一は、知的直観（intellektuale Anschauung）において美的には可能でも理論的には無限の接近を通じてのみ可能ではないか」と思考している。この問題意識は、まさに『判断と存在』で論じられた絶対的自我の問題である。ここでヘルダーリンはこの「無限の接近」を「円に正方形が接近するように」と述べており、「双曲線的な（hyperbolisch）」という表現につながるものと考えられる。二つの焦点からの距離が一定でありかつ交わることがない向かい合わされた二つの曲線という「双曲線的な」という言葉の持つ図形的なイメージを、この「円に正方形が接近する」という表現からも導き出すことができるのではないか、と考えられる。

（34）情調や気分と訳される「Stimmung」という単語は、「声（Stimme）」から派生した語であり、まず「声」「音」という意味であり、動詞の「stimmen」は、「声を合わせる＝適合する」、「一つの調子を合わせる＝調律する」という意味となった。「Stimmung」は、そこから「音や心が調律された状態」ということになり、「気分」や「情調」といった意味となっている。詳しくはJakob und Wilhelm Grimm（Hrsg.）: *Deutsches Wörterbuch von Jacob Grimm und Wilhelm Grimm.* 11. Band, Leipzig, Verlag von S. Hirzel, 1935. 3127-3135を参照されたい。

（35）次の段落において、情調のことを「おと」と言い換えている（StA, 4: 247; FHA, 14: 308）。

（36）この引用文において、［　］内は、校訂者により補完された語であることを示している。詳しくは、FHAの一四巻の二四六、二四七頁、および二七五頁を参照されたい。

（37）例えば「詩において感覚は理想的に語る *Die Empfindung spricht im Gedichte idealisch*」（FHA, 14: 325f）においては、まず詩を「素朴的naivな詩」、「精力的energischな詩」、「理想的idealischな詩」に分類し、さらにそれぞれの「基調となる音調」、「言語」、「作用」を「情熱」、「感覚」、「空想」がどのように働くのかを表にしてまとめている。一例をあげるならば、「素朴的な詩」は、「基調となる音調は情熱、言語は、感覚—情熱—空想—感覚—情熱—空想—感覚、作用は、情熱—空想—感覚—情熱—空想—感覚—情熱」といった具合である。また、StAでは『音調の交替 *Wechsel der Töne*』（StA, 4, 1: 238ff）としてまとめられている二つの論考断章『理想的な大転換は…… *Löst sich nicht die idealische Katastrophe...*』（FHA, 14: 340）と、『詩学の図式 *Poetologische Tafeln*』（FHA, 14: 341）では、詩を「抒情的」、「悲劇的」、「叙事的」と分類し、それぞれの詩が「理想的」、「英雄的」、「素朴的」からなる音調がどのように交替していくことで描けるかを図式化して論じている。

（38）同じ高さの二つの音符を結ぶ弧線。二つの音符の音価の合計が一つの音符として奏される。

（39）翻訳書では、「組織」と訳されているものもある（クロイツァー『省察』、武田竜也訳、東京、論創社、二〇〇三、七七頁など）。

（40）ヘルダーリンは、自意識の判断 Urteile を原 - 分割 Ur-Teilung という「語源学的な解釈」（Kreuzer (Hrsg) 1998: XIV）で捉えようとしている。例えば「わたしはわたしである」という時に、「この主観（わたし）と客観（わたし）は、分離されなくてはならないものの本質を傷つけることなくしてはいかなる分割も不可能であるほどには合一されていない」（StA, 4: 216f./ FHA, 17: 156）と述べており、したがって、存在と同一性を混同してはならないことを、主観と客観の分離を例にして説明している。

（41）なお、ヘルダーリンは「器官」を、「内実（Gehalt）」の言い換えとして用いている（StA, 4: 248/ FHA, 14: 308）ことを考慮すると、器官を声、聴覚と捉えることと親近性を持つ解釈も可能である。「内実」には、「入れ物（Behälter）」、および「入れられたもの、すなわち内容（Inhalt）」という二重の意味がある。すると、「内実」に声、および聴覚という意味があるのと同じように、「精神に対立」し、かつ「精神を内包」していることを理解しやすくする解釈が成り立つ。

（42）„So daß von harmonischverbundenem eines wie das andere im Puncte der Entgegensezung und Vereinigung vorhanden ist, und daß in diesem Puncte der Geist* in seiner Unendlichkeit fühlbar ist, der durch die Entgegensetzung als Endliches erschien, daß das Reine, das dem Organ an sich widerstritt, in eben diesem Organ sich selber gegenwärtig und so erst ein Lebendiges ist,“ (StA, 4: 249f/ FHA, 14: 310) *FHA では „und daß der Geist in diesem Puncte...“となっている。

（43）*Idealismus*3. 1, 2003: 321

（44）ヘルダーリン『ヒュペーリオン』、青木誠之訳、東京、筑摩書房、二〇一〇、九三—四頁。

（45）田中、一九七一、全集第一二巻、四一二—三頁。ハルモニーをプラトンは音楽的な意味で解釈していると田中は指摘した上で、音楽的な意味にとると弓の例が解けなくなるとしている。

(46) Bywater編ではこの断片は所収されていない。ディールス・クランツ編ではDK四三となっている。

(47) プラトンの『饗宴』の中で「多様の一者」が説明される際にも音楽の例を用いて論じている（参照／プラトン『饗宴　恋について』、山本光雄訳、東京、角川書店、二〇一二、一八七B、三八―三九頁）。

(48) „Indem nemlich das Ich in seiner subjectiven Natur sich von sich selber unterscheidet und sich sezt als entgegensezende* Einheit im harmonischentgegensezten, insofern dieses entgegensezt ist,“ (StA, 4: 253/ FHA, 14: 312)
*FHAでは、Entgegensezendeとなっている。

(49) 註40を参照されたい。

(50) „Resultat des Subjectiven und Objectiven, des Einzelnen und Ganzen, ist jedes Erzeugniß und Product, und eben weil im Product der Antheil, den das Einzelne am Producte hat, niemals völlig untereschieden werden kann, vom Antheil, den das Ganze daran hat, so ist auch daraus klar, wie innig jedes Einzelne mit dem Ganzen zusammenhängt und wie sie beede nur Ein lebendiges Ganze ausmachen, das zwar durch und durch individualisirt ist und aus lauter selbstständigen, aber eben so innig und ewig verbundenen Theilen besteht.“ (StA, 6, 1: 301)

(51) „und es ist seine letzte Aufgabe, beim harmonischen Wechsel einen Faden, eine Erinnerung zu haben, damit der Geist nie im Einzelnen Momente und wieder einem einzelnen Momente, sondern in einem Momente wie im andern fortdauernd, und in den verschiedenen Stimmungen sich gegenwärtig bleibe, so wie er sich ganz gegenwärtig ist, i n d e r u n e n d l i c h e n E i n h e i t (...)“ (StA, 4: 251/ FHA, 14: 311)

(52) 「情調（Stimmung）」、「音（Ton）」と言い換えられている。（StA, 4: 247）

(53) Begeisternには、「熱狂させる、感激させる、熱中させる」などの意味のほか、「霊感を吹き込む、精神化する」といった意味がある。本項ではbegeisternの複合的な意味をふまえて、「熱狂／精神化」と訳した。

(54) 『判断力批判』第一部第一篇第二章においてカントは、「天才」について考察している。カントによれば、天才はまず第一に独創であり、範例を示すものであり、しかしながら天与のものであるから、創作者は創出の次第を記述することができないとしている（カント『判断力批判』、岩波書店、東京、一九六四、二五七頁）。

（55）„Es gibt Grade der Begeisterung. Von der Lustigkeit an, die wohl der unterste, bis zur Begeisterung des Feldherrn der mitten in der Schlacht unter Besonnenheit den Genius mächtig erhält, gibt es eine unendliche Stufenleiter. Auf dieser auf und abzusteigen ist Beruf und Wonne des Dichters.“ (StA, 4: 233/ FHA, 14: 69)

（56）おそらく一七九九年から一八〇〇年にかけての時期に書かれた書簡で、ヘルダーリンは詩作について研究したことを報告しており、中でもギリシャ人（ギリシャの詩作）についての研究が役立ったとしている。「最も精神的なもの（das Geistigste）は、同時に最も特徴的なものである。そしてまたその描写も同じである。」としてギリシャ詩型と描写されるものとの関係を特徴づけている。その中で、神的なことは、本来の人間的尺度そのままは常に回避され、人間的に表現されているとし、「言うまでもなく、詩芸術は、その全本質において、その熱中において、またその謙虚さと冷静さにおいて、晴れやかな神事だからです。weil die Dichtkunst, die in ihrem ganzen Wesen, in ihrem Enthusiasmus, wie in ihrer Bescheidenheit und Nüchternheit ein heiterer Gottesdienst ist」としている。StA, 6: 382 (B 203) / KA, Briefe: 411 (B 204).

（57）ミハーイ・チクセントミハイ（Mihaly Csikszentmihalyi 1934-）、ハンガリー出身、アメリカの心理学者。「フロー理論」とは、チクセントミハイが一九七五年に提唱した理論であり、対象に惹かれてその行為に集中し、楽しさを感じ、流れるように行動していることを感じる体験。詳しくはチクセントミハイ『楽しみの社会学』、今村浩明訳、東京、新思索社、二〇〇〇年を参照されたい。

（58）„Da wo die Nüchternheit dich verläßt, da ist die Gränze deiner Begeisterung.“

（59）„Muß nicht für das eine, wie für das andere der schönste Momente da liegen, wo der eigentliche A u s d r u k, die geistigste Sprache das lebendigste Bewußtseyn, wo der Übergang von einer bestimmten Unendlichkeit zu allgemeineren liegt?“

（60）弦の調べ（Saitenspiel）、天の歌（Himmelsgesang）、交響（Symphonie）、旋律（Melodie）、心地よい響き（Wohlklang/Wohllaut）、不協和音（Dissonanz, Misslaut）、こだま（Wiederklang）、音／調べ（Ton）、響き（Klang,

Laut）といった単語が必ずしも音や音楽を指示しない箇所に用いられている。例えば、「こども時代の幸せな日々におけるわれわれの心の旋律は……」（『ヒュペーリオン』タリーア断片、MA, 1: 491）や、「わたしたちは運命の旋律がざわめくのを一度も聞かなかったのだろうか？――運命の不協和音も同じことを意味しているのだ。」（『ヒュペーリオン』韻文稿のための散文草稿、MA, 1: 513）といった具合である。ちなみに「こだま」とは、Widerklangであるが、ヘルダーリンはWiderklangと表記しているため、ここではヘルダーリンの表記に従う。

（61）„so ahndet der Dichter, auf jener Stuffe, wo er auch aus einer ursprünglichen Empfindung, durch entgegengesezte Versuche, sich zum Ton, zur höchsten reinen Form derselben Empfindung emporgerungen hat (...)“

（62）アガンベンは、ヘルダーリンにとって「無素材の純粋な情調」という唯一詩的な言葉が生まれるこの次元を規定することは、本質的であり、ヘーゲル、シェリングの思想に対置する必要を感じていたと指摘している。アガンベン『思考の潜勢力――論文と講演』、高桑和巳訳、東京、月曜社、二〇〇九年、一〇三―四頁。

（63）こだまは、本来Widerklangであるが、ヘルダーリンはWiderklangと表記している。（註60も参照されたい。）

（64）„*Über die verschiednen Arten, zu dichten*“（StA, 4: 228-232/ FHA, 14: 129-133），（FHA, 14: 340-341），„*Über den Unterschied der Dichtarten*“（StA, 4: 266-272）/ „*Das lyrische dem Schein nach idealische Gedicht...*“（*FHA, 14: 369-372*）および„*Die Empfindung spricht im Gedichte idealisch...*“（FHA, 14: 325-326），„*Über die Partien des Gedichts*“（StA, 4: 273）/ *Der Ausdruk, das karakteristische...*“（FHA, 14: 327）

（65）„*Wechsel der Töne*“（StA, 4: 238-240）/ „*Löst sich nicht die idealische Katastrophe...*“（FHA, 14: 340），„*Poetologische Tafeln*“（FHA, 14: 341），„*Mischung der Dichtarten*“（StA, 4: 273）/ „*Der tragische Dichter thut wohl...*“（FHA, 14: 342）

（66）„(...) die unendliche Form ein Gebild, den Wechsel des schwächern und stärkern, der unendliche Stoff einen Wohlklang, einen Wechsel des Hellen* und Leisern annimmt, und sich beede in der Langsamkeit und Schnelligkeit endlich im Stillstande der Bewegung negativ vereinigen (...)“ *StAでは、Hellernとなっているが、FHAでは、Lautenの上部に後に書かれたHelle[n]を採用している（FHA, 14: 181）。

（67）様々な「音（Ton）」について論じられている論考の断片の扱いについては、StAとFHAで異なる。『詩作の様々な様式について *Über die verschiednen Arten, zu dichten*』という論考は、『ふるまい方』の前に位置づけられ論考自体も一致しているが、ほかの論考断片は、一致していない。StAでは、バイスナー監修のもと、何篇かの断片をまとめタイトルがつけられているのに対し、FHAでは、それぞれを一篇の断片として扱っている。StAで『詩作の様式の違いについて *Über den Unterschied der Dichtarten*』とタイトルが付けられている論考は、『詩においては…… *Die Empfindung spricht...*』、『抒情的な、見かけによれば理想的な詩は…… *Das lyrische dem Schein nach idealische Gedicht...*』という二つの論考がまとめられたものである。また、StAで『音調の交替 *Wechsel der Töne*』とタイトルがつけられている稿は、「木 *Der Baum*」や、「ボナパルトへの頌歌 *Ode an Buonaparte*」など讃歌の断片と同じ紙に書かれた稿『理想的な大転換は…… *Löst sich nicht...*』と、この稿に直接的につながる『詩学の図式 *Poetologische Tafeln*』をまとめたものであるが、FHAでは、さらに運筆から見てもこの二つの稿と同時期に書かれたと判断される『悲劇的な詩人は…… *Der tragische Dichter...*』までを一続きの草稿としている。

(68) シラーにあてた書簡の中で自身の詩(『エーテルに寄せて *An den Äther*』、および『さすらい人 *Der Wanderer*』)の掲載への謝辞と共に、『賢い助言者たちに *An die klugen Ratgeber*』を同封することを述べているが、その中で「この詩が持つ性格を壊さない範囲で、より明確な音(einen bestimmteren Ton)を見つけようとした」(KA, 3: 274)としており、詩の性格とそこに響く音調との関係性に言及している。また、ノイファーにあてた書簡では、「ぼくに欠けているのは、(中略)主調音(Hauptton)よりも多様な従属音(mannigfaltige untergeordnete Töne)なのだ。」(KA, 3: 316)、と述べ、主調となる「音」とその「音」と関係性を持つ「従属音」というように複数の音の概念を持ち出している。さらに続く箇所で「ぼくにとって破壊的に作用する事物を手に入れようとしなければならず、予め、それらをぼくの最も真実なる生に役に立つものとして選び取らねばならない。(中略)ぼくがそれらを受け入れるのは、(中略)ぼくの魂の音が一層生き生きと湧き出でるのに必要な従属音として再現するためなのだ。」(KA, 3: 316)と述べている。

(69) 宮原も「人間のタイプの三分類に対応している」と指摘している。(宮原朗、「ヘルダーリンの詩論の基本構造II」、埼玉大学教養学部『埼玉大学紀要』二八、一九九二年、一三頁。)

（70） Gaier, Ulrich: „Neubegründung der Lyrik auf Heinses Musiktheorie." In: *Hölderlin-Jahrbuch 31*, 2000. S. 129-138.

（71） Heinse, Wilhelm: *Wilhelm Heinse, Sämtliche Werke*. Hrsg. von Carl Schüddekopf, fünfter Band, Leipzig: Insel, 1903. S. 357.

（72） ハインゼは、『ホーエンタールのヒルデガルド』の中で「詩脚は、総じてその純粋性において物質／テーマ（Materie）から分離されている運動の多彩なる形式である」と述べている（ebd.: 357）。

（73） 例えばソフォクレスの『アンティゴネ』が出版された際に、フォス（ホメロスの翻訳者であるフォスの息子）がヘルダーリンの翻訳をこき下ろすためにゲーテとシラーに『アンティゴネ』の第二一節の訳を見せたという逸話が良く知られている（StA, 7, 2: 303f/ *Handbuch*: 283）。

（74） 第II章三節第一項も参照されたい。

（75） フィリップ・ラクー＝ラバルト『虚構の音楽』、谷口博史訳、東京、未來社、一九九六年、一一三頁。

（76） ハンドブックの中でも、理論づけされていないにせよ「直感的に説得力をもつ仮説」として、ハインゼの音楽理論からの影響が示唆されている（*Handbuch*: 119）。

（77） ヘルダーリンは、naiv Idealischというように基底音調を小文字で、表現調を大文字に表記し、表現調には下線を引くなどして区別をしている（FHA, 14: 332, 335）。ただし、日本語表記では便宜上、スラッシュで区切り表現調を太字にすることでわかりやすさを目指した。

（78） 機能和声におけるトニカ（T）、サブドミナント（S）、ドミナント（D）の和声進行を用いた楽曲の終止形であり、三つの形があるとされている（①T - D - T, ②T - S - T, ③T - S - D - T）。トニカは最も安定した和音であり、サブドミナント、ドミナント共にトニカに向かう傾向がある。サブドミナントはドミナントに向かうこともあるため、③のようなカデンツァもよく用いられる。カデンツァ感とは、楽曲を終止するまでのプロセスでこのT, D, Sのそれぞれの響きのもつ緊張と弛緩のバランスが取れる感覚ということもできるだろう。

（79） ヘルダーリンが指導を受けたヴィルトゥオーゾ・フルート奏者、デュロンは、盲目であったため、楽曲を学ぶことも作曲をすることも全ては聴覚に依っていた。またかれはフルート奏者であり楽器製作者、作曲家でもあったトロムリッツ（Johann George Tromlitz 1725-1805）と親交があった。トロムリッツは、異名同音が異なる音として吹き分けることができる八鍵式フルート楽器を考案した。一全音を九つの音程に分けたときの一単位（一コンマ）の差にこだわるその姿勢は、トロムリッツが音に対する非常に繊細な感覚を有していたことを物語っていると言える。

第Ⅳ章　ヘルダーリンの詩の「おと」を聴く作曲家

本章では、ヘルダーリンの詩の音楽化を具体的に分析する。第Ⅱ章において、詩を音楽化しようとする作曲家たちの中には、詩の韻律に合わせて旋律をつけることや、詩の意味内容や雰囲気を音楽化するということに留まらない作曲家がいることが明らかになった。そのような作曲家が目指すのは詩の「おと」を音楽化することである。第Ⅲ章では、音楽学者たちによって前提となっている詩の「おと」は、ヘルダーリンにとってはいかなるものであったのかをかれ自身の美学論文を読み解くことによって明らかにした。第Ⅱ章、第Ⅲ章を踏まえ、本章では、ヘルダーリンが「おと」として捉えようとしている「何か」、そして音の特性を用いることがヘルダーリンにとって適切であった「音調」を作曲家がいかに聴き取ろうとしているのかを示し、「おと」を聴くという視点から具体的に分析する。

ヘルダーリンの詩を音楽化した作品は、概ね千曲ほど存在している。まず、その中から出版されている曲に限定した。その上で、「おと」を聴くという観点からどの段階まで進んでいるのかによって三つの段階に整理した。その三つの段階とは、①詩の言葉の意味として響いている「おと」を聴き取り、その「おと」を音楽化する段階、②言葉の意味に捉われるのではなく、詩句の言葉の響きから「おと」を聴こうとする段階、③作曲家によって、「空間性」、「響きの世界」と言われている「おと」に直接的にアプローチし、その「おと」を音楽化しようとする段階である。さらに、③の段階は、ヘルダーリンが「おと」を聴き、その「おと」を配置するという技法を、作曲技法として用いて「おと」を音楽化しようとする作品と、詩の「おと」を自らの作曲技法を用いて音楽化しようとする作品の二つに分けて考えることができる。本章では、この三つの段階のそれぞれの例として、四作品を具体的に分析する。

第一節　ヘルダーリンの詩の音楽化の試み／アイスラー

アイスラー（Hanns Eisler 1898-1962）は、ライプツィヒで生まれ、東ベルリンで没した作曲家である。シェーンベルクの高弟として最先端の音楽技法を身につけるものの、一部の音楽エリートだけに理解されるような現代音楽のあり方に疑問を抱き、やがてシェーンベルクと袂を分かつ。ブレヒトとの協働は良く知られており、かれの詩による多数の歌曲および舞台音楽が残されている。ユダヤ人であったため第三帝国時代には、長らくアメリカに亡命していたが、戦後帰国すると進んで東ベルリンに居を構えた。声楽作品が特に多く、歌曲は五〇〇曲にものぼる。現在、ベルリンには二つの音楽大学が存在しているが、旧東ベルリン地区にある音楽大学は、ハンス・アイスラー音楽大学とかれの名を冠している。

アイスラーは、一九四三年に亡命先のアメリカ・カリフォルニアでヘルダーリンの詩を音楽化している。〈希望に寄せて *An die Hoffnung*〉、〈追想 *Andenken*〉、〈エレギー一九四三年 *Elegie 1943*〉／『平和 *Der Frieden*』[1]、〈故郷 *Die Heimat*〉、〈ある町に寄せて *An eine Stadt*〉／『ハイデルベルク *Heidelberg*』、〈思い出 *Erinnerung*〉／『ドイツ人の心が歌う *Gesang des Deutschen*』の六編の詩を選択し、それぞれの詩を断片的に用いて音楽化し、《ヘルダーリン＝断章 *Hölderlin-Fragmente*》としてまとめた。一九六二年にもヘルダーリンの四編の詩（『ソフォクレス *Sophokles*』、『わが財産 *Mein Eigentum*』、「希望に寄せて *An die Hoffnung*」、『野外へ *Der Gang aufs Land*』）の詩節を用いて、バリトンと弦楽四重奏のための《厳粛なる歌 *Ernste Gesänge*》を作曲している。

《ヘルダーリン＝断章》の六曲は、〈希望に寄せて〉一九四三年四月二〇日、〈追想〉六月三日、〈エレギー一九四三年〉六月一〇日、〈故郷〉六月二一日、〈ある町に寄せて〉六月二二日、そして〈思い出〉が八月二日に作曲されている。三週間足らずの間に四曲作曲されていることからもわかるように、アイスラーは、この時期集中的にヘルダーリンの詩と向き合っていた。初版のリプリント版の註釈は、「アイスラーとの会談の中で、ブレヒトは、アイスラーの『ヘルダーリンの詩のギプスを外す』という音楽化の方法を高く評価していた[2]」ことを伝えている。「ギプスを外す」とは、第一義的には、がっちりと構成されたギリシャ詩型の詩の構造をほどき、自らに響いてくる言葉を選択し音楽化しようとした、と理解される。その際に、ヘルダーリンの詩は作曲家の都合に合わせて分解されてしまい、もはやヘルダーリンの詩ではなくなってしまうのだろうか。しかし、詩の音楽化が「おと」の音楽化であり、「真の内容[3]」を音楽化することであるならば、必ずしも表面的には詩句に忠実であることに厳密ではなく、原詩の持つ構造や詩節の意味を解体しても、いやそれだからこそ「真の内容」に近づくことができる可能性もあるのではないだろうか。

参考になるのは、詩節の忠実な音楽化が、「根源現象」に近づく方法であるかどうかを検証することだろう。すでに指摘したブラームスが音楽化した《運命の歌 *Schicksalslied*》を例に考えれば（第Ⅱ章第二節）、詩節に忠実であろうとすることによって、「根源現象」から遠ざかってしまう場合もあるのである。

では、アイスラーはどのようにして「真の本質」に迫ろうとしているのだろうか。アルベルトは、アイスラーの《ハリウッド歌曲集[4]》に焦点を合わせ、アイスラーの「詩の音楽化」について研究しており[5]、一九二〇年代以降、詩の音楽化は「詩の言葉」に厳密であることから解放され、「作曲技法と素材を分離」（Albert 1991: 108）していったことが、アイスラーにとっては、ヘルダーリンの詩の音楽化に近づける要因となったとみている。すなわち、構造化され、意味の連関が規定された詩の「ギプス」の中では見えなかった関係性が、言葉たちがバラされ、音楽の構造の中であらたな関係を結ぶことで生まれる関係性を通じて明らかになるのである。この関係性は、バラされた言葉がどのようにつながれるかによって見えてくることであり、「音」の鳴り響きと同じである。ある言葉の音調に対して、その次にどのような音調の言葉が組み合わされるかによって、その詩の音調が明らかになるのである。アイスラーは、詩を断片化して用いていることによって、「テクストが意味ではなく、関係性を作り出すような、素材と作曲技法上の（もしくは、ヘルダーリンにとっては文体上の）分離のプロセスを生じさせている」（Albert 1991: 109）のであり、その関係性を明らかにすることによって「真の内容」に迫りうるのである。

では、具体的に《ヘルダーリン＝断章》の第一曲〈希望に寄せて〉を例に、アイスラーが言葉を選びどのような関係性を作りだし、その関係性はこの詩の「真の本質」をどのように引きだしているのかをみよう。ヘルダーリンの原詩は以下の通りであるが、アイスラーが用いているのは、下線を引いた詩句のみであり、非常に限定的である。

An die Hoffnung 〔希望に寄せて〕

O Hoffnung! holde! gütiggeschäftige!
Die du das Haus der Trauernden nicht verschmähst,
Und gerne dienend, Edle! zwischen
Sterblichen waltest und Himmelsmächten,

Wo bist du? wenig lebt' ich; doch atmet kalt
Mein Abend schon. Und stille, den Schatten gleich,
Bin ich schon hier; und schon gesanglos
Schlummert das schaudernde Herz im Busen.

Im grünen Tale, dort, wo der frische Quell
Vom Berge täglich rauscht, und die liebliche
Zeitlose mir am Herbsttag aufblüht,
Dort, in der Stille, du Holde, will ich

Dich suchen, oder wenn in der Mitternacht
Das unsichtbare Leben im Haine wallt,
Und über mir die immerfrohen
Blumen, die blühenden Sterne glänzen,

O du des Äthers Tochter! erscheine dann
Aus deines Vaters Gärten, und darfst du nicht
Ein Geist der Erde, kommen, schröck', o
Schröcke mit anderem nur das Herz mir. (FHA, 5: 708)〔下線は引用者〕

おお、希望よ！　優美なるものよ！　善意の仕事にいそしむものよ！
悼み悲しむ者たちの家を誇らず、
高貴なるものよ！　喜んで仕えながら

人間と天上なる力の間を支配するものよ！
どこにお前はいるのだ？　わたしは束の間生きた。しかし、すでに冷やかに息づいている
わたしの夕べが。すでに影のように静かになり、
わたしはここにいる。早くも歌なく
胸の内では怯えた心がまどろんでいる。

緑の谷間の中、さわやかな泉が
日毎山より湧き出でせせらぎ、愛らしい
イヌサフランの花が秋に咲くところ、
その静けさの中で、優美なるものよ、わたしは
あなたを探し求めよう、それとも、真夜中に
目に見えぬ命が森の中で動くとき、
わたしの頭上では、常に喜びを湛えた
花々、輝く星々がきらめくとき

おお、エーテルの娘よ！　そのときには
お前の父の苑から姿を現しておくれ、そして

大地の霊として来ることが許されないのであれば、おお、驚かせておくれ
わたしの心をほかのものによって驚かせておくれ。〔傍線は引用者〕

この曲は、一九四三年四月二〇日までに作曲された。二一小節からなり、拍子記号はなく、調性も確定できない。原詩は、五連からなるアルカイオス詩節の詩である。アイスラーは、その内、第一連と第二連のみを用いている。さらにその二連の中から「高貴なるものよ！（Edle!）」、「天上なる力（und Himmelsmächten）」および「胸の内では（im Busen）」ということばが削除されている。

冒頭に「幾分急迫して、少し性急に（Zart drängend, etwas hastig）」と掲げられており、この曲の根底性格が指示されているが、さらに「しだいに早くなって（poco accelerando）」（T. 6, 7）、「静かに（ruhig）」（T. 9）、「重々しく（pesante）」（T. 17）、「もとのテンポで、だんだん速く、急迫して、情熱的に（a tempo, accel, drängend und leidenschaftlich）」（T. 18）、「さらに一層急迫して（immer mehr drängend）」（T. 20）とテンポや曲想が細かく指示され、デュナーミックも「*pp*（非常に弱く）」から「*ff*（非常に強く）」に至るまで用いられており、モチーフごとに「クレッシェンド（徐々に強くして）」、「ディクレッシェンド（徐々に弱めて）」の指示がなされている。さらに、突出させたい音には、アクセント記号（∧∨、∨）やテヌート（—）を書き込み詳細に音の差異化を図っている。

冒頭に無伴奏で歌われる「おお、希望よ！（O Hoffnung!）」は、この曲の核となる言葉である。アイスラーは、変ロ音—ハ音—ロ音の三音（短七度下行しさらに短二度下行）という旋律を用いて音楽化している。七度音程、および二度音程はどちらも高い緊張をもたらす音程である。この「歌いやすさ」を脅かす音程によって核となる言葉「おお、希望よ」は形成されている【譜例1】。

感嘆詞である「o」と強勢である「Hoff」および「nung」からなる三音節のセンテンスは、拍子記号はないもの

【譜例1】アイスラー：〈希望に寄せて〉冒頭部　モチーフ1

Abdruck mit freundlicher Genehmigung des Deutschen Verlags für Musik Leipzig

の小節線で区切られているため、アウフタクトだと認識できる。すると、感嘆詞「o」は弱拍となるため強調されておらず、かといって「Hoff」に向かって上行することもなく、「Hoffnung（希望）」の意味は通常の抑揚と一致していない。「おお、希望よ」という言葉が持つ肯定的ものを志向するような音形ではなく、「O Hoffnung」に高い緊張感をもたらす音程、および下行形を与えることによって、「希望」を求めるのではなく、逆に「希望の不在」を描き出していると考えられる。「希望よ！」と語りながら音形によって「希望の不在」を表現しているのである。

　この三音からなるモチーフ（以下モチーフ1とする）はいくつかのヴァリアントも含めるとピアノ・パートに一二箇所現れる。その一二箇所の内、一〇箇所までにモチーフ1の第一音に特徴的なアクセント記号が付けられている。この記号（∧∨）は、一般的なアクセント記号（∨）がつけられた音を強調させるという意味であるのに対して、その音を発音するに至る際の急進的な運動と、その音が強調されて発音されたと同時に衰退するという運動が書き込まれ、この曲全体を貫く音調である「急迫」の具体的な指示であると考えられる。そうであるならば、この特徴的なアクセント記号は、モチーフ1で表現しようとしている「希望に対する希求とその不在」の鳴り響き方だと言える。つまり、アイスラーは、モチーフ1を駆使することによって、「おお、希望よ！」と満たされない呼びかけを幾度も表出させ、希望に対する希求とその不在を、急進的に音となろうとし、かつ音となった瞬間に衰退する音で表現しているのである。

　さらに、この曲の音調を決定づけているのは、モチーフ1を分解することによって現れる下行七度と下行二度の音程である。声楽パートでは希望の希求と不在を具体的に言い表している「どこにお前はいるのだ？（Wo bist du?）」（T. 6-8）で最も端的に七度下行の音形を見ることができるが、さらに旋律を詳細に検討していくと、七度下行および二度下行が、この曲を貫いていることが明確になる。

まず、最初の四小節「O Hoffnung! holde! Gütiggeschäftige!/ Die du das Haus der Trauernden nicht verschmähst,/ und gerne dienend, zwischen den Sterblichen waltest」を検討する。声楽パートの旋律は複数の音程を用いて下行し、それぞれの下行の動きの最低音からは、跳躍上行しており、垂れる音形とそこから上へ突き上げる跳躍進行によって形成されている。この垂れ落ちる音形の最高音と最低音を見ると、一点ハ音「O Ho」、一点ト音—イ音「gü schäf」、二点嬰ハ音—一点ホ音「Die das」、一点変ロ音—一点ハ音「Trau nicht」、二点ホ音—一点嬰ヘ音「und die」、二点変ホ音—一点ヘ音「nend Sterb」となっており、一箇所（二点嬰ハ音—一点ホ音）のみが六度音程であることを除けば[6]、全て七度音程になっている。

さらに、それぞれの垂れる音形の最高音の関係を見ると、イ音—嬰ト音—ト音—嬰ヘ音—ヘ音、嬰ハ音—ハ音—ロ音—変ロ音—イ音—変イ音、ホ音—変ホ音—ニ音—嬰ハ音となっており、モチーフ1後半と同じ進行である、短二度／半音の下行になっている。これは、声楽パートの外郭旋律のような役割を果たしている。すなわち、長三和音の分散和音からなる下行音形にみられる調和的な音形さえも、その冒頭の音を追っていくとモチーフ1の後半を形成している半音の下行進行になっているということである。調和的な音程からなる旋律も下行進行のみであり、繰り返し試みられる上行跳躍された音をたどっていくと、この曲の核となる音程（二度／半音下行）になっており、「希望に対する希求とその不在」が表現されていると言える。

ピアノ・パートには、モチーフ1が三箇所、モチーフ1に準じた音形が二箇所（七度下行ではなく九度下行—二度下行する音形、およびモチーフ1の中に一音、経過的な音が挿入されている音形）が見られ、不協和なモチーフ1が折り重ねられていく。声部ごとにみるならば、六度（T. 1/2, T. 3）が二箇所、短三度（T. 2, T. 3）が二箇所用いられている以外は全て九度、七度、二度といった高い緊張をもたらし「歌いやすさ」を脅かす音程からできている。また、前述したように、特徴的なアクセント記号（∧∨）が、モチーフ1の開始音につけられており、「希望への希求と不在」がその音の発音の仕方によっても表現され、ピアノ・パートの各声部で反響していくかのようである。

続く第五小節から第八小節では、「希望への希求とその不在」が、七度の音程を駆使することによって表現されている。まず、ピアノ・パートにおいて、左手の七度を含む和音に支えられ、第五小節のアウフタクトから始まる七度の下行音形（モチーフ1の断片）が二回繰り返されると、その響きから引き出されるようにして、声楽パートに七度の下行音形「どこにお前はいるのだ？（Wo bist du?）」が繰り返される。ピアノ・パートは、七度音程による下行と上行がうねるような音形で、四オクターブ半という広音域をかけめぐる。この進行は、この箇所における声楽パートの最高音（二点変ロ音）を超えずに二回繰り返された後、声楽パートの最高音より一オクターブ半高い音域にまで発展する。それは、あたかも声楽パートの「どこにお前はいるのだ？」という声を消失させて、飲み込んでしまう渦のような進行である。この二小節のピアノ・パートは、ペダルを踏みかえることなく用いるように指示されており、七度音程からなる旋律は高い緊張感をもたらす不協和音となり鳴り響く。

さらに、「しだいに速く（poco accelerando）」と指示され、第七小節から第八小節にかけて指示されている「クレッシェンド（徐々に強くして）」と「ディクレッシェンド（徐々に弱めて）」は、前述した特徴的なアクセント記号（∧∨）の拡大したものとして捉えることができる。また「非常に強くなって（molto crescendo）」の指示と共に音価が短くなり（一六分音符）より広域で急進的な進行するものの、その進行は断ち切られ停止してしまうこと（T. 9）も特徴的なアクセント記号、すなわち急進的に音になろうとし、ただちに衰退してしまうこの曲の核となる音調を端的に表している。第九小節における進行を突如停止してしまうこの和音には、ペダルを禁じる（＝音は保持されない）のみならず「***fp***（強く発音し、かつただちに衰退させる）」という指示も書き込まれており、発音に至る急

【譜例2】アイスラー：〈希望に寄せて〉T. 6-9

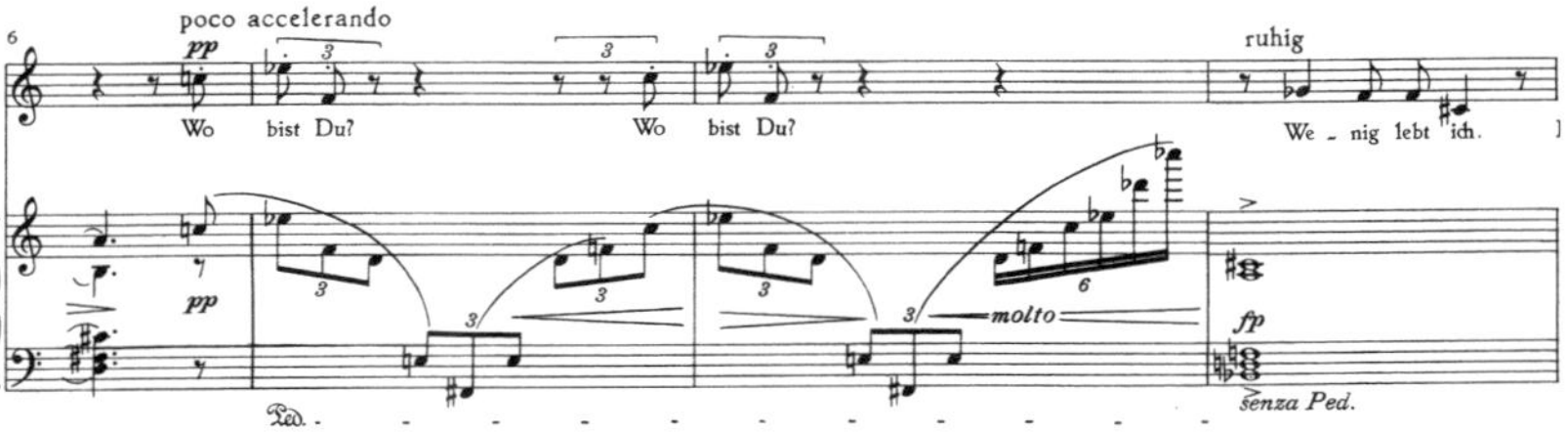

Abdruck mit freundlicher Genehmigung des Deutschen Verlags für Musik Leipzig

進的な動きと発音されたと同時にその音が衰退するということが強く意識されていることがわかる【譜例２】。

第九小節以降の声楽パートは、第八小節までの旋律に頻出していた七度の下行音形はみられず、三度音程が優勢となり、前半と異なり三和音の分散和音からなる旋律となる。各文は、八分休符に挟まれ分断されており、「静かに（ruhig）」と指示されているように、第八小節までとは対照的な曲調となっている。ピアノ・パートは、声楽パートに呼応するような旋律が若干見られるものの（T. 11-13）、静止した和音が主となり、前半では見られなかった三度関係の音程が重ねられた和音となる。この協和音の響きは、この曲においては異化の効果を出している。七度や二度の音程や特徴的なアクセント記号および発想記号によって、希望に対する希求とその不在が表現されているが、そのような響きの中で、突如不協和音の解決とは無関係な協和音が鳴り響くと、それまでの音調とは無関係な次元、すなわち希望の希求とその不在に対する異化が行われるのである。つまり、ここでは、緊張度が高く強い表現力をもつ音程に対して、本来協和音が有している安定、解決などではなく、空虚、無感動を意味しているのである。「わずかに（wenig）」、「冷ややか（kalt）」、「影のごとく（Schattengleich）」、という言葉に支配され、「歌なく（gesanglos）」（＝歌うことができない）というこの詩節は、希望に対する希求とその不在に対する絶望であり、第九小節以降で用いられている「空虚な」協和音は、「歌なく」（T. 17）というこの詩節の核を先取し体現している。

そして、まさに「歌なく」と歌われる第一七小節において、声楽パートはこの曲の中で初めて二点ヘ音という最高音に達し、「*f*（強く）」と指示されている。第一五小節「わたしはすでにいる（bin ich schon）」は、弱拍に重みが置かれることにより強拍に重みが置かれている旋律とは異なる推進力が生まれるシンコペーション、この曲の中で唯一の箇所である完全五度の上行跳躍、そしてテヌートが付けられかつクレッシェンドと指示されており、続く第一六小節では、五度の跳躍で達した二点変ホ音より半音高い二点ホ音に達し、第一七小節でこの曲における最高音である二点ヘ音に達するのである。この二小節においては、この曲において特徴的な垂れる音形は見られず、執拗に上行を試みているかのようである。そして、その試みは「重々しく（pesante）」と指示された第一七小節で「歌なく」ということばと共に垂れる音形となり、「慄く心（schaudernde Herz）」に向かってこの曲の中で最も広音域を用いて下行していく。そして、ピアノ・パートにはモチーフ1が登場し、その後第二〇小節までに六度繰り返される。「歌なく」とは、歌えない＝ことばにならないことであるならば、この箇所ではピアノ・パートが言葉にならない声で繰り返し、「おお　希望よ！」と呼び掛け、（甲斐なく）希望を希求しているとも言える。この後奏には、全曲の主要な要素が集約されている。(7) 第一八小節は、声楽パート冒頭部の「O Hoffnung! Holde,」に付けられた旋律のヴァリアンテと、「gütiggeschäftige!」に付けられた旋律が重ねあわされ、さらにバスはモチーフ1となっている。第一九小節は、第二小節の声楽パートとピアノ・パートの各声部がさらに集約されて再現しており、第二〇小節においては、八分音符→三連符→六連符と音価を細かくすることによってテンポを速めながらモチーフ1が少しずつ解体され、垂れる音形が一二度という広音程で一気に下行する【譜例3】。

デュナーミックや発想記号をみても、この三小節は、段階的に一切の容赦なく最終小節に向けてなだれ込むような効果が求められていることがわかる。特徴的なアクセント記号（∧∨）が多用され、テンポも「だんだん速く（accel.）」、「急迫して、情熱的に（drängend und leidenschaftlich）」（T. 18）、「さらに一層急迫して（immer mehr

【譜例3】アイスラー:〈希望に寄せて〉T. 17-21

Abdruck mit freundlicher Genehmigung des Deutschen Verlags für Musik Leipzig

drängend)」(T. 20) となっており、またデュナーミックも「***mf***（やや強く）」(T. 18)、「***f***（強く）」(T. 19)、「***ff***（とても強く）」(T.20) と強くなっていくのである。この三小節には全てクレッシェンド記号がつけられており、そうして第二一小節の急激な停止に至るのである。テンポおよびデュナーミック共に急迫して至った不協和音には「***sffz***（その音を特に強く強調して）」が付けられており、希望の希求とその不在が書き込まれている【譜例3】。

このように見てくると、この曲を貫く「希望に対する希求とその不在」、および「歌えない」という音調は、七度、二度といった音程と、アクセント記号や発想記号にあることがわかる。

ピアノ・パートにおけるモチーフ1の頻出と共に声楽パートの七度下行と二度下行は、それ以外にも三連符と八分音符で「パルランド（語るように）」で歌われる旋律の中に下行二度の音程はあちこちに忍ばせてある。ピアノ・パートに一二回、モチーフ1が用いられていることは前述したが、さらに下行七度、および下行二度も頻出している。最も端的な例は声楽パートが「どこにお前はいるのだ?」と歌う箇所である(T. 6-8)。ここでは、七度の音程からなる分散和音が、声楽パートをあたかも巻き込むような形で四オクターブ以上の広い音程で駆け巡る。

以上のように見ると、アイスラーが、「希望に寄せて」の詩から最も強く関係性を聴き取った言葉は、七度音程を与えられている「Hoffnung(希望)」と「Wo bist du(どこにお前はいるのだ?)」であることが楽譜より読み取れるが、ではその言葉はヘルダーリンの原詩の中ではどのような位置を占めているのだろうか。FHAでこの詩の成立過程を追うと興味深い事実が浮かび上がる。この詩は完成に至るまで何度も手を加えられているが、ザットラーは、同じ紙に書きつけられた構想(FHA, 4: 160f.)を筆致やインクの濃さで四段階に分けている。ほかの詩行との違いが明らかである「薄いインク」(FHA, 5: 701)で書かれたタイトルのない断片は、

O Hoffnung　, du Himmelskind
–
–
–
Wo bist du, wo bist du–　Sorge

となっている。ヘルダーリンが、詩作の際にまずなんらかの言葉を書きつけることは珍しいことではなく、(8) ヘルダーリンの詩作の一つの特徴とも言えることである。つまりヘルダーリンの言葉の羅列は、詩作する際に構想メモを書きつけるというより、むしろ作曲家が全体の構想がまだはっきりとした形として見えていない段階に着想(Einfall)

としてモチーフを書きとめる行為に近いということもできる。ヘルダーリンは、この最初期の着想、すなわち「おお、希望よ（O Hoffnung）」および「お前はどこにいるのだ（Wo bist du）」という希望に対する希求とその不在を一度も変化させずに、間を埋めるように同じ紙に次のプロセスとなる詩行を書き加えていく。それは、あたかも一つのモチーフとそのモチーフに対する反モチーフの緊張関係が核となり、全体の構想がまとまっていくような作曲行為のプロセスのように捉えられる。

アイスラーがこの詩を音楽化したのは一九四三年四月であり、当時アイスラーがヘルダーリンの手稿に触れることができた可能性は限りなく少ない。また、手稿がファクシミリ化されている FHA はおろか手稿の報告が載せられている StA の第一巻が戦時下の困難を乗り越えて出版されたのも一九四三年六月であり、アイスラーがこの詩の音楽化にあたって、ヘルダーリンの創作過程を知ることができた可能性も限りなく少ない。すなわち、アイスラーはヘルダーリンの創作プロセスを知る由はなく、ヘルダーリンが書きとめた創作プロセスがアイスラーの詩の選択や、詩行の選択に影響を与えたとは考えられないのである。そのような状況下において、アイスラーは、五節から成る詩の非常に限定的な詩句を選択しているわけだが、そこから聴き取ったのは、完成された詩からは即座に浮かび上がらない、しかし実は詩の創作段階の最初期に書きつけた「希望への希求とその不在」なのである。詩としての完成へと向かう創作の段階で付け加えられていった語は削除されていき、詩の構造から言葉はバラされ、新たに直接的に結び付けられる「希望への希求とその不在」という新しい語と語の関係が作られる。これこそ実はこの詩の原初的な段階からの「おと」であり、アイスラーはそれに従って、この「おと」を体現する二度と七度の緊張度の高い音程が終止鳴り響く音楽化を行っているのである。

ただし、このような「おと」の音楽化の段階は、詩の韻律や形式に忠実であろうとしたり、詩句の意味を描写しようとする詩の音楽化とは一線を画しているとはいえ、未だ詩の言葉の意味に寄りかかっていると言える。つまり、アイスラーがヘルダーリンの詩の音楽化で試みたことは、詩の言葉をバラし、言葉と言葉の新しい関係性を浮き彫りにすることで、言葉にし始めるまでの「おと」に近づこうとしたことなのである。それゆえ、この段階の詩の音楽化は、「おと」に直接的にアプローチしている段階の音楽化ではない。しかし、詩の言葉をバラし、言葉と言葉の新しい関係性を作り出すことによって、この詩が詩となろうとしていく段階、すなわち言葉にし始める段階に到達することによって、「おと」に触れようとしているのである。そして、アイスラーは、調性の不在、歌いやすさを脅かす旋律、不協和音の連なりからなる未解決のままである進行など二〇世紀音楽を特徴づける音楽技法を用いて、高い緊張感を持ち、解決することができない「希望への希求とその不在」を音楽化したのである。そのような意味において、アイスラーの作品は、①の段階のヘルダーリンの詩の音楽化の好例と言える。

第二節　ヘルダーリンの詩の音楽化の試み／シェーンベルク

シェーンベルク（Arnold Schönberg 1874-1951）は、二〇世紀音楽の中の一つの潮流を創り上げた二〇世紀を代表する作曲家である。かれは、作曲活動の傍ら教育活動も行い、著述も多く残している。一九一一年に書かれ、一九一二年に刊行された雑誌『青騎士 *Der blaue Reiter*』の中で発表された「テクストに対しての関係 *Das Verhältnis zum Text*」[9]で、シェーンベルクは自身がどのようにテクストに出会い、音楽化するのか、また歌曲などのテクストがある楽曲については、テクストから何をどのように聴き取っているのかについて述べている。評論家たちが、音楽は言葉に適合しているかどうかといった判断に終始していることを批判したのち、自身の経験に基づいて詩と音楽の関係を論じている。シェーンベルクは、よく知っていると思っていたシューベルトの歌曲の詩を実はほとんど知らなかったことを恥じたが、詩を読んでみたところ、シューベルトの音楽から得ていたその曲に対する理解を揺

るがすようなことは何一つなかった、と読み方によっては挑発的な見解を述べている。さらに続けて、

わたしは、その詩を知ることとなく、その〔詩の〕内容を、真の内容を、むしろひょっとすると本来言葉で表現されている思考の表層的な部分に囚われていたよりも、より深く把握していた、ということがはっきりとわかったのである。(Schönberg 2007: 69)

として、シューベルトの音楽にこそ詩のことばよりも深い詩の「真の内容」が表出している、と見ている。「真の内容」とは、第Ⅱ章第四節で詳述したゲオルギアーデスのいうところの「根源現象」だと考えられる。そして、このシューベルトの歌曲について考えることを通じて自身の歌曲創作を振り返り、かれにとって詩を音楽化することは、「詩の冒頭の言葉の最初の響き(Anfangsklang)」に惹かれ、その響きをその後詩がどのように展開していくのかには一切顧慮することなく作曲することだとしている。詩の言葉の一語一句に音楽を合わせていくような音楽化を「詩に忠実な」音楽化だと考えるような者から見ると、詩全体を見ることなく、冒頭の響きだけで全てを作曲してしまう行為は、あたかも詩を触発材のようなものとして扱うかのように感じられ、詩を冒瀆するような行為に見えるかもしれない。しかし、シェーンベルクは、冒頭の言葉の響きに詩全体が集約されており、それは「生物体(Organismus)」の細部にこそ「最も真なる、奥底なる本質」が現れているのと同じである、と考えている。つまり、シェーンベルクは、優れた芸術家であるならば、芸術作品の細部を聴くことによって、その作品の本質を捉えられると考えており、音楽化しようとする詩の本質を冒頭の言葉の響きから聴き取り、その「音」に従って作曲することが、言葉の一つ一つを読み、音を付けていくような作曲よりもはるかにその詩の本質を捉える「詩の音楽化」であると考えていたのである。

この論考が書かれた一九一一年までにシェーンベルクが作曲し、作品番号が与えられている詩の音楽化は、デーメルによるバラードの詩節に忠実に、五部に楽節化した標題音楽とも言える弦楽六重奏曲《浄められた夜》作品四を入れると、四八曲ある。[10] 調性は拡大されていくものの後期ロマン派の名残を未だ残す一九〇四年頃までに作曲された二七曲の内では、六曲がデーメルの詩を用いており、この時期のシェーンベルクが取り組んだ詩の一つの傾向をはかることはできる。しかし、一方『こどもの魔法の角笛』、ケラー、ペトラルカの詩も三曲ずつ音楽化しているので、「詩の冒頭の言葉の最初の響き」をおしなべて語ることは難しいかもしれない。それでも、例えば四曲中三曲がデーメルの詩である作品二などに、「言葉の最初の響き」から感受したものが核となっていることを見ることはできるだろう。

〈期待 *Erwartung*〉作品二・一を例にとって見てみよう。冒頭の言葉「海（緑）から aus（dem）meer（grünen）」に与えられた六度上行の音形が、「最初の言葉」に鳴り響く「音」として全曲を通じての旋律の核となっている**【譜例1】**。

【譜例1】 シェーンベルク：〈期待〉T. 1

ここで、シェーンベルクが聴き取った「詩の冒頭の言葉の最初の響き」は、エッゲブレヒトがシューベルトの歌曲の分析を通じて明らかにした詩の「おと」に近いようにも見える。しかし、エッゲブレヒトが、例えば《美しき水車小屋の娘》の第一曲の主題がタイトルにも掲げられているように「さすらい」であり、「旅立つ喜び」や「歩くテンポ」の「おと」が旋律の構成音を成しているとみていることとは異なる。シェーンベルクにとっては、冒頭の言葉の響きに詩全体に響いている音調が体現されているので

あって、そのような意味に収まるものではないのである。確かに「海緑色」は、この詩の中で「オパールの輝き」、「男の目の輝き」をつなぐ鍵となる言葉であるが、この詩の意味内容を集約するような言葉ではない[11]。そうではなくて、冒頭で響く「海緑色」が、一つの音調を成し、そこに「赤い邸宅」、「死んだ樫」、「月光」、「赤や緑が混ざり合うオパール」、「青ざめた女の手」というような不調和な音調が混入されていくことによって「海緑色」の音調が浮かび上がり、その結果（どこまで意識的に行っているかは別として）冒頭で用いられた六度上行の音形が全曲を通して鳴り響いているということだと考えられる。

以上のように、初期の作品でも「冒頭の言葉」の響きを見ることはできるが、さらに調性の枠組みを拡大し、シェーンベルクの言葉を借りるならば「不協和音の解放」である無調音楽へと移行していく一九〇五年から一九一一年までになされた詩の音楽化では、詩の選択の傾向が顕著になる。弦楽四重奏曲第二番における声楽を伴う第三楽章と第四楽章をそれぞれ一曲とみなすと、二一曲の内一八曲がゲオルゲ（Stefan George 1868-1933）の詩を用いており、シェーンベルクが集中的にゲオルゲの詩に取り組んでいたことがわかる。ブリンクマンは、ゲオルゲの詩にある「詩的な音の概念」とは、「音」、「魂の音」、「響きとしての情調」であると説明しているが[12]、フランス象徴主義の薫陶を受けたゲオルゲの詩は、確かに言葉の響きや言葉と言葉の響きのつながりによって、イメージを喚起するような詩であるということもできるだろう。すなわち、言葉の母音の連なりからなる響きが、詩を表象する音であるということである。冒頭の言葉の響きに詩全体が集約されており、「最も真なる、奥底なる本質」を宿しているという考えは、まさにゲオルゲの詩に集中的に取り組んでいた時期の直後にまとめられたものであり、詩全体が集約されている冒頭の言葉の響きに「詩の音[13]」を聴くことであると主張する時に、シェーンベルクが想定していたのは、ゲオルゲの詩、ならびに同じく象徴主義の影響下にあったメーテルリンクの詩であったと考えられる。詩の言葉の音を聴き、そこから立ち上ってくる「詩の音」を音楽化することが、シェーンベルクにとっての詩の音楽化だと言える。

では、シェーンベルクにとってはヘルダーリンの詩を音楽化するということはどのようなことであったのだろうか。

シェーンベルクは、一九〇五年から一九〇六年にかけて、『短さ *Die Kürze*』、『許しを求めて *Abbitte*』をピアノ歌曲に、そして『日没 *Sonnenuntergang*』を合唱曲にと三つの詩の音楽化を試みている。この時期は、作品八までの歌曲を作曲した後であり、無調音楽へと転換していく中で、ゲオルゲの詩に出会う前に位置している。三編とも『ドイツ抒情詩の家庭図書 *Hausbuch Deutscher Lyrik*』から採られており、シェーンベルクは多数の詩からあえてヘルダーリンの詩に取り組もうとしていたことがわかる。三編とも二連からなるギリシャ詩型を用いた詩である。一九〇五年の終わりから一九〇六年の初めにかけて音楽化の試みがなされたが、三曲とも未完の作品である。しかし、《短さ》は二稿、《許しを求めて》は三稿、および《日没》も三稿の断片が残されていることから、ヘルダーリンの音楽化の試みがかなり意識的に行われたことがわかる。他の詩人では「真の内容」を冒頭の言葉の響きに聴きとり詩の音楽化を行っているシェーンベルクが、ヘルダーリンの詩の音楽化においては、未完のままで終わっているのはなぜだろうか。また、そう問うことによってヘルダーリンの詩の音を聴くとは、何を聴くことであるのかを探るヒントを見出すことができるかもしれない。本節では、具体的に《短さ》を分析して、シェーンベルクのヘルダーリンの詩の音楽化は、詩の「おと」のどの段階を聴こうとするものであったのかを明らかにする。

Die Kürze 〔短さ〕

»Warum bist du so kurz? liebst du, wie vormals, denn

Nun nicht mehr den Gesang? fandst du, als Jüngling, doch
In den Tagen der Hoffnung,
Wenn du sangest, das Ende nie! «

Wie mein Glück, ist mein Lied. – Willst du im Abendrot
Froh dich baden? hinweg ists! und die Erd' ist kalt,
Und der Vogel der Nacht schwirrt
Unbequem vor das Auge dir.（KA, 1: 199）

「なぜきみはそのように短いのか？ 今はもうかつてのように
歌を愛していないのか？ 若者だったあの時
希望に満ちた日々に
歌った時には、決して終わりなどなかったのに！」

わたしの歌は、わたしの幸福と同じだ。— きみは夕映えの光に
心楽しく浸ろうというのか？ 夕映えは消えた！ 大地は冷たく
夜の鳥は羽ばたいている
きみの目の前で疎ましく

一九〇五年の終わりから一九〇六年の初頭にかけて音楽化を試みた《短さ》は、アスクレピアデス詩節で書かれた二連の詩である。第一稿の一三小節までは、声楽パートに詩節の言葉も付けられており、第一六小節から第一九小節までは言葉は書き込まれていないものの、声楽パートの旋律は作曲されている。ピアノ・パートも随所に休符も音符もない空白があるものの、第一八小節まで、少なくとも楽曲の構造はどのようなものを目指していたかを読み取ることができる。第二稿は、第一稿に続くものとして、声楽パートは第一稿の第一六小節から第一九小節までに用いられた旋律構成音は同じまま、リズムを圧縮する形で書かれ、ピアノ・パートは声楽パートが途切れたあと、声楽パートを引き継ぐように展開されていく。詩節の韻律と旋律の関係を見るならば、必ずしもアスクレピアデス詩節の韻律に忠実ではない。拍子記号はないが、拍節構造を見る限り八分の六拍子と思われるので、長音節が一拍目もしくは二拍目にくるようになっていることで、ドイツ語の自然な流れには反していない。しかし、(Hoff) nung や、(san) gest といった抑格に長い音価が当てられている箇所もあり、さらに二点嬰ヘ音や二点ト音といった声楽曲としてはかなり高い音となっているなど、詩の韻律から生まれる、長短もしくは高低の響きのままに旋律が付けられているとは、必ずしも言えない。

【譜例2】シェーンベルク：〈短さ〉草稿の冒頭部

この断章の詩の冒頭の言葉は「なぜきみはそのように短いのか？（Warum bist du so kurz?)」であり、そこに付けられている二点ニ音―二点変ホ音―一点イ音―一点ホ音―一点ヘ音―一点変ニ音からなる音形が、この曲を貫くモチーフとなっている【譜例２】。

声楽パートは、この音形の断片や反行形などからなり、この音形が変化したものとなっているが、ピアノ・パートでは、断片的に用いられている箇所（第二小節～第三小節）、エコーのように逆行の断片が用いられる（第七小節、第八小節）

箇所のほか、第一四小節から第一六小節にはカノンのように用いられている。さらに、第一稿の終わりを引き継ぐ第二稿でもこのモチーフは引き続きポリフォニックに重ねられていく。それは、「なぜきみはそんなにも?」という問いかけがエコーとなって鳴り響いているかのようであり、まさに冒頭の言葉の響きに導かれて全曲が創作されると主張するシェーンベルクの創作過程を追うことができる。では、なぜ未完のままなのだろうか。

ヘルダーリンの詩はちょうど『ソクラテスとアルキビアデス』と同じく、問いかけと応答の二節からなる。問いかけは括弧で括られ、応答から区別されている。両者はストレートにはつながらず、音調も変わる。つまり、「なぜきみはそのように短いのか?」という冒頭のことばの響きが支配できることは限定的であり、さらにその問いに対する答えも「なぜきみはそのように短いのか?」という問いに直接答えるような性質のものではないために、冒頭のことばの響きからなる一つのモチーフを曲全体に発展させることには無理があったのではないだろうか。シェーンベルクは、詩の第一節が歌われた後(第一四小節以降)、ピアノ・パートにおいてこの冒頭のモチーフを重ねて用いていく。声楽パートがふたたび書かれているとも考えられるが、ピアノ・パートには前半とは異なるリズムが用いられ、両詩節の音調の違いを意識しようとしている第一六小節以降、声楽パートは、前半とは異なるパートが書かれている小節にも、また第一六小節以降を承けている第二稿でも冒頭のモチーフが頻出している。しかし、それでは第二節の音調とどうしても齟齬をきたしてしまう。「なぜきみはそのように短いのか?」という問いかけが、全編を通して響き続けているという解釈は成り立つかもしれないが、明らかに音調が変化している第二節に、「なぜ?」という(詩節冒頭の)問いかけが全編を貫く響きとすることには無理がある。つまり、冒頭の言葉の響きだけを音楽化し、その響きを全曲に当てはめようとすることは、この詩のように音調が交替する詩では困難なのである。冒頭の言葉のモチーフだけから作曲しようとすることは困難であったと考えることができるだろう。

しかし、シェーンベルクのヘルダーリンの詩の音楽化は、「おと」を聴く作曲家の試みとして考えるならば、①の段階より一歩先んじており、②の段階の試みであったと考えられる。シェーンベルクは、「なぜきみはそのように短いのか？」という詩の冒頭の一節の言葉の意味を音楽化しようとしたのではなく、全体が集約されている（とシェーンベルクが考えている）この一節の「言葉の響き」を音楽化しようとしたと見ることができるのである。「言葉の響き」とは、文字通り言葉の母音や子音の音であり、その音から詩の「おと」を聴き取ろうとしているのである。そして、その「おと」を音楽化しようとしている。ヘルダーリンの詩に取り組んだ一九〇五年から一九〇六年は、シェーンベルクにとって歌曲創作の模索期にあたり、この時期に言葉の音から「おと」を聴き取ろうとするシェーンベルクの歌曲創作の方法は、やがて、フランス象徴主義の薫陶を受けたゲオルゲの詩に集中的に取り組み、かれの詩の音楽化を数多く行うことへと結びついていったと言える。つまり、ヘルダーリンの詩の冒頭の言葉の響きから、詩の「おと」にアプローチしようとしたことが、後にゲオルゲの詩の音楽化で活かされていくことになるのである。

第三節　ヘルダーリンの詩の音楽化の試み／ノーノ

ノーノ（Luigi Nono 1924-1990）は、二〇世紀を代表する作曲家の一人である。一九五〇年にダルムシュタット現代音楽講習会でブーレーズ、シュトックハウゼンと出会うものの、かれらの作曲の方向を装飾的、ブルジョア的と感じて決別し点描的な作曲にこだわった。政治色の強い作品を生み出したことでも知られている。作風は、セリー的な手法を用いた初期、テープ音楽も用いてダイナミクスの大きな激しい音響を用いた中期、そしてライヴ・エレクトロニクスに出会い、中期とは対照的に抑制された音響を用いて静寂を求めた後期の三つに分けて考えることが一般的である。

本節ではノーノの《断章―静寂、ディオティーマに *Fragmente – Stille, An Diotima*》を取り上げる。ヘルダーリンの詩を用いた弦楽四重奏曲《断章―静寂、ディオティーマに》は、ちょうど後期に入る時期に作曲された作品であり、一九八〇年にボンで初演された。ノーノは、五年度の一九八五年に発表した二人のソプラノと二人のアルト、バスフルート、コントラバスクラリネット、合唱、オーケストラおよびエレクトロニクスのための《プロメテオ、島二b：神話（ヘルダーリン） *Prometeo, Isola 2b: Mitologia*（*Höldерlin*）》の中で再度ヘルダーリンの詩『ヒュペーリオンの運命の歌 *Hyperions Schicksalslied*』の一六行から二四行を用いている。

本作品は、詩の音楽化としては非常に特異な存在である。ヘルダーリンの詩句が楽譜に書き込まれているものの、聴衆はそれを知らない。ノーノが詩句をプログラムに記載することを禁じているからである。作曲家と演奏者には決定的な役割を果たす言葉が、その意味内容も音楽との関係も聴衆には伝わらないのである。本章の趣旨を一貫させるには、ここでも歌曲を考察対象とすることが必要であると思われるかもしれない。しかし、本章の課題は、作品の比較検討でも、「付曲」された作品の解釈でもない。そうではなく、ヘルダーリンの詩の音楽化に取り組んだ作曲家が、そこから「おと」をいかに聴き取り、いかに音楽化したかを、作曲家の言説と作品に即して明らかにすることである。そのような意味からも、また、当時の音楽界に大きなインパクトを与えた事実からも、ノーノの作品は、ヘルダーリンの詩の音楽化を論じようとする際には外せないのである。

《断章―静寂、ディオティーマに》は、一九七九／一九八〇年に作曲された。直接的には一九八〇年にボンで開催されたベートーヴェン・フェスティヴァルの際にボン市から受けた委嘱作品である。ノーノは、すでに一九五〇年以来ラ・サール弦楽四重奏団から委嘱を受けていたが作品は生まれていなかった。ドイツ音楽的とも言える古典的な編成である弦楽四重奏のための作品は、当時のノーノには必ずしも取り組みやすいジャンルではなかったのかもしれない。そうした状況の中、ボン市からのテーマは、「古典派」としてのベートーヴェンではなく、アヴァンギャルド[14]としてのベートーヴェンであった。ベートーヴェンの先進性と現代を結ぶような作品をとの要請に応じて、クセナキス[15]（Iannis Xenakis 1922-2001）、ウォリネン[16]（Charles Wuorinen 1938-）と並んで作品を発表した。そこでノーノは、古典と現代を結ぶものとして、約束を果たせずにいた古典的編成の弦楽四重奏曲を用いて作曲するに至ったのである。

さらに、この作品が生まれるための決定的な契機となったのは、ヘルダーリンの詩である。しかし、その詩句のリズムから作曲の発想を得たり、詩の意味内容を音楽で表現しようとしたということではない。ノーノは、以前よりヘルダーリンの詩に親しんでいた。しかし、ヘルダーリンの詩はノーノにとって、詩の音楽化を促すものではなかったのである。ヘルダーリンの詩の音楽化に関する最初の包括的な研究を行ったシューマッハーの問いかけに対して、一九六三年九月一八日の時点ではノーノは以下のように返答している。

> ヘルダーリンのテクスト：わたしにとっては何かを示唆するものではありません。ヘルダーリンを愛好していますが、〔音楽化のために〕選択するのは今日のテクスト、つまり現代の問題――感情――事実なのです。（Schuhmacher 1967: 338）

つまり、この時点ではノーノにとって詩の音楽化は、従来の認識の枠内での行為、すなわち「詩の意味内容に即して音楽を付ける」ことであったのである。かれの名声を不動なものとした《断ち切られた歌 *Il canto sospeso*》（一九五五／五六年）を見てもわかるように、ノーノにとって「言葉」はメッセージを主張するものであり、同時代の感情や事実を伝えるものであったのである。

では、そのようなノーノがシューマッハーに詩の音楽化についての見解を語ってから一六年後に、ヘルダーリンの詩が楽曲の成立にとって決定的な役割を果たすことになるに至った背景には、何があるのだろうか。すでにいくつかの文献でも指摘されているが[17]、ノーノにとって決定的だったことは、FHAに出会ったことである。ノーノは、ファクシミリとして目にしたヘルダーリンの手稿から強く影響を受けるのである。手稿を目にするということは、出来上がった作品として詩を経験するのではなく、詩の生成のプロセスを経験するということであるが、ノーノにとってはヘルダーリンの詩の生成のプロセス、すなわちヘルダーリンの詩作行為に触れることが、作曲行為に決定的な契機となったということである。ノーノはヘルダーリンの手稿を見ることによって、「かれ〔ヘルダーリン〕はどのように作曲しkomponiert[18]、どのように考えたのか[19]」が明白に理解できたと述べている。

ヘルダーリンの手稿は、一枚の紙にここ、あそこと断片的なことばを配置したり、同じ紙にドイツ語だけではなく、フランス語やラテン語が書きつけてあることがある。また、文頭の言葉の位置から何かの詩句が想定されているまま空白となっている箇所も見受けられる。さらに、一つの単語の上に違う単語を重ねて書いたり、複数の詩の断片を余白に書きつけたり、明らかにインクの濃さや筆致が異なる詩句を同じ紙に書きつけた箇所もある。ノーノは、書きつけられている言葉と言葉の間にある空間を感じ取り、インクや筆致から異なる時間を感じ取ったと考えられる。ここ、あそこに断片的に書きつけられている様子を「あたかも、われわれが持っている思考の同時性を一つの空間に固定化しようとしたかのようだ[20]」とも述べている。ベルトーを援用すると、常に個々の音を楽曲全体の中で捉え、複数の思考が同時にあることが作曲家特有の思考のありかたであるとするならば、まさに「作曲家」としてのヘルダーリンの空間的な次元と時間経過の次元からなる「二つの次元」(ebd.)の在り様をノーノは感じとり、存在は示されているものの、言葉としては表現されていない空間と時間を音楽化することこそが、ノーノにとってヘルダーリンの詩の音楽化となったのである。

ここで注意しなければならないのは、ノーノはファクシミリを見て、そこから読み取れる空白や断片を、つまり視覚的な空白を音楽に移すというような意味で作曲しようとしたのではないということである。《断章―静寂、ディオティーマに》には、五六の詩句（その内五回は一八〇六年の作とされている『遠くから *Wenn aus der Ferne*』の一節、「そのことを、しかしあなたが知ることはない **Das weisst aber du nicht**」が用いられているが（二〇九頁の表1を参照されたい）、その詩句は断章とは限らず、時期的には一七九六年作の『ディオティーマ *Diotima*』から一八〇六年の『遠くから』に至るまでの作品であり、またジャンルも詩に限らず、『ヒュペーリオン』や『結婚前のエミーリエ *Emilie vor ihrem Brauttag*』からも詩句が選択されている。さらに、この楽曲で使用された詩句が収められているFHAの四／五巻（一九八四年）、七／八巻（二〇〇〇年）、九巻（一九八三年）、そして一〇／一一巻（一九八二年）は全て一九八〇年代に出版されており、ノーノが引用した詩句の手稿を見た可能性は極めて低い。一九七九年から一九八〇年までに公刊されたFHAは、手引き（一九七五年）、第六巻（一九七六年）、第三巻（一九七七年）、第二巻（一九七八年）、第一四巻（一九七九年）であり、ノーノが強く影響を受け、「読み、研究した」[21]のは、引用するべき詩の詩句そのものではなく、ヘルダーリンがどのように世界に触れ、ヘルダーリンの詩はどのように生成されるのかという詩作のあり方だったのである。つまり、ノーノはヘルダーリンの手稿に触れ、ヘルダーリンの詩作行為が「おと」を聴くことであったことを読み取り、自身の新たな作曲技法のあり方を見出したということなのである。その時、ノーノにとって六〇年代から愛好していたヘルダーリンの詩は、それまでと異なる相貌を見せたに違いない。その結果ノーノが選択した詩句は「断片」ではなく、ヘルダーリンの手稿を研究することで理解したヘルダーリンの「空間性 **Räumlichkeit**」（Wagner 2003: 161）を有しているものであった。この「空間性」とは、言葉の意味や背景ではなく、その言葉を読むときに、その言葉が言葉として成就する前の空間とでもいうべきものを感じさせるということであると考えられ、本論の第Ⅲ章を通じて明らかになった「おと」と言ってもよいものである。空間性を有していると感じる詩を通してノーノはヘルダーリンの詩作の在り様を感じ取り、それぞれの詩句が有している空間性を音楽化したのである。《断章―静寂、ディオティーマに》の初演後のパネル・ディスカッションの場で以下のように述べている（ebd.）。

> わたしは、かれ〔ヘルダーリン〕の断片的な詩ではなく、この空間性を持っている晩年の詩を用いました。これらの詩を通じて、わたしはかれがいかに強く（中略）傾聴していた（zugehört）かを理解しました。『春 *Der Frühling*』、『冬 *Der Winter*』、『秋 *Der Herbst*』、『夏 *Der Sommer*』といった詩を読めば、かれがいかに自然や、人間や生を傾聴していた（zugehört）かがわかります。

ノーノは、ヘルダーリンの詩を通してヘルダーリンの詩作がまさに「おと」を聴く行為であることを理解したのである。そして、ノーノ自身は「空間性」と呼んでいる詩行から感じ取るものは、エッゲブレヒトにとっての「おと」と言われるものであると考えることができ、ヘルダーリンにとっては、「情調」や「音」と表現される「おと」なのである。

《断章―静寂、ディオティーマに》の楽譜の冒頭には、ノーノによる覚書がある。そこには、スコアに書き込まれたヘルダーリンの詩の断片は、「演奏中に決して朗読されるべきではなく、決して演奏のために自然主義的なプログラム的なヒントとして理解されてはならない」が、「思考は、多様な瞬間において、他の方法で可能性を再発見するために、異なる空間や天空からの沈黙する《歌》である」と書かれている。ここで、ノーノがヘルダーリンの「沈黙する《歌》」を音楽化する際に、弦楽四重奏という編成を選択したことにもう一つの意味が出てくる。弦楽四重奏は、言うまでもなく四つの弦楽器によって演奏される。つまり、四つの声（部）でありながら、言葉を発することはなく、また同じ弦楽器でありながら音域や音色に差異があるがために同じ音でありながら多様となる。そう考えるならば、ノーノがこのヘルダーリンの詩の音楽化にあたって弦楽四重奏の編成を選択したことには、委嘱の経緯や要望に応えるためという以上に本質的な意味がある。四つの身体から発せられる様々な声によって、ヘルダーリンの詩句は、言い表されることはなく、演奏者はその「言葉」を理解するもしくはその「言葉」を音楽で表現するのでもない。そうではなく、ノーノによって「空間性」と言われている詩句を通じて感じ取るもの、それはヘルダーリンによって「情調」と言われている空間と考えることもできるが、そこに鳴り響く「おと」を演奏の瞬間に感受し、その「おと」を楽音化するということなのである。まさに、ノーノにとってヘルダーリンの詩を音楽化するということは、ヘルダーリンの詩を通じて、「音を聴く」というヘルダーリンの詩作行為に触れ、その「おと」を音楽化しようとしたものであることがわかる。演奏者は、ヘルダーリンの詩句を読むことによって、その詩句が有している「空間性」を表現しようとし、聴取者は、楽音となった音を聴き、言葉そのものではなく、ノーノによって「空間性」と表現されている「告知されない」言葉を突き抜けて達する「おと」を聴くということである。

《断章―静寂、ディオティーマに》に関する詳細な分析はすでに試みられている[22]。そこで、本論ではそれらの先行研究を踏まえた上で、特にいかにしてノーノは「おと」を表現しようとしているのか、ということに注目してみたい。

この作品は、練習番号に相当するような[1]から[52]という数字で区切られている。この区切りは、必ずしもヘルダーリンの詩句の引用箇所とは限らないが[23]、音楽上の区切りであると同時にいずれかの声部に音があるかもしくは拍子記号があるなど、演奏に際して意思疎通が円滑に行われるための配慮とも言える。[1]から[11]までと、[48]には、拍子記号もなく、またきちんとした小節線もない。ただし、区切れとなるような縦線や二重縦線はあるものの、全声部を通しているものでなく、[12]から[47]、および[49]から[52]に見られる小節線とは異なる。一方、[12]から[47]、および[49]から[52]には、拍子記号が明記され、四分の五拍子、四分の四拍子、四分の三拍子、四分の二拍子と四分音符を基本とする拍子が用いられ、拍節が規定されている。厳密な意味での小節線がない11までもメトロノーム記号により、基本となる四分音符の速度は指定されている。7までは、♩=36、♩=72のテンポが規則的に繰り返され、8では♩=112がさらに加わり、三つのテンポが交替していく。9では、それぞれの声部に異なるテンポが指定されている。12からは、拍子記号が書かれ小節線で区切られテンポの変化もより明確となっている。11までは、四分音符の歩み自体に速度の変化が繰り返されるものの拍節化されていないために緩やかな連結となっているが、12以降は、拍節が明確になり分節化されているとも言える。さらに♩=132、♩=30、♩=60、𝅗𝅥=120、♩=46、♩=92、♩=52、♩=44、♩=88、♩=66というように全曲を通じて微細なテンポの変化を厳密に指示している。例えば、25【譜例1】は、九小節からなるが、最初の小節は四分の二拍子、♩=72、二小節目には四分の三拍子、♩=66となり三小節目で♩=72、「accel.（だんだん速く）」してゆき、四小節目では♩=112になるものの、小節線上にはフェルマータが書かれ五小節目は♩=72となる。六小節目は♩=60で再度「accel.」となるが、ふたたび小節線上にフェルマータが書かれ、「accel.」で速度が速められ、さらにその動きがせき止められる。そして続く七小節目は♩=30となり、八小節目は𝅗𝅥=120であるが、再度小節線上のフェルマータで動きは分断され九小節目は、♩=30でヴィオラ・パートとチェロ・パートによるフラウタート（笛の音のような=弓の弾く位置を指板に近い方で弾く）と指示された音が一八秒から二一秒と時間を指定されさらに「無限に!?（endlos!?）」と書き込まれている。毎小節異なるテンポが指定されておりさらに四小節目と九小節目はそれぞれ四分音符一拍分しかない、といったように異なる拍節感の差異も厳密に指定していることがわかる。

　微細な差異を厳密化しようとしていることは、奏法にも言える。例えば、冒頭部分を見てみよう【譜例2】。第一

【譜例1】ノーノ：《断章―静寂、ディオティーマに》25

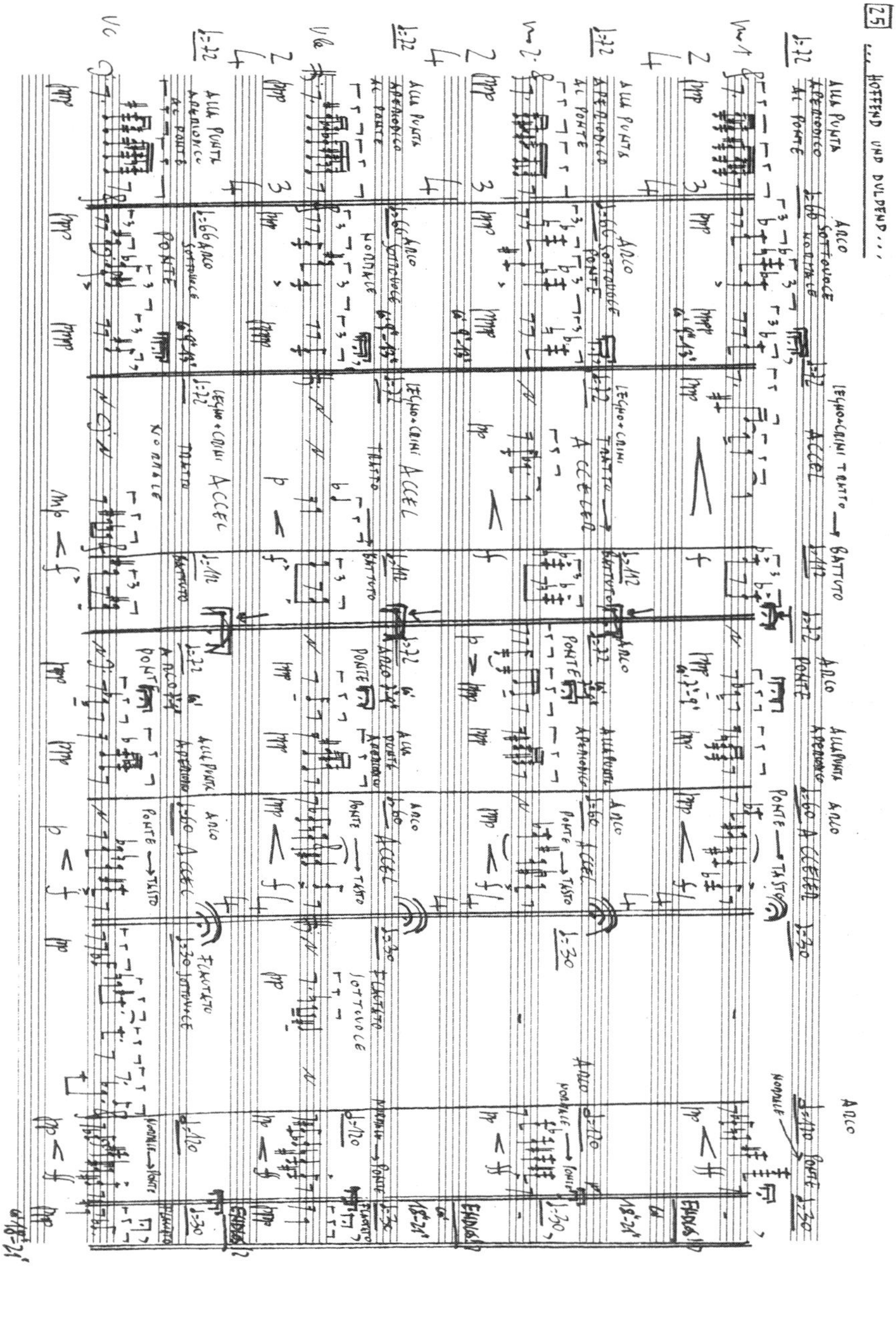
25
... HOFFEND UND DULDEND ...
Vn 1
Vn 2
Vla
Vc
ARCO
SOTTOVOCE
NORMALE
ALLA PUNTA
ARMONICO
AL PONTE
PONTE
LEGNO + CRINI
TRATTO
BATTUTO
ACCEL
TASTO
FLAUTATO
FADING

【譜例2】ノーノ：《断章—静寂、ディオティーマに》冒頭部

【譜例1】【譜例2】

Fragmente – Stille, an Diotima

Music by Luigi Nono

ヴァイオリンは、二点嬰ハ音、二点変ホ音をフラウタート、次の二点イ音はフラジオレット（駒と上駒の中間で奏し、笛のような音が出る）であり、第二ヴァイオリンは、同じ二点嬰ハ音、二点変ホ音を第一ヴァイオリンよりも五連符の一六分音符一つ分早く「駒の近くで弦を叩いて（arco battuto al ponte）」演奏し、ヴィオラは、第一ヴァイオリンのフラジオレットの二点イ音と同じフラジオレットであるが、楽器が異なるために音色には微細な差異が生まれる。さらにそのあと四つの楽器は同時に一点嬰ト音を奏するが、第一ヴァイオリンは通常の奏法、第二ヴァイオリンは弓身で、ヴィオラは駒の近くを弓身で奏し、チェロは、「弓身を打ちつけて（legno battuto）」と指示されている。

ほかにも同じフラウタートでも駒の近くか、駒の上か、フレット上なのか、また弓の先端で弾くのかなど厳密な指示が書き込まれている。楽譜上は同じ音でも四つの異なる音となり、さらに四分音も用いられていることから、ノーノは極めて微細な音色の差異を意識的に作り出していることがわかる。このような多彩な奏法からもたらされる多彩な音響は、異なる音響空間を同時に作り出すことに成功している。通常の弓で奏される音と、弓身で奏される音は同じ音であっても異なる響きであり、さらにフラウタートやフラジオレットで奏される音は音の実体が希薄であり浮遊感を感じさせるため、通常奏法で奏される音とは異なる音響空間を作り出す。このようにして、異なる次元が同時に起こり重ねられていくような思考の特徴を、様々な音響空間を同時に重ねることによって表現しようとしたのだと言える。それは、ヘルダーリンはいかにして「おと」を聴こうとしていたかということを、ノーノがヘルダーリンの手稿を通じて学んだことなのである。

さらに、タイトルにも掲げられているこの楽曲における「静寂」もノーノがヘルダーリンの詩作から学び自身の作曲行為に生かそうとしたことだと言える。この楽曲において「静寂」とは何であろうか。まず、ヘルダーリンの詩句は語られることがない。演奏者の内面へとは鳴り響くが「内面で歌う（innerig singen）[24]」のみで言い表される＝

［図1］ノーノ：《断章—静寂、ディオティーマに》前書き

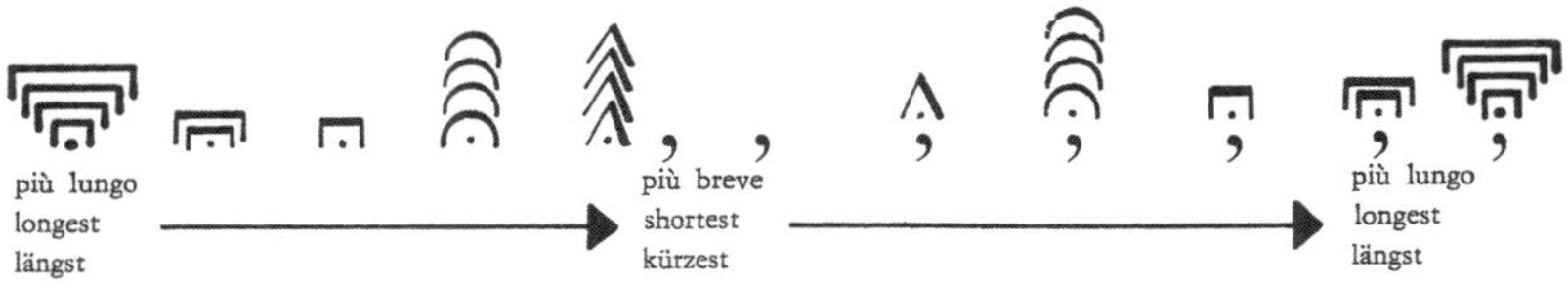

Fragmente – Stille, an Diotima

音となることはない。演奏者も聴取者も音となることはない詩句を通じて「おと」を聴くのである。さらに、楽音自体がない＝無音である静寂もこの楽曲を特徴づけるものである。

　この楽曲において無音は、休符（無音Aとする）、詳細に段階づけられた[25]中間休止（𝄐）（無音Bとする）、および「響くのに任せて（al niente）」と書き込まれている箇所での響きが衰退した結果に至る無音（無音Cとする）の三種類である。無音Aは音符と同じく拍子記号やメトロノーム記号で指定された音価（休価）を持つ音楽の流れの中にある時間である。それゆえその無音の瞬間にも規定された時間が流れている。あくまでも楽曲の流動の中にある無音の状態なのである。それに対して、無音Bは音楽の流動を唐突に断ち切るものである。ノーノはこうした無音状態である中間休止に六段階つけている［図1］。

　つまり、音楽の流動を断ち切り無音にする状態の長さを六段階で規定しているということである。一瞬せき止められた無音から極めて高い緊張を強いられた断絶状態にある無音に至るまでの異なる「止まっている」時間を作り出しているということである。さらに無音Cは、鳴り響く音が衰退した結果である無音状態であり、もはや実体のない音としての無音である。では、この三種類の静寂はどのように違うのであろうか。

　まず、無音Aは音楽の流動の内にある無音であり構成された時間である。例えば♩＝60と指定された箇所で四分休符があるならば、それは一秒間無音という音楽

の時間が経過するということであり、音楽の流動は変わらない。それに対して、無音Bは音楽の流動を止め、そのせき止められる時間の長さも仮にノーノによって六段階に指定されているとしても、楽曲の構成の中に組み込むことができない時間であるために緊張を強いられる無音である。そして、無音Cは、音の実体を聴き続けていく結果実体のない音として訪れる無音であり、かすかに鳴り響く→鳴りやむというプロセスを聴くという時間経験である。この無音は余韻としてもたらされた無音であり、中間休止とは対照的に弛緩していく無音と言ってもいいだろう。

このように無音A、B、Cと様々な静寂を実現させているが、「静寂を聴く」という意味では共通している。つまり、音楽の流動の中に組み込まれた無音A、どの瞬間に次なる楽音が生み出されるのかと緊張感を持って聴取される無音B、そして音の余韻として聴取される無音Cにしてもあくまでも無音は音のない音として聴取される。そういった意味において、ケージが《四分三三秒》[26]に代表されるような作品の中で目指した無音とは対極にあると言える。ケージが楽曲の中で楽音が鳴らない無音の状態を作り出すことによって目指したことは、いかに世界は音に溢れているのかということであり、楽音と非楽音の間にあった境界をなくすということである。楽音が一つも鳴らない時間の中で、演奏者や聴衆の息遣いや衣擦れの音、プログラムの紙の音や会場外から聴こえてくる音など全ての音が、楽音が鳴らないことによって意識されるようになる。ケージはそれまでは音楽外の音として排除されてきたそのような全ての音が音楽内の音であることを意識させようとしたのである。つまり、具体的な楽器や声の音が鳴らないことによって、それ以外の全ての音を聴くということである。そして、その時間経過の中にある秩序付けられていない様々な音が音楽作品を形成しているということである。

それに対して、《断章―静寂、ディオティーマに》でノーノが目指したことは、楽音として「鳴る音」に挿入される「鳴らない音」である。「鳴る音」と同じく時間の経過に組み込まれた無音A、時間経過が断ち切られ、いわば真空状態にある無音B、「鳴る音」の結果である無音C共に、「鳴る音」に対しての「鳴らない音」、まさに無音そのものを聴くということである。ケージの静寂が聴取する音の可能性を広げていくものであるとするならば、ノーノの静寂は無音であること自体に集中していくと言える。そして、音としての具体性を持たない無音そのものに、音となってしまった途端にある音として限定されてしまうよりはるかに豊かな「鳴らない音」が響く瞬間を作り出しているのである。ノーノは、そのような三種類の「鳴らない音」をさらに六種の長さ、そして「六秒から九秒」8、一五秒から二〇秒かけて無音に達した後に全体となる 27 の二小節目から三小節目）、小節線上に書かれ、さらに一〇秒から一三秒と指定された無音B 31 の最後、および 32 の三小節目から四小節目にかけて）など、「鳴らない音」を精緻に作曲している。

　では、言い表されることのないヘルダーリンの詩句と音楽の関係はどのようになっているだろうか。ノーノは様々な詩や『ヒュペーリオン』から断片を抜き出して、それを編成している。特徴的なことは、楽譜に書き込まれた断片は、全て言葉の前後に「…」が書き込まれており、その言葉に至る瞬間、またその言葉の余韻に意識的な空間が書き込まれていることである。それは、意識的に言葉に至るまでと言葉の後に静寂が組み込まれているとも言える。それでは、ほかには詩句と音楽との関係に何か特徴的なことはあるだろうか。この楽曲で用いられている詩句の内、複数回書き込まれているのは、「… WENN IN REICHER STILLE…（……豊かな静寂の中では……）」と「…DAS/ WEISST DU ABER NICHT,…（……そのことを／　しかしあなたは知ることはない、……）」の二つである。それぞれの箇所に何か言葉と音楽の特徴的な関係を見出すことはできるだろうか。

　まず、詩句に「静寂」が含まれる箇所を見てみよう。「… WENN IN REICHER STILLE…（……豊かな静寂の中では……）」という詩句は二箇所 18、20 で用いられている。18 では、第一ヴァイオリンが四点ニ音を保持し、ほかの三声部は五連符が組み合わされた微細なパッセージが「*pppp*（極めて弱く）」と指示された弱音に収束されそのまま中間休止、そして全休符となる。第一ヴァイオリンはほかの三声部が全休符となると同じ高音をさらにフラジオレットで奏するようになっており、微細なパッセージが収束し、「*pppp*」と指示されたフラジオレットの高音のみがかすかに響く音響によって「豊かな静寂」が実現している。そして、四声部ともフラジオレットのみによる音響で四分音符、八分音符、一六分音符が付点や三連符、五連符、七連符などに分割され極めて微細な音響を形作っている。この微細な音響が鳴り響くことによって、しかし全てフラジオレット、すなわち奏している音の倍音という音の実体がない音によって、「静寂」が表現されていると考えられる。[20]では、その一小節前（⑲の第二小節）が「…UND LAUT…（……そして大きく／公然と……）」となっており、第一ヴァイオリンと第二ヴァイオリンは上行形、ヴィオラとチェロは下行形で一気にクレッシェンドし「*ff*（とても強く）」に至る。五オクターブを超える高音域で響く「*ff*」の和音が奏された後、全パートとも八分休符となり、[20]に至る。大音響の後に、「*ppp*（非常に弱く）」でフラジオレットの音がかすかに鳴る（第一ヴァイオリンとヴィオラのみ）というコントラストによって、「豊かな静寂」が表現されており、「大きく」→「静寂」という詩句に瞬間的に対応している。その後、[18]と同じように全ての音がフラジオレットで微細に分割されたパッセージが続き休符に至る。[18]も[20]も（休符か中間休止かの差異はあるにしても）静寂の後にフラジオレットの音のみによるパッセージが続くということは共通であり、言葉で書かれた「豊かな静寂」に対応しており、無音と微細なリズムによるゆらめきと、フラジオレットによって確固たる存在が確定されえない「音」に耳を澄ますことによって、「静寂」が表現されている。

　ほかにも「…IN STILLER EWIGER KLARHEIT…（……静寂なる永遠の明晰さ……）」[22]、「…EINE STILLE FREUDE MIR…（……わたしには、ある静かな喜びが……）」[51]と「still」という語がある箇所ではフラジオレットが多用されており、確固たる存在が確定されえない「音」によって、「静寂」を構造化しようとしていることがわかる。それに対して「leise（かすかな）」[30]、[40]、「stumm（黙音の）」[41]、という語が用いられる箇所では、このようなフラジオレットの多用は見られない。

次に、「...DAS/ WEISST DU ABER NICHT,...（……そのことを／しかしあなたは知ることはない、……）」という詩句を取り上げる。「...DAS/ WEISST DU ABER NICHT,...」は、五箇所㉞、㊱、㊳、㊸、㊺で用いられている。まず、34の前の小節で、「***pp***（とても弱く）」から「***mf***（半分の強さで）」へとクレッシェンドし、全パート共に休符が置かれ、34に入っても「楽音」がない静寂のあと「SOTTO VOCE（ひそひそ声で）」、「MIT INNIGSTER EMPFINDUNG（最も親密なる情感を持って）」と指示され、「***pp***」で四声部は同じリズムで断片的な和音を奏した後、そのまま「AL NIENTE（響くままに／無に至るまで）」と書かれて音が消えゆくのに任せていく。ここでは、休符が（詩句におけるダッシュのように）思いをめぐらすような思考の瞬間の効果を持ち、その結果奏される響きはつぶやくような（ひそひそ声で）響きであり、「そのことをあなたは知らない、」という詩句を、心のこもった心情で（最も親密なる情感を持って）演奏する。同じ詩句が書き込まれているほかの四箇所を見ると、休符の後に詩句のある箇所が始まるのは、43以外共通であり、詩句の終わりが「AL NIENTE」となり音が消えゆくように作曲されているのは、45以外共通である。また、旋律は45（最後にこの詩句が登場する箇所）では、高音と低音の和音が交互に出てくるというようになっているが、36、38、43の旋律は、34のヴァリアントとみなすことができ有機的につなげられている。休符から入ることや、響きのテクスチュアが相似しているため、同一ではなくとも前のパッセージが思い起こされる。それはあたかも「そのことを、しかしあなたは知らない」という同じ言葉がその前後の言葉の文脈によって、変容していくかのような効果がある。つまり、言葉の持つ「あなたは知らない」という意味ではなく、この言葉が持つ「空間性」を音楽化し、またその「空間性」が変容していくということなのである。

さらに、ノーノがヘルダーリンの手稿から「学び、研究し」、この作品に活かしていると指摘できる点がある。それは、33から49までに行われていることである。ここでノーノは（A）、（B）…、（I）、（II）…、（α）（β）…、1）、2）…という四種類のつながりを創り出しているのである（二〇九頁表1参照）。これは、あたかもいくつかの詩の断片や、複数の言語が同時に書き込まれていたり、言葉の上に異なる言葉を重ねているような複数の時間を同時に生み出しているようなヘルダーリンの手稿を音楽でも実現しようとしたと考えられるのである。例えば、ローマ字のアルファベットが付けられた詩句を並べると、

（A）EINE WELT JEDER VON EUCH（一つの世界　あなたがたのそれぞれが）／（B）WIE GERN WÜRD ICH（なんとわたしは喜んで）／（C）UNTER EUCH WOHNEN（あなた方のもとで暮らしたいことか）／（D）IHR,... HERRLICHEN（あなた方は、……壮麗なるもの）／（E）DEN RAUM（空間を）／（F）IN FREIEM BUNDE（束縛のない結束の内に）

となり、全て『樫の木 *Die Eichbäume*』という詩から採られたものであることがわかり、つなげてみると意味が通る詩句であることがわかる。ノーノはこの詩句に記号を付けることによって、一つのつながりであることを示唆した上で、各詩句の間に「…DAS WEISST ABER DU NICHT,…」が書き込まれた小節を挿入し、各詩句を断片化すると共に二つの次元を同時に作り出しているのである。音楽的にも二つの異なる次元を作り出そうとしていることはよくわかる。先に考察したように「…DAS WEISST ABER DU NICHT,…」が書き込まれた箇所は、全て「ひそひそ声で」、「最も親密なる情感を持って」演奏されるが、（A）から（F）までの『樫の木』の断片は、フォルテやフォルテッシモが優勢であり、デュナーミックやテンポの変化も著しく、四つの楽器がしばしばユニゾンで奏されるためテクスチュアも厚くなっており、音響的にも異なる二つの次元が作り出されているのである。

　ローマ数字が付けられた詩句とギリシャ文字が付けられた詩句との関係は、ローマ字と「あなたは知らない」の詩句との関係に相似しているが、1)、2)、3)と数字付けされた詩句 44、47、49 は、それぞれが異なる詩の一節

であり、また間に挿入される詩句もばらばらである。音楽的にも相似しているというより、むしろフラウタート、ユニゾンの動き、デュナーミックや音程の変化といった意味で、断片的にそこまでに用いられた手法が使われており、ある程度関係づけられたパッセージが断片的に表れることによって、複数の次元が表現されていると考えられる。

具体的な作曲技法としては、無音A、B、Cを多彩に組み合わせることと、微細なパッセージや「*pppp*」と指示されるような繊細な響きが消え行くことによって、「静寂」が音楽化されていることが特徴的である。また、ノーノがヘルダーリンの手稿から学び取った、いくつかの次元が同時に混在しえることは、一つの思考としてつながりのある詩句をばらばらにし、別の詩句を挿入するという手法で音楽的に実現している。さらに、同じ音でも四つの技法で奏される響きの繊細な差異や、フラウタートやフラジオレットの奏法を用いることによって生まれる異質な響き、そして三連符、五連符、七連符といった複雑なリズムを組み合わせることによって生まれるゆらめきは、多層からなる音響空間を作り出し、ヘルダーリンの詩作行為を音楽化しているのである。

ノーノは、ヘルダーリンの手稿に出会いその手稿を研究することによって、ヘルダーリンの詩作行為が「おと」を聴くことであったことを理解し、その「おと」である「空間性」を感じ取れる詩を選択し、その「空間性」を音楽化している。ノーノは、詩句の意味内容ではなく、その詩句を通して達することができる「空間性」を、「おと」として感じ取っていたのである。

言葉と音楽の関係を見ても、ノーノが作曲しようとしたのは、言葉の意味内容をそのまま音楽化しようとすることではなく、詩句にある「おと」を音楽の音でシステム化しようとしていることが明らかになる。そのような意味でこの作品は、ヘルダーリンの詩の本来的な音楽化の代表作と言えるのである。

[表 1]　ノーノによって使用されたヘルダーリンの詩の引用の詳細

番号 頁	用いられている断片	出　典	詩作年 KAの頁	付　記
[1] 1	GEHEIMERE WELT	Götter wandelten einst（v. 12）	1799 S. 215	
[2]				
[3] 2	ALLEIN	An Diotima（v. 2）	1797 S. 193	
[4]				
[5] 3	SELIGES ANGESICHT	Wohl geh ich täglich（v. 8）	1800 S. 234	
[6]				
[7]				
[8] 4	WENN AUS DER TIEFE	Der Frühling（v. 1）	1843 S. 475	
[9]				
[10] 5	DIE SELIGEN AUGEN	Hyperions Schicksals-lied（v. 13）	1798 S. 207	
[11] 6	INS TIEFSTE HERZ	Diotima（v. 97/ ältere），（v. 77/ mittlere）	1796 S. 174, 177	Ältere Fassung, mittlere Fassung 共に 81 行ではない
[12]				
[13] 7				

14	8	MIT DEINEM STRAHLE	Diotima（v. 57/ ältere F.),（v. 43/ mittlere F.）	1796 S. 173, 176	詩行から見ると、ノーノが見たのは mittlere Fassung
15					
16	9	WENN AUS DER FERNE	Wenn aus der Ferne（v. 1）	1806/ 1811 S. 451	
16		AUS DEM ÄTHER	Der Jüngling an den klugen Ratgeber（v. 20）	1797 S. 190	ノーノの引用では、定冠詞 Der がない
17	10				
18	11	WENN IN REICHER STILLE	Diotima（v. 105/ ältere F.),（v. 81/ mittlere F.）	1796 S. 174, 177	
19	12	WENN IN EINEM BLICK	Diotima（v. 106/ ältere F.),（v. 82/ mittlere F.）	1796 S. 174, 177	
		UND LAUT	Diotima（v. 106/ ältere F.),（v. 82/ mittlere F.）	1796 S. 174, 177	
20		WENN IN REICHER STILLE	Diotima（v. 105/ ältere F.),（v. 81/ mittlere F.）	1796 S. 174, 177	
21	13	TIEF IN DEINE WOGEN	Diotima（v. 115/ mittlere F.）	1796 S. 178	KA では Woge、MA では Woogen
22		IN STILLER EWIGER KLARHEIT	Hyperions Schicksals-lied（v. 14/ 15）	1798 S. 207	
23	14	IN HEIMATLICHEN MEERE	Der Jüngling an die klugen Ratgeber（v. 8）	1797 S. 189	
24	15	RUHT	Der Jüngling an die klugen Ratgeber（v. 8）	1797 S. 189	
25	16	HOFFEND UND DULDEND	Götter wandelten einst（v. 16）	1799 S. 215	
26	17	HERAUS IN LUFT UND LICHT	Diotima（v. 6/ ältere F.),（v. 6/ mittlere F.）	1796 S. 172, 175	

27 18	DENN NIE	Lebenslauf（v. 9/ spätere F.）	1799 S. 247	
28	WIE SO ANDERS	Diotima（v. 9/ mittlere F.）	1796 S. 175	
29 19				
30	IN LEISER LUST	Diotima（v. 29/ mittlere F.）	1796 S. 176	
31 20	ICH SOLLTE RUHN?	Der Jüngling an die klugen Ratgeber（v. 1）	1797 S. 189	
32 21	INS WEITE VERFLIEGEND	An einen Baum（v. 13）	1797（?） S. 371	ノイファーの手による稿 Und in ewigen Bahnen...
32	EINSAM... FREMD SIE, DIE ATHE-NERIN	An ihren Genius（v. 4）	1798 S. 198	
33 22	STAUNEND	Der Abschied（v. 33/ erste und zweite F.）	1800 S. 249, 250	
33	EINE WELT JEDER VON EUCH（A）	Die Eichbäume（v. 12）	1796 S. 182	
34	DAS/ WEISST ABER DU NICHT,	Wenn aus der Ferne（v. 50/ 51）	1806/ 1811 S. 453	
35 23	WIE GERN WÜRD ICH（B）	Die Eichbäume（v. 17）	1796 S. 182	
36	DAS/ WEISST ABER DU NICHT	Wenn aus der Ferne（v. 50/ 51）	1806/ 1811 S. 453	
37 24	UNTER EUCH WOHNEN（C）	Die Eichbäume（v. 17）	1796 S. 182	
37	IHR, HERRLICHEN!（D）	Die Eichbäume（v. 4）	1796 S. 181	
38	DAS/ WEISST ABER DU NICHT,	Wenn aus der Ferne（v. 50/ 51）	1806/ 1811 S. 453	

39 25	DEN RAUM（E）	Die Eichbäume（v. 10）	1796 S. 182	
39	IN FREIEM BUNDE（F）	Die Eichbäume（v. 13）	1796 S. 182	
39	VERSCHWENDE（I）	Emilie vor ihrem Brauttag（v. 17）	1799 S. 581	KA 第 2 巻所収
40 26	LEISER（α）	Diotima（v. 29）	1796 S. 176	
40	DIE SEELE（II）	Emilie vor ihrem Brauttag（v. 18）	1799 S. 581	KA 第 2 巻所収
40	UMSONST!	Der Jüngling an die klugen Ratgeber（v. 1）	1797 S. 191	
40	AN DIE LÜFTE,（III）	Emilie vor ihrem Brauttag（v. 18）	1799 S. 581	KA 第 2 巻所収
40	MAI（β）	Diotima（v.30/ mittlere F.），（v.22/ jüngere F.）	1796 S. 176, 179	
41	SCHATTEN STUMMES REICH,	Diotima（v. 40/ mittlere F.）	1796 S. 176	
42 27	SÄUSELTE（γ）	Diotima（v. 40/ ältere F.），（v. 31/ mittlere F.），（v. 23/ jüngere F.）	1796 S. 173,176,179	
43	DAS/ WEISST ABER DU NICHT	Wenn aus der Ferne（v. 50/ 51）	1806/ 1811 S. 453	
44 28	WOHL ANDERE PFADE, 1）	Wohl geh' ich täglich	1800 S. 234	楽譜冒頭の引用箇所一覧には表記なし
45	DAS/ WEISST ABER DU NICHT	Wenn aus der Ferne（v. 50/ 51）	1806/ 1811 S. 453	
46 29	WENN IN DIE FERNE	Die Aussicht（v. 1）	1843 S. 476	楽譜冒頭の引用箇所一覧には表記なし
47 30	DEM TÄGLICHEN GEHÖR ICH NICHT, 2）	Emilie vor ihrem Brauttag（v. 284）	1799 S. 589	KA 第 2 巻所収

48 31	WENN ICH TRAUERND VERSANK,	Ihre Genesung（v. 14）	1800 S. 248	
48	DAS ZWEIFELNDE HAUPT	Ihre Genesung（v. 14, 15）	1800 S. 248	
49 32	WO HINAUF DIE FREUDE FLIEHT 3）	Diotima（v. 58/ mittlere F.），（v. 42/ jüngere F.）	1796 S. 177, 180	
50 33	ZUM ÄTHER HINAUF	Götter wandelten einst（v. 14）	1799 S. 215	
50	IM GRUNDE DES MEERES	Hyperion an Diotima（Hyperion : 2. Band/ 1. Buch）	1799 S. 132	楽譜冒頭の引用箇所一覧には表記なし。Allwardt の表記も厳密ではない
51	AN NECKARS FRIEDLICHSCH-ÖNEN UFERN	Emilie vor ihrem Brauttag（v. 168）	1799 S. 586	KA 第 2 巻所収
51	EINE STILLE FREUDE MIR	ebd.（v. 169）	ebd.	
51	WIEDER	ebd.（v. 170）	ebd.	
52				

（筆者作表）

v. : Vers（詩行）
F. : Fassung（稿）
＊なお、詩句のコンマ（,）や感嘆符（!）の有無については、ノーノが楽譜に記入した通りにしてある。

第四節　ヘルダーリンの詩の音楽化の試み／ライマン

ライマン（Aribert Reimann 1936-）は、二〇／二一世紀におけるドイツを代表する作曲家の一人である。世代的には、ノーノ（一九二四年生）、ブーレーズ（一九二五年生）、シュトックハウゼン（一九二五年生）より一世代遅く、リーム（一九五二年生）よりも一世代早い。一九五六年にベルリン音楽大学（現ベルリン芸術総合大学）の作曲科の学生となり、早い時期からダルムシュタット現代音楽祭でノーノ、シュトックハウゼン、ブーレーズといった前衛音楽に触れるものの、エリート主義的な「現代音楽」には馴染めず、一貫してかれらと一線を画している。いかにセリー主義的な手法を用いようと、かれの旋律の特徴である自然な旋律線とはかけ離れたメリスマティックな旋律をいかに駆使しようと、ライマンが目指すのはあくまでコンサート会場や劇場で演奏される「人々のための音楽」であり、「現代音楽のエリート」のための音楽ではないのである。事実ライマンの作品は、前衛音楽の聖地である「ダルムシュタット現代音楽祭」や「ドナウ・エッシンゲン音楽祭」では一度たりとも演奏されていないが、一方でオペラ《リア》（一九七八年）が現代オペラとしては稀にみるほど盛んに再演が続けられていることからもわかるように二〇／二一世紀の聴衆に認められている作曲家なのである。[27]

かれの作品は、圧倒的に声楽作品が多い。《リア》をはじめ最新のオペラ作品《見えざる者 *L'invisible*》[28]（二〇一七年）に至るまで、オペラは九作あるほか、歌曲はピアノ歌曲だけみても四〇曲以上、声楽を含む器楽曲は三〇曲ある。一〇歳の時にワイルのオペラ《イエスマン》で主役を務めたことが、かれの「音楽家人生にとって決定的なこと」（ライマン）であった。二か月におよぶ稽古期間に多くの歌手たちから学び、またオペラの現場を体験することにより「いつかどのような形にしてもここへ戻ってくる」（ライマン）と確信したことが、かれにとってはオペラの作曲につながり、またこの稽古期間中に歌曲の作曲を始めたことが、作曲家としての原点となった。アルト歌手でありベルリン芸術大学で教鞭をとっていた母のクラスで伴奏者を務めたことも歌曲と歌手を深く知る経験となった。ライマンは、本格的な作曲活動に入った後も、ベルリン・ドイツオペラのコレペティトゥールを務め、長らくD・フィッシャー＝ディースカウをはじめとする二〇世紀の著名な歌手の共演ピアニストでもあった。そうした側面が作曲家・ライマンの特徴となっている。

ライマンが取り組む詩には、一つの傾向がある。一九世紀以降最も多く音楽化されてきた詩人の一人であるゲーテの詩は、「音楽が入り込む余地がない」[29]ものであるのに対し、音楽化が困難であると考えられてきたツェランやヘルダーリンの詩は、積極的に取り組む対象なのである。ゲオルギアーデス的な見方からすると、ゲーテの詩は音楽の構造化の余地を与えているのに対し、ヘルダーリンの詩はくまなく構造化されているがゆえ音楽化の余地はないということになるが、ライマンにとってはまさに逆転している。ライマンの語るところに耳を傾けてみよう。[30]

詩を音楽化する際には、常に「なぜ自分はこの詩の中へ音楽と共に入り込もうとするのか」という問いかけに対する理由があるはずであり、ライマンにとって詩を音楽化することは、まず向き合う詩の「ある時は一つの言葉、ある時は一つの詩行」の背後の雰囲気（Atmosphäre）を「聴く」ことである。「雰囲気を聴く」ということは、「言葉のうしろにある響きの世界（Klangwelt）」を聴くことだとも言われており、「詩行の言葉そのものの響き」といった具体的な音ではない。ヘルダーリンが「音」や「情調」と言い、エッゲブレヒトが「おと」と表現する「おと」をやはり聴覚的な行為で感受していることを示している。シェーンベルクが詩の「冒頭の響き」に聴きとろうとしたのは、「言葉の母音や子音の連なり」から聴き取る（具体的な）響きであったが、ライマンが聴き取るのは、「言葉のうしろにある響きの世界」である。つまり、ガイアーが捉えるヘルダーリンのように、「緊張状態」を「音」として把握するという意味での「おと」を聴く行為だと言える。そして、その「響きの世界」を楽音で組織化することがライマンにとっての詩の音楽化なのである。すなわち、ヘルダーリンの詩作行為が、「おと」を聴き、言葉にすることであるならば、ライマンは、詩の「ある時は一つの言葉、ある時は一つの詩行」を通じて「おと」に至り、その「おと」を自らの音楽語法を用いて音楽化する。その「おと」はゲオルギアーデス的な「母なることば」でもなく、エッゲブレヒト的な詩を貫く何等かの意味に収まるような「おと」でもなく、「鳴らない音」である「響きの世界」だということである。勿論、ライマンが聴き取る「響きの世界」が、ヘルダーリンの「おと」と同じであるかどうかは、個別に検証すべき問題であるにしても、ヘルダーリンの詩作行為と、その詩の背後にある「響きの世界を聴く」ライマンの詩の音楽化行為が向かおうとする先は同じなのである。ライマンの「おと」を聴き、音楽化しようとする態度はすでに一九六三年に作曲されたソプラノとオーケストラのための《ヘルダーリン＝断章 *Hölderlin-Fragmente*》の初演の際（一九六五年一月二九日）の言説[31]にも表れている。ライマンは、この作品で初めてヘルダーリンの詩行を用いるが、『ヒュペーリオン』や『エンペドクレスの死』の「熱心な読者」であり、一九五七年以降、しばしばツェランの詩を音楽化していたライマンにとっては、六〇年代にヘルダーリンの詩に取り組むことは、当時のヘルダーリン熱とは無関係である。

この作品には、『エンペドクレスの死』第三稿の断章の最後に位置しているコロス、『マドンナに *An die Madonna*』の一二一～一三九行、および『故郷 *Heimat*』の二～一七行が用いられている。ライマンが詩から聴き取ったのは、詩行の間にある空白の部分に響いている「おと」であることを楽譜から読み取ることができる。「そして、全ては仮象である（Und alles ist Schein）」と「おおいつになればこの干ばつの地に大河が流れ出でるのだろう（O wann schon öffnet sich die Flut über die Dürre）[32]」の間、および次の「しかしかれはどこにいるのだ？（後略）（Aber wo ist er? (...)）」との間にある詩行の空白に「かなり長い間奏[33]」を作曲しているが、その間奏は「詩行と詩行の間にある緊張を音楽で実現し、同時に対照性を仲介しようと」したのだ、とライマンは述べている（Schuhmacher 1967: 341）。

言葉にされないまま空白となっている「響きの世界」から聴こえてくるものは、「緊張」として感じ取るものであるとライマンは述べており、「おと」として捉えていることがわかる。また、その言葉に至ることがないままの「おと」を音楽で具体的に表出させようとしたということは、ただちにAとBの間、もしくはAに対してのBというように比較状態を描くことであり、言葉に至らなかった「響きの世界」が次の詩句へどのように移行していくのか、どのように緊張の度合いは変遷していくのかということを聴きとり、その音と音の緊張関係を表現することである。このようにして、ライマンは詩行の空白の部分に鳴り響く、言葉に至ることがなかった「響きの世界」を聴き取ろうとする作曲行為を通じて、ヘルダーリンの詩作行為にある「音を聴く」という行為をいわば追体験しているのだとも言える。

ヘルダーリンの詩の最初の音楽化から四〇年後の二〇〇四年にも、ライマンはヘルダーリンの詩を音楽化している。『……に *An*』とタイトルが付けられている詩の断章を音楽化したピアノ歌曲である。二〇〇四年に作曲され、同年八月にアルペンクラシック・フェスティヴァルで初演された。そして、二〇〇五年に作曲された「庭の中のアマーリア *Amalia im Garten*」(詩はシラーによる)と共に、《アリアとカンツォーナ *Aria e Canzona*》の中の一曲として二〇〇六年に出版された。一九六三年に作曲された《ヘルダーリン=断章》はソプラノとオーケストラの作品であり、音楽化されている詩節もライマンが三つの作品から選び取ったものであるのに対し、このピアノ歌曲は、StAで初めて出版された一つの未完の詩の断片であり、「あなたのことを歌いたい(Singen möcht ich von dir)」以下の詩節を用いている。

Singen möcht ich von dir

Aber nur Tränen.

Und in der Nacht in der ich wandle erlöscht mir dein

Klares Auge!

himmlischer Geist.（FHA, 5: 658）

あなたのことを歌いたい

しかしただ涙のみ。

そして　わたしが歩く夜の中では、生気を失う、あなたの

澄んだ目！

天上なる精神。

手稿はカタログ番号五五／三、四とされるドッペルブラットである（FHA, 4: 154）。各詩行の間はそれぞれ数行分空けられており、三行目「Und in der Nacht in der ich wandle erlöscht mir dein（そしてわたしが歩く夜の中では、生気を失う、あなたの）」と、四行目「Klares Auge!（澄んだ目！）」の間、および五行目「himmlischer Geist.（天上なる精神。）」の間はさらに行間が広くとられており、加えて「himmlischer」は、小文字で書かれ詩行の始まりではないことも明らかとなっており、少なくともこの詩における空白箇所は、余白ではなく、具体的なことばには至らなことをうかがわせる。つまり、文頭の位置を見てもヘルダーリンの構想の中ではある程度全体像があったかったものの、詩の中でどのような位置づけを持ち、どのような「おと」を持っているのかがすでに明らかとなりつつある空白なのである。このように全体像を構想しつつ、モチーフを並べる詩作のあり方はベルトーが指摘するように作曲家の行為に近いと言える。そして、ライマンは言葉に至らなかったこの空白の「おと」と、「言葉のうしろにある響きの世界」である「おと」を聴き、その音をシステム化しようとするのである。

演奏時間は七分とされており、ソプラノと指示されている声楽パートは、一点ハ音―二点ロ音とほぼ二オクターブの幅広い音域が用いられている。ピアノ・パートには、通常の奏法に加え、三種類の特殊奏法が使われている。小節線は、ピアノ・パートは五箇所、声楽パートは四箇所となっており、最後の終止線を入れて、全六小節（ピアノ・パート）、および五小節（声楽パート）の楽曲である。拍子記号がある楽曲は、小節線がリズム的な一つのまとまりを指示し、その楽曲の拍節を規定するものである。規定されるがゆえ、その規定を踏み外すということが可能となり、ロマン派以降の作曲家はそのようにして新たな拍節感を生み出し、拍節感による多彩な表現を可能にしてきた[34]。ライマンも初期の歌曲、ツェランによる《五つの詩 *Fünf Gedichte*》（第二曲～第五曲）のように、拍子記号

【譜例1】ライマン:〈あなたのことを歌いたい〉T. 1-2

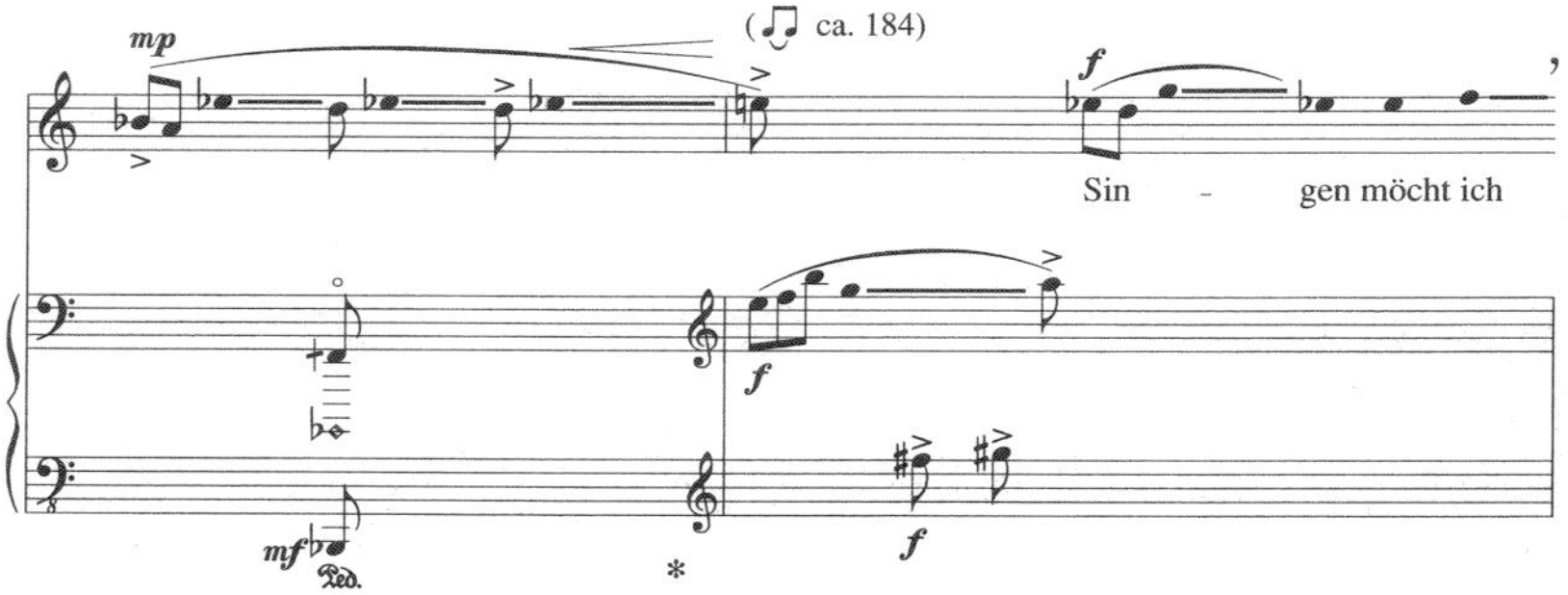

があり、明白に小節が区切られている作品もあるが、この曲では拍子記号はない。最初に小節線が引かれているのは、ソプラノが言葉なき声から、初めて言葉「Singen möcht ich（歌いたい）」を発する直前である。この「Singen möcht ich」と最初に歌われたところで、さらにピアノ・パートにだけ小節線が引かれている【譜例1】。

二箇所目は、「Und in der Nacht（そして夜の中では）」と歌われる直前で、ピアノ・パートでは左手がピックを用いて弦をはじくように指示される箇所である。三箇所目は、「Klares Auge!（澄んだ目！）」と歌われた後であり、その小節は声楽パートが言葉にならぬ歌を歌う箇所となっている。そして、最後の小節線は声楽パートの言葉にならぬ歌が途絶える箇所に引かれ、ピアノの間奏から「himmlischer Geist（天上なる精神）」と歌われ終結するまでが一つの小節となっている。このようにみると、第一小節は、初めて言葉になる前の段階、第二小節（ピアノ・パートだけみるならば第二、三小節）は、「Singen möcht ich」から「Tränen.（涙。）」までであり、第三（四）小節は、「Und in der Nacht」から、「Klares Auge!」までとなっている。第四（五）小節は、言葉のない声楽パートとピアノ・パートによる間奏となっており、第五（六）小節は、「himmlischer Geist」という最後の詩句を小節線を引くことによっ

【譜例2】ライマン：〈あなたのことを歌いたい〉冒頭部

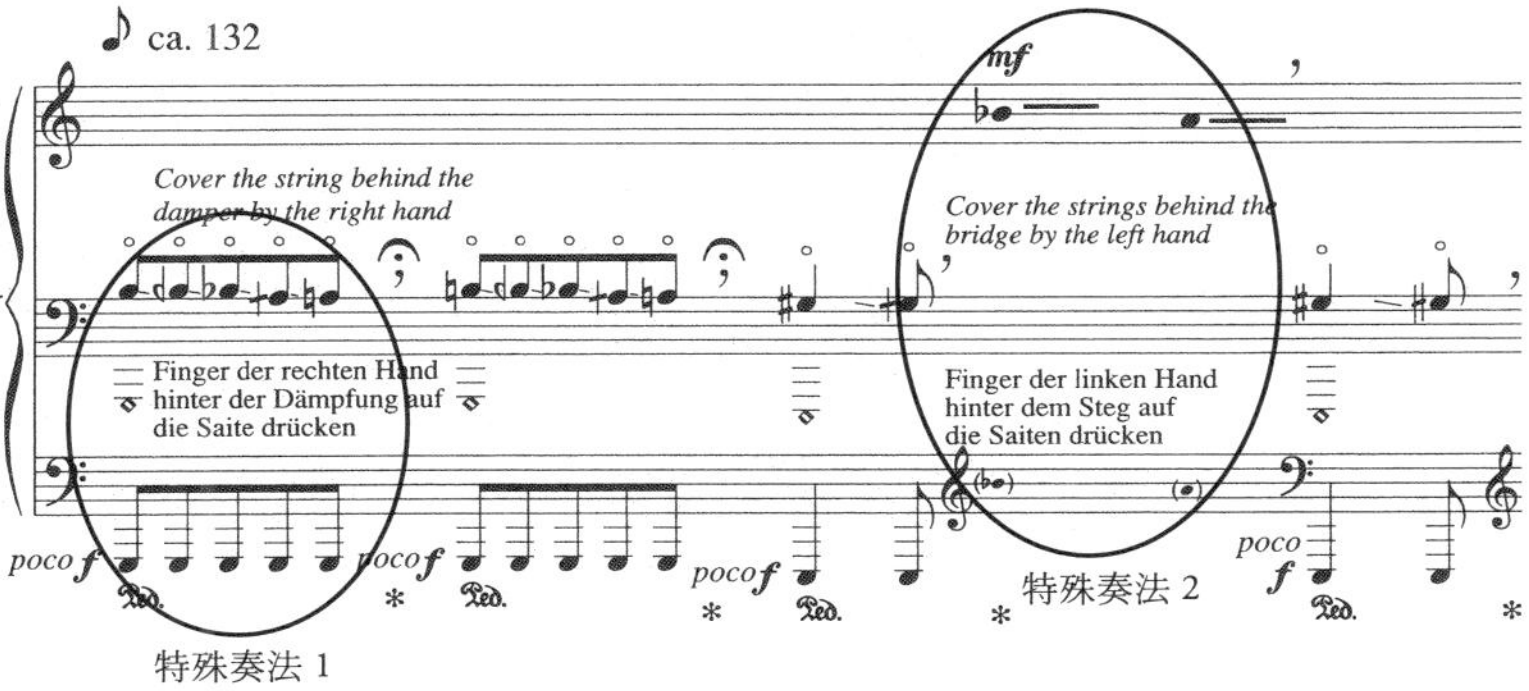

て、区切りまとめようとしており、第三（四）小節において、二つの詩行を続けて音楽化している箇所を除いてはヘルダーリンの詩行と一致していることがわかる。

さらに、ライマンが意識的に試みていると思われるのは、ヘルダーリンの詩行の空白部分を「具体的に言葉に至らなかった」詩行として音楽化しようとしていることである。詩行と詩行の空白によって、確かに言葉が予感されていることは告知されているものの、空白のままに残された箇所を、くぐもり抑圧された音や、音としての実体を奪われたフラジオレットという特殊奏法、および具体的な言葉や特定の母音にならない声を用いて表現しているのである。

まず、第一小節におけるピアノ・パートでは、終始二種類の特殊奏法が用いられている【譜例2】。

一つ目の特殊奏法は、フラジオレット(35)である（特殊奏法1）。ピアノでは、このフラジオレットの音は左手で鍵盤を打鍵し、右手はその音の弦に触れることによって実現されるが、さらにその音は右手を手前からスライドさせていくことによって四分の一音ずつ下行させるように指示されている。

倍音が浮き立つことによって聴こえてくる音は、打鍵される音から二オクターブ以上高い音であり、通常のピアノの音がその実体を奪われ、異化された音である。打鍵された実体のある音も、弦に右手が触れることによって弦の振動は弱められ響きが抑えられることによって、通常のピアノの音とは異なる響きである。さらに通常の響きでは聴かれることのない、フラジオレットの音が同時に聴かれるわけであるが、この音は倍音だけの響きであるので、異なる次元にあるような響きであり、同時に二つの音が鳴るという意味では、和音でありながら、互いに異化された響きとなっている。四分の一音ずつ下行する音形は、そのモチーフごとに中間休止（𝄐）で区切られ、断絶している。声なき声、言葉にならぬ言葉は発せられるものの、すぐに断ち切られてしまうのである。

この特殊奏法1で下行形のモチーフが中間休止で断絶しつつ三回奏された後に、もう一つの特殊奏法が使われている。それは、左手を弦のコマのうしろに置き、右手でその音を打鍵する奏法である（特殊奏法2）。そのようにして発音された音は、弦の振動が抑えられることによって、通常の響きと異なるくぐもった音となっている。この奏法もやはり、通常のピアノの音を異化する効果を持っている。

特殊奏法1と特殊奏法2による呼びかけと応答が三回行われた後に、特殊奏法1の呼びかけに声楽パートが初めて音を発する。しかし、この声楽パートも、ことばも特定の母音も持たない「声ならぬ声」である。その「声」は徐々にデュナーミックは大きくなるように指示され（「*p*」→「*mf*」）音域も高くなっていき、ついには「あなたのことを歌いたい」と言える瞬間までの言葉になろうとするプロセスを「音楽化」している。

初めの言葉「Singen（歌う）」が発せられる直前に、初めてピアノ・パートは実音（通常の奏法による音）を奏する。初めて音になる＝言葉になる瞬間である。そして、声楽パートとピアノ・パートが互いにモチーフを乱反射しあうように重なりあい、声楽パートは、ことばを繰り返しながら、最高音（二点ロ音）そして「*ff*」までかけあがる。

【譜例3】ライマン：〈あなたのことを歌いたい〉T. 3（4） 特殊奏法3

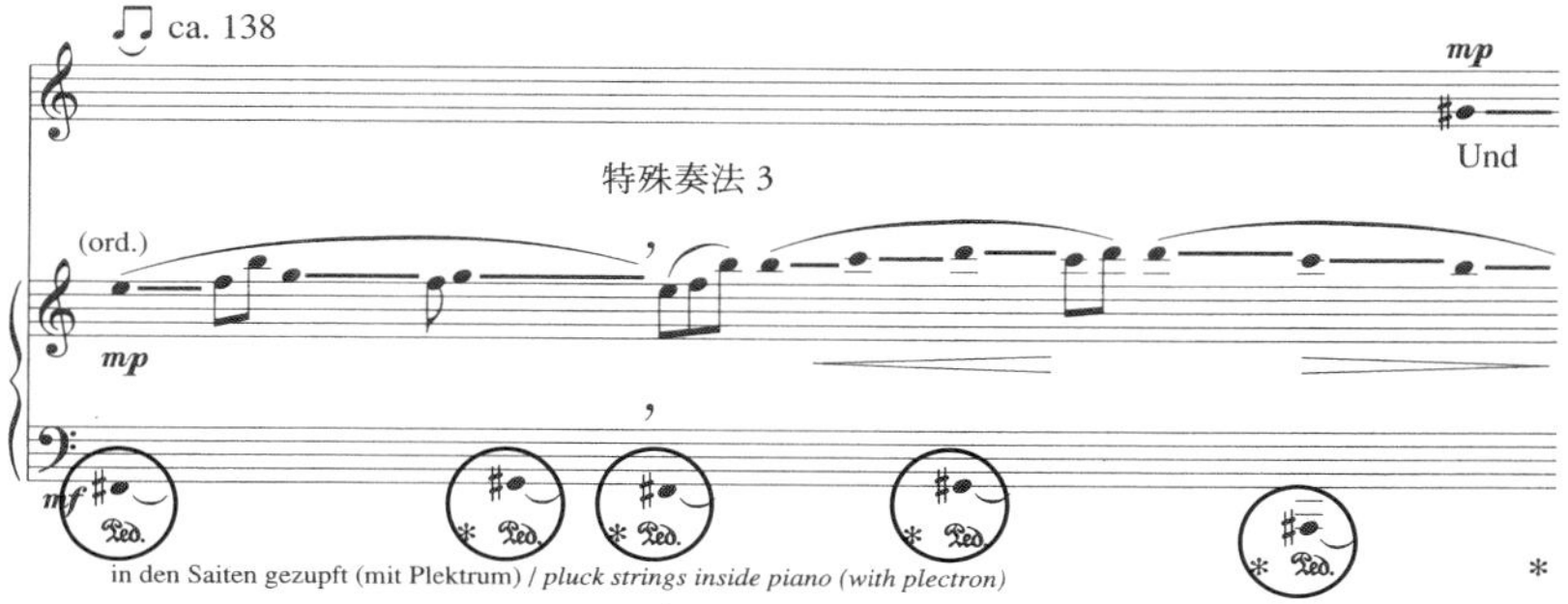

次の詩行のことば「Aber（しかし）」までの詩行に至らなかった空白は、特殊奏法2で表現される。はじめに特殊奏法2が繰り出される箇所では、音符にバー（一）が付けられ、音価を引き延ばすように指示されている。一音ずつ切り離され、本来の音を発することができないくぐもった音、すなわち「声ならぬ声」をあげている。そして、「Aber」以降、ふたたび特殊奏法1が駆使され、「Tränen.」のあと詩行の言葉がなく空白になっている箇所が、くぐもった音と実体のない音による和音で音楽化され、小節線が引かれる。この箇所は、ヘルダーリンのこの詩行の空白と一致している。

第三（四）小節では、さらなる特殊奏法が用いられる【譜例3】。右手は通常の奏法でメリスマ的なモチーフと引き延ばされた四分音符が奏されるが、左手はピック[36]で弦をはじく（特殊奏法3）。ピックではじかれた音は、通常のハンマーを介したピアノの響きとは異なり、金属的でうねりの多い音となり、異質な音響を生み出す。特殊奏法1と特殊奏法2によって生み出される響きが実体なき音響や抑圧的な音響であるのに対し、特殊奏法3による音響は直接弦がはじかれるため衝撃的な音響だと言える。この第三（四）小節は、ピアノ・パートの右手の音型と声楽パートが呼応するように進展していき、全曲の中で音域は最も広範囲に及ぶ（下点嬰は音—三点イ音）。ピアノ・パートが途切れた後、「dein Klares Auge!」とつぶやくように歌われるが、この箇所だけは、「dein」と「Klares」の間にある詩行の切れ目と空白が考慮されておらず、「erlöscht mir dein Klares Auge!」と一つのフレーズとして音楽化されている。唯一ヘルダーリンの詩行の切れ目を意識させるのは、「Klares」と大文字になっていることぐらいである。

続く第四（五）小節は、第一小節と同じく、特殊奏法1による抑圧された音と実体のない音、そして言葉も母音もない声なき声によって、詩行の空白、具体的な言葉に至らなかった詩行が音楽化されている。第一小節と比べると、声楽パートは、ピアノ・パートのメリスマ的な音型を受け継ぎより雄弁になっている【譜例4】。ピアノ・パートは、第一小節と同じく、予感されるが具体化されないままの緊張の度合いを、二つの異質な音が和音となることによって生じる音響空間で表現している。

さらに、この空白、すなわち具体的な言葉に至ることがなかった詩行は、この詩の中では最も大きな空白である。手稿のファクシミリ（FHA, 4: 154）を見ても、他の詩行が全て大文字で始まり、紙の左に位置していることから、詩行の文頭であることが告知されているのに対し、最後の語「himmlischer Geist」は小文字で始まり、紙の右に記され、ピリオドも打たれており（言葉に至らなかった）詩行の最後の言葉であることがわかる。つまり、「Klares Auge!」の後に続くべき詩行、そして「himmlischer Geist」に至るまでの詩行は、予感されているものの具体的な言葉にならなかった箇所なのである。ライマンは、この空白を特殊奏法1を用いて第一小節よりも八度〜一二度高い音域で実体のない音を響かせ、声楽パートも第一小節よりも幅広い音域が駆使することによって表現している。

詩行の空白として言葉に至らなかった詩の「鳴らない音」が第四（五）小節で鳴り響いたのち、第五（六）小節では、第二小節で用いられたモチーフが重音、嬰音となり、音域は一オクターブ高められ、さらに左手は特殊奏法3を用いて金属的な響きと変質された形で現れる。随所にモチーフの断片を指摘することはできるが、ここで変質

【譜例4】ライマン：〈あなたのことを歌いたい〉声楽パート冒頭部

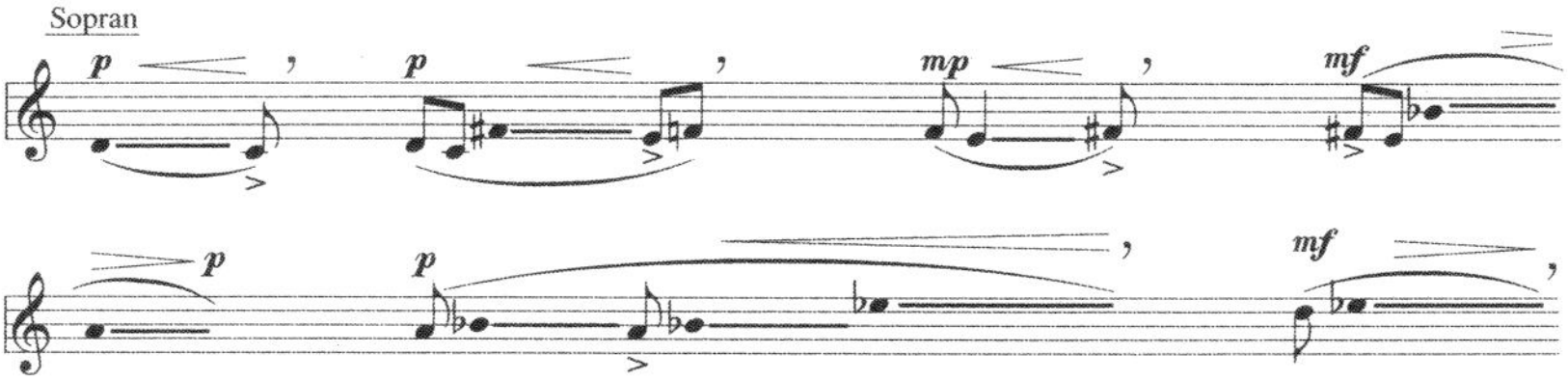

【譜例4】ライマン：〈あなたのことを歌いたい〉声楽パート T. 4

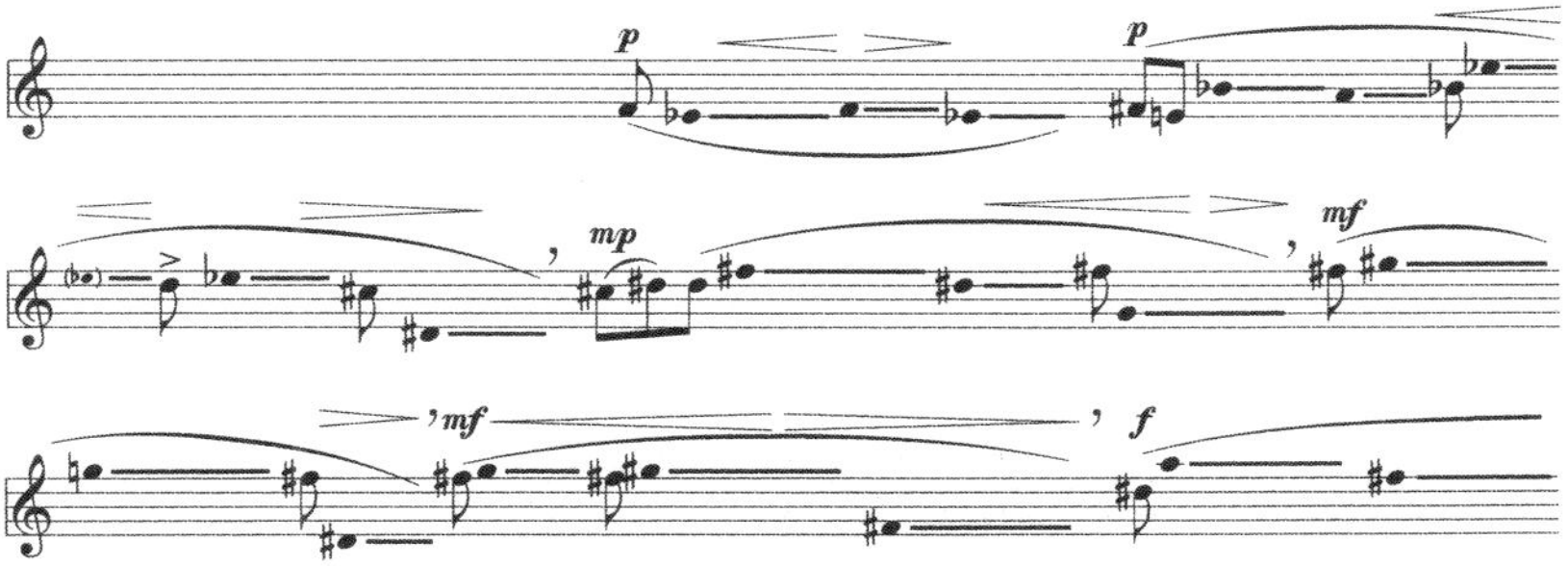

しているとはいえ、はっきりとモチーフが回帰することは、楽曲の音楽構造を明確にしている。と同時にその構造は「Singen möcht ich」と「himmlischer Geist」の目に見えないつながりを指示することにもなるのである。四点嬰ニ音に至る極端な高音域とピックではじかれた音色は、「天上なる」を予感させるものとも言えるが、同時に「あなたのことを歌いたい」をも響かせているのである【譜例5】、【譜例6】。

「himmlischer Geist」という語は、さらに高音域へと上行していくピアノ・パート（最高音は嬰イ音）の中に吸収されるように消えてゆき、第一小節に現れたモチーフは変質された形で繰り返され、やがて徐々に解体され音量も弱まり終止する。

〈あなたのことを歌いたい〉におい

【譜例5】ライマン：〈あなたのことを歌いたい〉
声楽パート：singen möcht ich の直前の旋律

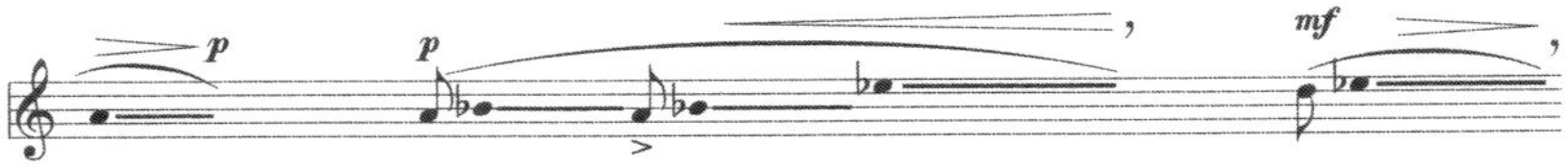

声楽パート：T. 5

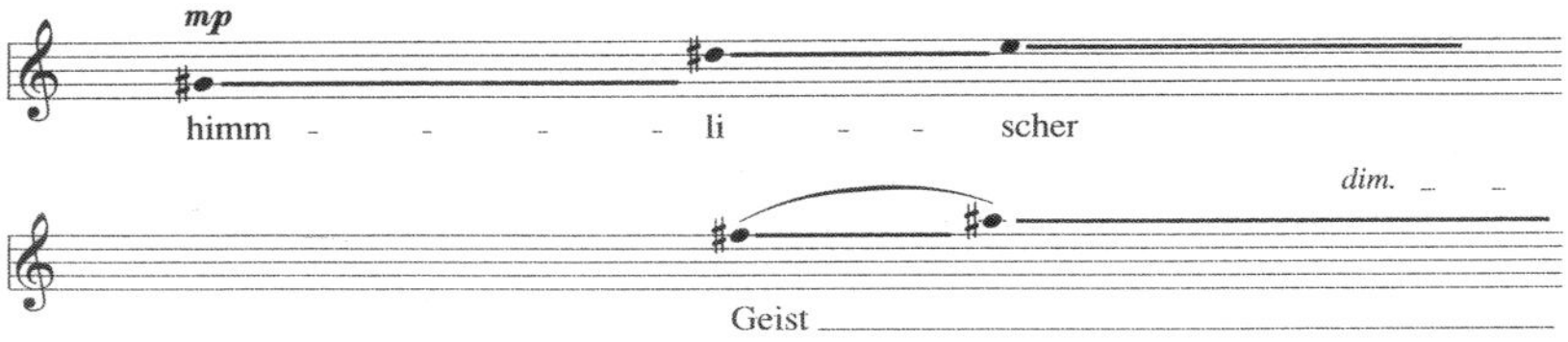

【譜例6】ライマン：〈あなたのことを歌いたい〉ピアノ・パート：

ては、「おと」、および「おと」と「おと」の関係は、特殊奏法によって奏される異化された響きや変質されたモチーフの回帰、およびモチーフが回帰することによって、詩の言葉に新たなつながりが生み出されることによって表現されている。ノーノの《断章―静寂、ディオティーマに》においても、フラジオレットなどの異化された響きが駆使されていたが、ノーノが目指したことは、次元の異なる空間を様々な響きで表現することであり、言葉の前後の空白部分にある静寂を音楽化することであった。それに対してライマンが〈あなたのことを歌いたい〉で行っていることは、詩行の空白にある、ヘルダーリンによって具体的に言語化されることがなかった詩行の「おと」を、ピアノの奏法としては一般的でない奏法をも駆使し、楽器から未知の響きを生じさせることで表現している。ヘルダーリンの詩の「おと」を「言葉のうしろにある響きの世界」として聴き、その「響き」を音楽化しようとするライマンの歌曲作曲は、ヘルダーリンの詩の音楽化の本質的な面をまさに捉えていると言えるのである。

註（第Ⅳ章）

（1）ヘルダーリンの詩のタイトルと異なるタイトルが付けられている歌曲に関しては、スラッシュで区切り、原詩のタイトルを『　』で付記している。

（2）„Im Gespräch mit Eisler lobte Brecht die Art, wie der Komponist die Gedichte Hölderlins „entgipst“ bzw. „vom Gips befreit“ habe.“ (Dahin, Oliver/ Deeg, Peter (hrsg.): *Hanns Eisler, Hollywooder Liederbuch*. Leipzig: Deutscher Verlag für Musik, 2007. Anmerkungen, S. 95)

（3）Schönberg, Arnold: „Das Verhältnis zum Text“ In: *Stile herrschen, Gedanken siegen. Ausgewählte Schriften*. Hrsg. von Anna Maria Morazzoni, Mainz: Schott Music, 2007. S. 69　次節（ヘルダーリンの詩の音楽化の試み／シェーンベルク）を参照されたい。

（4）アイスラーが亡命先のカリフォルニアで一九四二年から一九四三年に作曲した歌曲を《ハリウッド歌曲集》としてまとめたもの。四七曲の内、ブレヒトの詩によるものが二五曲と過半数を占めているが、《アナクレオン流断章》全五曲と共に《ヘルダーリン＝断章》全六曲もこの歌曲集に収められている。

（5）Albert, Claudia: *Das schwierige Handwerk des Hoffens. Hanns Eislers »Hollywooder Liederbuch«* Stuttgart: Metzlersche Verlagsbuchhandlung, 1991.

（6）少なくとも聴覚的な経験としては、嬰ハ音は、異名同音変ニ音と捉えられると考えるならば、やはり七度の下行となる。

（7）アルベルトも、「この後奏にこの曲の最も本質的な音楽的手法が集中している」としている (Albert, 1991: 116)。

（8）例えば、ソンディも『あたかも祭りの日のように…… *Wie wenn am Feiertage...*』の成立過程を伝えるシュトゥットガルト・フォリオブーフ一七枚目裏面、この詩が断章で終わってしまうその草稿の最後の部分が書きつけられた紙面の上部に、のちに「生の半ば *Hälfte des Lebens*」、『エレギー *Elegie*』、およびその後続の詩『ディオティーマを悼むメノーンの嘆き *Menons Klagen um Diotima*』の成立へとつながっていく語「薔薇　白鳥たち　鹿 Die Rose Die Schwäne Der Hirsch」が並行して三つのタイトルのように書きつけられていることを指摘している（Szondi 1970:

55)。

（9） Schönberg, Arnold: „Das Verhältnis zum Text“ In: *Stile herrschen, Gedanken siegen. Ausgewählte Schriften*. Hrsg. von Anna Maria Morazzoni, Mainz: Schott Music, 2007. S. 67-71.

（10） 作品番号のない作品の内、《二つの歌》作品一が作曲される以前（一八九七年頃まで）に、すでに三〇曲以上の歌曲を作曲しており、習作期に歌曲を作曲することで学び、また自らの音楽技法を試行したことが伺える。また一九〇〇年代の初期にはサロン用に作曲した《キャバレーソング》も八曲ほどある。

（11） 第一節では、海緑色の池、死んだ樫の脇に赤い邸宅、そして池に映る月が描かれ、第二節では、男がその池のほとりに立ち指輪を外す、すると、第三節でその指輪が赤と緑の光を放つオパールであり、第一節の海緑色、および赤色の反射がみられる。第四節では、その男の目が海緑色に光り、「海緑色」がこの詩全体をつなぐモチーフとなっている。

（12） Brinkmann, Reinhold: „Schönberg und George“ In: *Archiv für Musikwissenschaft* 26, 1969. S. 6 und 10.

（13） これは、「おと」ではなく、④の音である。

（14） ベートーヴェン（Ludwig van Beethoven 1770-1827）は、ウィーン古典派の伝統的なジャンルであるピアノ・ソナタ、弦楽四重奏曲、協奏曲などを多く作曲しているが、そのような伝統的なジャンルの楽曲の枠組みの中で、常に革新的な作品を生み出していった。伝統的なソナタ形式とは異なる楽章を第一楽章に置いたり、伝統的な四楽章構成のソナタを圧縮した結果である二楽章からなるソナタを創作するなど、特に中期以降の作品には、その傾向が強くみられる。ピアノ・ソナタ第三二番の第二楽章の終結部や、弦楽四重奏曲の第一四番、《大フーガ》などの斬新性は、むしろ現代音楽に近いとも言える。

（15） ルーマニア生まれのギリシャ系フランス人の作曲家。建築家でもあり、数学を駆使した作品も多くある。

（16） ニューヨーク生まれのアメリカ人の作曲家。一九七〇年にはピュリッツァー賞を受賞。聴覚的なわかりやすさを大切にしている。

（17） コンサートのプログラム（一九九五年四月二四日、二〇〇九年九月一六日）、およびWagner（Hrsg.）2003:

161、Allwardt 2004: 14 など。

(18) ノーノは作曲する（komponieren）という語を用いているが、作曲するという意味と紙の上にどのように詩句を「配置する」のかという両方の意味を持たせているとも考えられる。つまり、詩句がどのように配置されているのか、ということを見ることによって、かれの思考を感じ取れるという意味である。

(19) Wagner, Andreas (Hrsg.): *Luigi Nono. Dokumente Materialien.* Saarbrücken: PFAU-Verlag, 2003. S. 161.

(20) 二〇〇九年九月一六日に開かれたコンサート（ロザムンデ弦楽四重奏団が《断章—静寂、ディオティーマに》を演奏しFHA校訂者のザットラーが朗読を担当した）のプログラム・ノートの中でノーノの言説として載せられている。

(21) 一九九五年四月二四日にフライブルクで開かれた「ヘルダーリンの夕べ」のプログラム・ノートのノーノの小文「なぜヘルダーリンなのか?」の一節。

(22) リンデンは、[1]から[52]ごとにヴェルディが用いたとされる「なぞの音階 scala enigmatica」がどの程度用いられているか、音程や音型の要素、およびヘルダーリンのテクストの類似性などを図表化し、詳細な検討をしている（Vgl. Linden, Werner: *Luigi Nonos Weg zum Streichquartett, Vergleichende Analysen.* Kassel, Bärenreiter-Verlag, 1989）。シュプレーは、各セクションごとに「なぞの音階」や音程関係に加え、デュナーミックやテンポにも注目している（Vgl. Spree, Hermann: *„Fragmente – Stille, An Diotima“ Ein analytischer Versuch zu Luigi Nonos Streichquartett.* Saarbrücken, PFAU-Verlag, 1992）。加えて、シュテンツルは、「なぞの音階」に加えて一五世紀のフランドル楽派の指導的立場にあった作曲家であるオケゲム（Johannes Ockeghem 1410?-1497）の歌曲（Malheur me bat）の一節が、ヴィオラ・パートに盛り込まれていることなども指摘している（Vgl. Stenzl, Jürg (Hrsg.): *Luigi Nono. Texte, Studien zu seiner Musik.* Zürich: Atlantis Musikbuch-Verlag, 1975. 特に一二三頁）。一九八〇年に初演されたこの作品の現代性は失われず、二〇〇〇年代に入っても様々な角度から考察されている。二〇一七年に刊行されたヘルダーリンの断片とスカルダネリの偽名で書かれた詩に対する研究の中でもノーノの作品は取り上げられている（Abeln, Carolin: *Sprache und neue Musik Hölderlin-Rezeption bei Wilhelm Killmayer, Heinz Holliger, Wolfgang Rihm und Luigi Nono.* Freiburg i.

Br. /Berlin/Wien: Rombach Verlag, 2017. ノーノの作品の分析に関しては、二〇九～二五〇頁）。アーベルンは、ノーノの手稿などから、はじめは、ノーノはカフカの詩を引用しようとしていたことなど付曲にあたってのノーノの創作過程にあたり、詩の断片の用い方を、リーム（Wolfgang Rihm, 1952-）がどのようにヘルダーリンの詩の断片を音楽化しているかとの比較を通じて考察している。

(23) 2、4、6、7、9、12、13、15、17、29、52の一一箇所には、ヘルダーリンの引用はない。

(24) スコアの覚書にあるノーノの指示。

(25) ノーノは楽譜の冒頭部分にある覚書にフェルマータの種類を一二種類段階づけて書いている。音符や休符上に記されるフェルマータ記号六種類と、中間休止六種類からなる。さらにノーノはそのフェルマータについて「常に制約のないファンタジーで」、「夢見るような空間のため、唐突なエクスターゼのため、言表されえない思考のため、穏やかな息遣いのため、そして〈時間のない〉〈歌うこと〉である静寂のため、常に制約のないファンタジーと共に感受されるべきである」旨を記している。

(26) 第Ⅱ章註16も参照されたい。

(27) 一九七八年の初演以来、二〇一三年までにすでに一七〇回以上世界各地で再演されている。（日生劇場（編）『日生劇場開場５０周年記念事業　《ライマン・プロジェクト２０１３》講演録　２０１３年５月２５日～２０１４年１月１７日』東京、日生劇場（公益財団法人ニッセイ文化振興団）二〇一四年三月二八日発行）を参照し筆者が数えた。最近では、二〇一四年にはハンブルク国立歌劇場、二〇一五年にはゲルゼンキルヘンの歌劇場、また二〇一六年にはパリのオペラ座、およびブタペストのハンガリー国立歌劇場において、そして二〇一七年八月にはザルツブルク音楽祭において上演されている。

(28) 二〇一七年に六年かけて完成されたオペラ。原作はメーテルリンク、リブレットはライマン自身による。二〇一七年一〇月八日にドイツ・ベルリンのオペラ座で初演された。

(29) 二〇一三年一一月に行われたレクチャー（於　東京ゲーテ・インスティテュート）での発言。同年一〇月三一日に筆者が行ったインタビューでも、ゲーテの詩は「あたかも繭のように閉じられて」いるとも言っている。

(30) 以下ライマンの言説として引用される箇所は、ことわりのない限り二〇一三年一〇月三一日に武蔵野音楽大学で筆者が行ったインタビュー、および同日に同大学で開催された「アリベルト・ライマンの歌曲」公開講座においてライマンが述べた言説を筆者が翻訳したものに基づいている。

(31) Schuhmacher, Gerhard: *Geschichte und Möglichkeiten der Vertonung von Dichtungen Friedrich Hölderlins*. Regensburg: Gustav Bosse Verlag, 1967. S. 341f.

(32) ヘルダーリンの原詩では、„O wann schon öffnet sie sich die Flut...“ となっているが、ライマンの曲では「sie」が削除されている。

(33) この楽曲は、一二〇小節からなるが、その内この間奏は第四七小節から第六五小節を占めている。

(34) シューマンは四分の四拍子の楽曲において、最後の小節が四分音符一拍のみで完結させていたり（〈黄昏 *Zwielicht*〉作品三九・一〇）、二分の二拍子の楽曲で、八分音符のアウフタクトがあるにも拘わらず、最後の小節は、二分音符のみであったり（〈聖なる流れ、ライン河で *Im Rhein, im heiligen Strome*〉作品四八・六）と拍節を意識的に逸脱させている例が数多くみられる。またブラームスはヘミオレを器楽曲、声楽曲を問わず好んで用いている。

(35) フラジオレットという管楽器のような柔らかい音色を出すために用いられる奏法であり、特定の倍音が浮き立ち、特殊な音色が出る。ヴァイオリンなどの弦楽器ではよく使われる奏法（第Ⅳ章第三節で考察したノーノの楽曲においても頻繁に用いられている）であるが、ピアノでは特殊奏法である。

(36) ギターなどの撥音楽器を奏する際に用いるプラスティック製の三角形のつめ。

終章

ヘルダーリンの詩作品は、ヘルダーリンの生きた一八世紀および一九世紀には、ほとんど音楽化されることはなかった。しかし、二〇／二一世紀においては、最も頻繁に音楽化される詩人の一人であり続けている。詩作品とその詩の音楽化のこのような関係は、他の詩人では見られることはなく、特異な現象である。この特異な現象を解明したいという動機が本研究のもととなっている。

本研究は、ヘルダーリンの詩が一九世紀にほとんど音楽化されなかった理由を、ヘルダーリンの詩が難解であることや、緻密な構造を持つギリシャ詩型を音楽化する困難さに求めようとする従来の議論では、この特異な現象を説明できないという事実から出発した。また、ヘルダーリンの詩の構造や詩句の音響的な側面から見えてくる詩の音楽性や、ヘルダーリンの詩の中に見られる音楽的な要素を明らかにするといった先行研究からも、ヘルダーリンの詩とその詩の音楽化に見られる特異な現象の答えを見つけることはできなかった。そのような先行研究を踏まえた上で、本研究の前段階となる修士論文において、ヘルダーリンの詩が持つ特徴と二〇世紀以降の音楽技法が合致しているということを明らかにした。ヘルダーリンが悲劇論の中で論じている「中間休止」や、二〇世紀の研究者に指摘されている「ごつごつした結合」、および「並列」といったヘルダーリンの詩の特徴は、二〇世紀音楽の特徴と合致している。異質な要素がぶつかり、論理的な流れが宙吊りにされているヘルダーリンの詩の特徴を、二〇／

二一世紀の作曲家たちは自らの音楽技法に合致するものと感じ取り、ヘルダーリンの詩の音楽化が盛んに試みられたということができるのである（第Ⅱ章第三節）。

しかし、はたして技法や構造が一致することだけが、二〇／二一世紀の作曲家がヘルダーリンに惹きつけられた理由なのだろうか、という疑問が本研究の直接的な原動力となっている。詩を音楽化する行為は、とかく詩の韻律に即して旋律を付けることや、情景や心情を音楽で描写することと捉えられがちである。しかし、作曲家が詩を音楽化する行為は、そのような行為だけではない。そこで、まず「付曲する（vertonen）」と言われている詩の音楽化行為とは詩の「何を」音楽化する行為なのかについて考察した。

二〇世紀後半には、詩の音楽化行為がいかなるものであるかについて、ゲオルギアーデスによる、より踏み込んだ研究が登場する。そこでは、シューベルトが詩を音楽化することは、詩の言葉（Wort）に音楽付けをすることではなく、詩の上位に位置することば（Sprache）を音楽化することだとみており、このことば（Sprache）を「根源現象」と表現している。そして、その「根源現象」を音楽によって構造化することが、付曲行為であるとしている。

続いて、エッゲブレヒトはそのようなゲオルギアーデスの研究を受けた上で、ことば（Sprache）＝「根源現象」を詩の「おと」と表現し、この「概念的には規定されえない」何かに迫ることが詩の音楽化であるとしている（第Ⅱ章第四節）。

つまり、歌曲創作が自身の創作活動にとって、重要なジャンルの一つである作曲家にとって詩を音楽化することは、詩の構造や韻律に忠実に旋律を付けることや、詩の内容に応じた雰囲気を音楽で表現するといった行為でなく、詩の「根源現象」、「おと」に迫り、その「根源現象」、「おと」を音楽化する行為なのである。しかし、実際には一九世紀には、シューベルトのような例外を除いて、詩の「根源現象」、「おと」を音楽化する作曲家はほとんど出現していなかったのである。詩の韻律に忠実に旋律を付けたり、詩の意味内容に即して描写するといった詩の音楽化に留まらず、詩の「根源現象」、「おと」に迫ろうとする作曲家の出現は二〇世紀以降であった。そういう中で、ヘルダーリンの詩は、二〇世紀以降の作曲家にこそ刺激を与え、作曲家たちがこぞってヘルダーリンの詩に惹きつけられ、その詩の音楽化を試みているのである。

第Ⅱ章での議論に従えば、作曲家は、詩人が言葉というかたちを与える前段階の「何か」としか言いようのないものとしての「根源現象」、「おと」に直接的にアプローチするということになる。そこで、第Ⅲ章では、「何か」に出会い、言葉にするまでの行為を、ヘルダーリン自身はどのように記述しているのかを読み解いた。ヘルダーリンは、一八〇〇年前後に詩作に関する論考をいくつも書いている。これらの論考は、通常の詩論が備えていると期待される論理性と明晰さを備えている論考とは言い難い。そこでは、ヘルダーリンは、詩作術を記述するのではなく、まさに「何か」に出会い、言葉にし始めるまでの行為を論じようとしている。つまり、ゲオルギアーデスやエッゲブレヒトが指摘した「根源現象」、「おと」をヘルダーリンはどのように捉えているのかを読み解くことができる論考なのである。

まず、ヘルダーリンの詩作行為が作曲行為に近親性があるとしたベルトーの主張を検討した（第Ⅲ章第一節）。ベルトーは、言葉にし始めるまでのヘルダーリンの行為が、作曲行為であると主張しているわけではなく、言葉になった後、その言葉を作品として構成していくプロセスが作曲行為に近いと論じている。つまり、ヘルダーリンの詩作の各段階を、①「何か」としか言いようのないものを捉えようとする段階→②「何か」を音調として捉え、その音調を構成し、言葉にするまでの段階→③言葉を配置し、作品としてかたちにする段階とするならば、③の段階におけるヘルダーリンの行為が、作曲家が音楽作品を「起案する（entwerfen）」プロセスに近親性があると見ているのである。このようにベルトーの主張は、ヘルダーリンの詩作行為を分析するための一つの道筋を提供してくれた。

続く第二節では、ヘルダーリンの詩作に関する論考の中でも最も長大な『詩的精神のふるまい方について／詩人がひとたび精神を操ることができるなら』を読み解くことを目指した。この論考は、①の段階である「何か」としか言いようのないものを捉えようとする行為をヘルダーリン自身が記述しようとしている論考である。本節では、ヘルダーリンが用いている聴覚的な表現を手がかりに、この①の段階を八つの点において考察した（第Ⅲ章第二節）。

この論考の冒頭部は、六〇〇語に迫る一二の破格構文が並列した長大な一文で始まる。この破格構文の並列は、この論考を難解なものとして印象づけてしまうが、ヘルダーリンにとっては、論理的な文の生成とは全く異なる詩の生成における諸要件が、相関関係はありながらも主従の関係ではなく並存していることを表わそうとした結果であると考えられる。すでに一〇番目の条件文において、この並存している諸要件を同時に認識しようとすることが、「おと」を聴く行為として考えられている。そこでは、「全ての部分の共同性と親和」である「精神の内実」が「絶えず響き続ける」と表現されている。「絶えず響き続ける」ということは、「精神の内実」が現前し、また交替したのちも「精神の内実」を感じられることによって「同一性」が喪失されないという意味であるが、「おと」を聴く行為として捉えることができる。また、手稿の一頁目に描かれている三つの図形を考察することにより、ヘルダーリンの思考が数学的でもあり、運動が意識されていることが明らかになった。「中心点」と並んで運動の中心にある「静止点」や、「滞留」、「静止」、「交替」、「前進」といった表現は、詩作行為における諸要件の並存に運動があり、運動があることによって対抗する静止が意識されるといった関係にあるが、そのような様態は音の様態として捉えることができるのである。

さらに、シュティムング（情調）についても考察した。シュティムングは、一般的には、情調、雰囲気と捉えられる語であるが、「声（Stimme）」、「調律する（stimmen）」のように音響的な意味を含み持つ語である。ヘルダーリンは、シュティムングを「音（Ton）」と言い換えており、さらに「詩の生（das poetische Leben）」の営為の在り様、すなわち「詩の生」の運動を、①運動の速度、②運動の様態、③運動の方向性の三点で論じているが、そこでヘルダーリンが用いている形容詞は、全て音楽用語として用いられる表現なのである。

また、ヘルダーリンは、「器官」は、精神に対立している、と同時に精神を内包している、と述べている。器官には「聴覚、声」という意味もあることを考えると、「器官」は、精神に対して身体性を有している器官であり、また同時に精神を宿している声、もしくは音を聴きとるという意味で精神を内包している聴覚でもある、と捉えることができるのである。このように、「音を聴く」行為の中に位置づけて考えるならば、「精神の器官」という概念の理解は容易になる。

さらに、本論文では、「調和的対立」という概念が、『ヒュペーリオン』の中で言われている「一にして全」に近いことと、同じく『ヒュペーリオン』の中でヘラクレイトスの言葉として引用される「多様の一者」からの反映とみることもできると指摘した。「多様の一者」以外にも「調和的対立」につながると考えられるヘラクレイトスの言葉を参照し、「音の響き」という観点に照らして考えるならば、「調和的対立」という概念の理解が容易になることを明らかにした。

ヘルダーリンが詩作にとって「究極の課題」であるとし「一本の糸」と表現している「想起」についても考察した。想起することとは、単に記憶に留めておくのとは異なり、過去の経験が生き生きと立ち現れることであり、かつて聴いた旋律を思い起こす、もしくは旋律の断片を聴いてその断片の前後の音を聴くといった音楽を聴く経験と同じ知覚構造を持っている。つまり、ヘルダーリンにとって詩作行為とは、想起した「おと」の連関によって、その先の「おと」を想起し、「おと」を「配置し(komponieren)」、一部分を聴くことを通じて全体を把握する行為であったのである。それは、音を「配置する(komponieren)」作曲家が「おと」を聴く行為と同様であり、その聴取の仕方が「詩の性格、詩の個性」になるとしている。

さらに、続く第三節では、『表現とことばのためのヒント』を検討した。この論考は、『ふるまい方』の最後に添えられているが、詩の言葉が生まれる過程を記したものである。つまり、この段階は、①と②の段階であり、ヘルダーリンは、「わたし」と「わたしの経験」の素朴で未分化な状態から「内的な反省、志向、詩作」の間にきしむ「不協和音」を聴き、その「不協和音」の解決を目指した結果、獲得するのが「わたしの音調」となり、この段階が言葉を「予感する」段階だとしている。そして、詩人は音調の中で素材を選び取り、特定の音調を持つようになった結果、ついには詩の言葉になるわけである。つまり、『ヒント』において詩作行為において言葉にする過程を「おと」を聴く行為として捉えていることがはっきりと読み取れるのである。

以上の考察を経て、ヘルダーリンの詩法においてその独自性が指摘される音調の交替についても考察した（第Ⅲ章第四節）。第三節までにヘルダーリンの詩作行為の内、言葉にし始めるまでの行為が、聴覚的な行為として捉えることができることを明らかにしたわけであるが、その「おと」から特定の音調を規定し、その音調をいかに構成するべきなのかを論じたのが音の交替についての理論である。ヘルダーリンの音調の交替の理論は、「素朴的」、「英雄的」、「理想的」という三つの音調が、それぞれ「基底音調（Grundton）」と「表現音調（Ausdrukston）」となり、その組み合わせからなる音調が、次の組み合わせの音調へと交替していくという理論である。つまり、三種類の音調から六種類の音調の組み合わせができ、その音調の組み合わせが交替していくということである。この音調の交替の理論こそ、ヘルダーリン独自のものである。それは、あたかも三つの音を根音（Grundton）とその上に重ねられる音からなる和音にし、その六種類の和音を交替させ、緊張と弛緩のバランスを考慮した和音と和音同士のつながりを配置するという意味におけるいわば作曲行為、ただしベルトーが③の段階について指摘している意味とは違う意味での②の段階の作曲行為、と言えるのである。しかし、ここで言う作曲行為とは、勿論音楽理論を詩論に当てはめるといった安易な転用ではない。そうではなく、複数の音を合わせて一つの和音にする時に、この複数の音は独立して存在しつつ、かつ一つの響きとして存在するという音の特性、また同じ構成音であっても、組み合わせ方や音の高低、デュナーミクによって差異が生じるという音の特性を体系づけた西洋音楽の理論が、ヘルダーリンにとって、②の段階における自身の詩作行為を記述しようとした際に、適切な道具立てであったということなのである。

第Ⅲ章を通じて、ヘルダーリンの詩作行為の内、言葉にし始めるまでの行為が、「おと」を聴く行為であることをヘルダーリンの論考から読み解き、さらにその「おと」を特定の音調に規定し、その音調をどのように構成するかについては、ヘルダーリンにとって音楽理論が適切な道具立てであったことが明らかになった。

第Ⅱ章、第Ⅲ章の結果を踏まえて、続く第Ⅳ章では、ヘルダーリンの詩の「おと」を聴き取り、音楽化しようとした作曲家の作品を分析した。具体的には、どのように作曲家が「おと」に達しようとしているのかという観点から三つの段階に分類した作品の中から、それぞれの段階の代表的な作品を取り上げた。三つの段階は、①詩の言葉の意味から音調に遡り、その音調から「おと」にアプローチし、その「おと」を音楽化する段階、②言葉の意味に捉われるのではなく、詩句の母音の響きから音調に遡り、さらに「おと」を聴こうとする段階、③作曲家によって、「空間性」、「響きの世界」と言われている「おと」に直接的にアプローチし、その「おと」を音楽化しようとする段階である。さらに、③の段階は、ヘルダーリンが「おと」を聴き、その「おと」から特定の音調を規定し、その音調を構成するという技法、および音調を構成することによって生まれる言葉を配置していくプロセスを自身の作曲技法として用いて「おと」を音楽化しようとする作品と、詩の「おと」を自らの作曲技法を用いて音楽化しようとする作品の二つに分けて考えることができる。

まず、第一節では、①の例としてアイスラーの歌曲〈希望に寄せて〉を分析した。シェーンベルクの弟子でもあったアイスラーは、一九四三年に亡命先のハリウッドでヘルダーリンの詩の音楽化に取り組んでおり、ヘルダーリンの詩の断片を音楽化した六曲からなる《ヘルダーリン＝断章》を作曲している。

アイスラーはギリシャ詩型の詩から限られた詩句のみを選択し、限られた音程で新しく構造化している。この曲を支配しているのは、「おお希望よ」と「お前はどこにいるのだ？」というこの曲の中心的な詩句に用いられている二度と七度の高い緊張感をもたらす不協和な音程である。そして、「おお希望よ」と「お前はどこにいるのだ？」という詩句は、ヘルダーリンの創作最初期から書きつけられている言葉である。しかし、そのことをアイスラーは知る由もなかった。それにも拘わらず、アイスラーはその詩句に焦点を合わせた。そのことから、アイスラーが、この詩が詩としての全容を現す以前から鳴り響いていた「おと」を聴き取っていたことがわかるのである。この「おと」は、言葉の意味にまだ寄りかかっていると言えるが、「おと」を特徴的な音程関係によって音楽化するという方法によるヘルダーリンの詩の音楽化の好例であると言える。

続く第二節では、②の段階の例としてシェーンベルクの試みを検討した。シェーンベルクは、二〇世紀音楽の中の一つの潮流を作り上げ、声楽作品も数多く生み出した二〇世紀を代表する作曲家の一人であるが、ヘルダーリンの詩の音楽化については、未完のままで終わっている。シェーンベルクの言説と、その言説を裏付けるような歌曲の分析を通じて、かれにとっての詩の音楽化は、あくまでも詩句の冒頭の言葉の響きを音楽化することであることが明らかとなった。シェーンベルクは、詩の冒頭の一節の言葉の意味やその一節の雰囲気ではなく、「言葉の響き」、すなわち文字通り言葉の母音や子音の音から詩の「おと」を聴き取ろうとし、その「おと」を音楽化しようとしている。つまり、シェーンベルクのヘルダーリンの詩の音楽化は、「おと」を聴く作曲家の試みとして考えるならば、①の段階より一歩先んじており、②の段階の試みであったと考えられる。

第三節では、③の段階の代表的な例として、ヘルダーリンの詩の音楽化において決定的な役割を果たすノーノの作品を分析した。

ノーノは、FHAに出会い手稿を研究することによって、ヘルダーリンの思考の同時性や、ヘルダーリンの詩作行為が「いかに世界を聴いている」ことであるかを学んだことが、ヘルダーリンの詩の音楽化への契機となっている。ヘルダーリンの詩句を用いている弦楽四重奏曲《断章—静寂、ディオティーマに》では、ヘルダーリンの詩句は楽譜に書き込まれているのみで、言葉として発語されることもなく、四人の演奏者が黙読する以外には誰にも知られることはない。演奏者も聴取者も音となることはない詩句の「おと」が楽音化された音を聴くのである。

ノーノによって「空間性」と呼ばれる詩の「おと」については、四つの弦楽器がそれぞれ多様な奏法を駆使し、同じ楽音でも差異を生じさせることによって異なる空間を表現している。またタイトルにも掲げられている静寂は、「休符」、「中間休止」、「楽音が鳴り止んだ結果」といった様々な無音によって音楽化されていることが明らかになった。さらには同時に複数の思考が存在しているようなヘルダーリンの手稿の特徴的な記述は、詩を断片化し、その間に別の詩句を挿入することで音楽化されていることが明らかとなった。そのように考えるならば、ノーノのヘルダーリンの詩の音楽化は、いわば「作曲家としての」ヘルダーリンから学んだ「作曲技法」を用いて作曲した作品と言える。ヘルダーリンの「おと」を聴く詩作行為が「作曲行為」であるとみなしたノーノは、いわばヘルダーリンの作曲技法の直系の後継者となったと言えるのである。

第四節では、③の段階の内、詩の「おと」を自らの作曲技法を用いて音楽化する例として、ライマンのピアノ歌曲〈あなたのことを歌いたい〉を分析した。ノーノが、「おと」を聴くヘルダーリンの「作曲技法」を用いて、ヘルダーリンの詩を音楽化しようとした一方で、ライマンが向かうのは、ヘルダーリンの作曲技法を用いて自らの楽音を構成するのではなく、ヘルダーリンの詩の「おと」を聴き、その「おと」を自らの作曲技法を用いて音楽化しようとしている。ヘルダーリンの詩作行為が「おと」を聴き、言葉にすることであるならば、ライマンは「ある時は一つの言葉、ある時は一つの詩行のうしろにある響きの世界」と感じ取るヘルダーリンの「おと」を、自らの作曲技法を用いて音楽化しているのである。

具体的な分析を通じて明らかになったのは、ライマンがヘルダーリンの詩の音楽化にあたって意識的に試みているのは、詩行の空白部分を「具体的な言葉に至らなかった」詩行として、そこに響く「おと」を音楽化しようとしていることである。断片的な言葉を複数書きつけた結果生まれた余白と異なり、この詩は、文頭の言葉が大文字で書かれている一方、草稿の中ほどに書きつけられた語は小文字であることや、ギリシャ詩型を用いようとしていたことが明らかであるように文頭の位置がずれていることなどから、ヘルダーリンは詩としてのある程度の全体像を描いていたことが明白である。空白部分は、言葉は予感されているものの具体的な言葉に至らなかった部分である。その部分の「おと」をライマンは、くぐもり抑圧された音や、音としての実体を奪われたフラジオレットという特殊奏法、および具体的な言葉や特定の母音にならない声で表現している。

ライマンの詩の音楽化は、詩の「おと」を音楽化する代表的な例として見ることができるのである。

以上、四つの作品を具体的に検討することによって、ヘルダーリンの詩は、詩の「おと」に迫ろうとする作曲家によって音楽化されたということが明らかになった。確かに一九世紀にもシューベルトのような詩の「おと」に迫ることができた作曲家は存在していたが、かれらが用いた調性音楽は、不協和音は解決へと導かれることや、転調をしても楽曲の終止は主調へと戻ることなど調和がコード化された音楽だと言える。しかし、ヘルダーリンが構成する音調は、解決を目指しつつも不協和音のままであり、音調の交替においても終止音の基底音が開始音の基底音に戻ってくることはない。また、一九世紀の作曲家たちは手稿にある余白や、言葉に至らなかった詩行の空白に出会うこともなかったため、そのような「おと」を音楽化する機会にも恵まれなかった。つまり、ヘルダーリンの詩の「おと」は、不協和音が解決に向かうことや、楽曲の終止が主調であることなど、主に一九世紀に主流であった調性音楽の調和的な構造から解放された二〇世紀以降の作曲家を惹きつけるものだったのである。さらに、詩型や韻律のリズムに合わせて音楽を付けるといった詩の音楽化に留まるのではなく、詩の言葉の意味や情景を音楽で描写できるようなコード化された音楽を用いることもない二〇世紀以降の作曲家たちこそが、詩の「おと」を聴き取り、音調を構成し、それを言葉にし、その言葉を配置していくヘルダーリンの詩に光を当てたのである。

本研究は、以上の経緯を経て、ヘルダーリンの詩作行為の内、言葉にし始めるまでの行為が「おと」を聴く行為と捉えることができ、また二〇世紀の作曲家たちの実践によっても、それが裏付けられることを明らかにした。ヘルダーリンの詩作は二〇世紀に入ってから数多くの視点から研究され、注目されてきたものの、ヘルダーリンの詩作の内、言葉にし始めるまでの行為に注目し、その行為が「聴く」という行為として捉えることができるという研究の切り口は、本研究の独自のものであり、ヘルダーリン研究に新たな一石を投じるものである。

一方で、この新たな一石はさらなる課題も明らかにした。

まず、ヘルダーリンの詩作における「おと」は、同時代の詩人やその詩作にとっても重要性があったのだろうか。「おと」を聴くヘルダーリンをその時代性の中で捉え直すことが必要である。そのことによって、ヘルダーリンの詩作行為の何に独自性があり、またどのような点で他の詩人の行為と共通であるかがより明確になると考えている。

また、第Ⅳ章で分類した「おと」を音楽化する三つの段階に従って、他の作品の分析を進めていくことも重要な課題である。そのことにより、二〇／二一世紀におけるヘルダーリンの詩の音楽化の全体像が見えてくることが期待できる。例えばキルマイヤー（Wilhelm Killmayer 1927-）の《ヘルダーリン歌曲集 *Hölderlin–Lieder*》(1)を、シェーンベルクの試みである②の段階に位置づけることができるだろうし、ホリガー（Heinz Holliger 1939-）の一九七五年、一九七八年、一九七九年に作曲された合唱曲《四季 *Jahreszeiten*》(2)と、一九八七年に作曲された《暁の歌 *Gesänge der Frühe*》(3)を、「おと」を聴くという観点から比較検討することも可能になるだろう。

「おと」を聴く行為として芸術活動を捉えることは、ヘルダーリンの詩作行為や、作曲家の活動の一端を明瞭なものにした。しかし、「聴く」という行為は、音楽や詩作など直接的に音を扱う芸術活動の枠組みの中だけに収まらない限りない発展性を秘めたものではないだろうか。芸術家（音楽家、作家、詩人、造形芸術家、映像作家、舞踊家など）が、「何か」を捉えて、それにかたち（具体音、言葉、絵画や彫刻、映像、手足の動きなど）を与えようとする行為を、「おと」を聴く行為として捉えることも、もしかすると可能なのかもしれない。そのことを示唆しながら本書を終えることにしたい。

註（終章）

（1） Killmayer, Wilhelm: *Hölderlin-Lieder, nach Gedichten aus der Spätzeit, für Tenor und Klavier*. 1. Zyklus（ED: 7421）, 2. Zyklus（ED: 7572）, 3. Zyklus（ED: 22037）. Mainz: Schott, 1986, 1987, und 2015.

（2） Holliger, Heinz: *Die Jahreszeiten, Lieder nach Gedichten von Scardanelli*（*Hölderlin*）*für gemischten Chor a cappella.* Edition Schott: 6887. Mainz: Schott, 1982.

（3） Holliger, Heinz: *Gesänge der Frühe, für Chor, Orchester und Tonband, nach Schumann und Hölderlin*. Mainz: Schott, 1988.

参考文献

一次資料

文　献

Eichendorff, Joseph von: *Werke, Gedichte, Versepen, Dramen, Autobiographisches*. Düsseldorf und Zürich: Artemis & Winkler Verlag, 1996.

Hegel, Georg Wilhelm Friedrich: *G. W. F. Hegel, Werke in zwanzig Bänden 15, Vorlesungen über die Ästhetik III*. Theorie Werkausgabe, Frankfurt a. M.: Suhrkamp, 1970.（ヘーゲル、ゲオルグ・ヴィルヘルム・フリードリッヒ『美学講義』下巻、長谷川宏訳、東京、作品社、一九九六年。）

Heinse, Wilhelm: Wilhelm Heinse, *Sämtliche Werke*, Hrsg. von Carl Schüddekopf, fünfter Band, Leipzig: Insel, 1903.

Hölderlin, Friedrich: *Friedrich Hölderlin, Sämtliche Werke*, Hrsg. von Friedrich Beißner, Vierter Band, Stuttgart: Kohlhammer Verlag, 1961.（StA, 4）

Hölderlin, Friedrich: *Friedrich Hölderlin, Sämtliche Werke*, Hrsg. Friedrich Beißner, Fünfter Band, Stuttgart: Kohlhammer Verlag, 1961.（StA, 5）

Hölderlin, Friedrich: *Friedrich Hölderlin, Sämtliche Werke*, Hrsg. Friedrich Beißner, Sechster Band, Stuttgart: Kohlhammer Verlag, 1961.（StA, 6）

Hölderlin, Friedrich: *Friedrich Hölderlin, Frankfurter Ausgabe, Gedichte 1784-1789 Stammbuchblätter und Widmungen I*. Hrsg. von D. E. Sattler und Hans Gergard Steimer, 1. Band. Basel: Stroemfeld/Roter Stern, 1995.（FHA, 1）

Hölderlin, Friedrich: *Friedrich Hölderlin Frankfurter Ausgabe, Oden I.* Hrsg. von D. E. Sattler und Michel Knaupp, 4. Band. Basel: Roter Stern, 1984.（FHA, 4）

Hölderlin, Friedrich: *Friedrich Hölderlin Frankfurter Ausgabe, Oden II.* Hrsg. von D. E. Sattler und Michel Knaupp, 5. Band. Basel: Roter Stern, 1984.（FHA, 5）

Hölderlin, Friedrich: *Friedrich Hölderlin Frankfurter Ausgabe, Dichtungen nach 1806 Mündliches.* Hrsg. von Michael Franz und D. E. Sattler, 9. Band. Basel: Stroemfeld/Roter Stern, 1983.（FHA, 9）

Hölderlin, Friedrich: *Friedrich Hölderlin Frankfurter Ausgabe, Entwürfe zur Poetik.* Hrsg. W. Groddeck und D. E. Sattler, 14. Band. Frankfurt a. M.: Roter Stern, 1979.（FHA, 14）

Hölderlin, Friedrich: *Friedrich Hölderlin Frankfurter Ausgabe, Frühe Aufsätze und Übersetzungen.* Hrsg. D. E. Sattler und Michael Franz, 17. Band. Basel: Stroemfeld/Roter Stern, 1991.（FHA, 17）

Hölderlin, Friedrich: *Hölderlin, Sämtliche Werke und Briefe.* Hrsg. Jochen Schmidt, Band 1-3. Frankfurt a. M.: Deutscher Klassiker Verlag, 1992.（KA 1-3）

Hölderlin, Friedrich: *Friedrich Hölderlin, Sämtliche Werke und Briefe.* Hrsg. Michael Knaupp, Band 1-3. München: Hanser, 1992.（MA, 1-3）

Hölderlin, Friedrich: *Über die verschiednen Arten, zu dichten. – Homburg. A, 95-98.* Stadt Bad Homburg v. d. Höhe, Depositum in der Württembergische Landesbibliothek, Hölderlin-Archiv, Homburg. A, 95-98, S. 96.（手稿）

Hölderlin, Friedrich: *Über die Verfahrungsweise des poetischen Geistes – Stuttgarter Foliobuch – Cod. poet. et. phil. fol. 63, I,* 6. Württembergische Landesbibliothek, Hölderlin-Archiv, Stuttgarter Foliobuch, Cod. poet. et. phil. fol. 63, I, 6, Seite 46r.（手稿）

Kant, Immanuel: *Kant's Werke. Band* V. Hrsg. von Königlich Preußischen Akademie der Wissenschaften, Berlin: Druck und Verlag von Georg Reimer, 1913.（カント、イマヌエル『判断力批判』（上・下）、篠田英雄訳、東京、岩波書店、一九六四／二〇一一年。）

Nono, Luigi: „Warum Hölderlin?“ In: *albert extra Hölderlin-Abend am 24. April 1995* Programmheft.

Schiller, Friedrich: *Über naive und sentimentalische Dichtung, 1795.* Hrsg. mit Nachwort und Register versehen von Johannes Beer, Stuttgart: Reclam, 1963.

Schönberg, Arnold: *Harmonielehre,* dritte vermehrte und verbesserte Auflage. Wien: Universal Edition, 1922.

Schönberg, Arnold: *Stil und Gedanke, Aufsätze zur Musik. Gesammelte Schriften 1.* Hrsg. von Ivan Vojtěch, Nördlingen: S. Fischer, 1970. (SuG.)

Schönberg, Arnold: *Stile herrschen, Gedanken siegen. Ausgewählte Schriften.* Hrsg. von Anna Maria Morazzoni, Mainz: Schott Music GmbH & Co. KG, 2007.

Schumann, Robert: *Schriften über Musik und Musiker.* Mit einem Nachwort von Gert Neuhaus und einem Register von Ingeborg Singer. Wiesbaden: Breitkopf & Härtel, 1985.

Schumann, Robert: *Schriften über Musik und Musiker.* Hrsg. von Josef Häusler, Stuttgart: Reclam, 1997.

Schumann, Robert: *Tagebücher. Band 1. 1827-1838.* Hrsg. Georg Eismann, Leipzig: Deutscher Verlag für Musik, 1971/1987.

楽 譜

Berg, Alban: *Vier Lieder für eine Singstimme mit Klavier,* Opus 2, Nach Gedichten von Hebbel und Mombert. Wien: Universal Edition, U. E. 8813.

Berg, Alban: *Zwei Lieder* (*Theodor Storm*). Wien: Universal Edition, U. E. 12241, 1960.

Brahms, Johannes: *Das Schicksalslied, für Chor und Orchester,* Op. 54. Leipzig: Breitkopf & Härtel, PB2230.

Britten, Benjamin: *Sechs Hölderlin Fragmente. voice & piano,* Op. 61. London: Boosey & Hawkes, 1963.

Cage, John: *4′33″* U. S. A.: Edition Peters. No. 6777.

Eisler, Hanns: „Hölderlin – Fragmente für Singstimme und Klavier“ In: *Ausgewählte Lieder I.* Leipzig: Deutscher Verlag für Musik-Leipzig, 1971.

Eisler, Hanns: *Hollywooder Liederbuch*. Korrigierter Reprint der Erstausgabe mit Anmerkungen von Oliver Dahin, und Peter Deeg. Leipzig: Deutscher Verlag für Musik Leipzig, DVfM 9070, 2008.

Holliger, Heinz: *Die Jahreszeiten. Lieder nach Gedichten von Scardanelli* (*Hölderlin*) *für gemischten Chor a cappella* (1975/ 1978/ 1979). Mainz: Schott ED 6887, 1982.

Komma, Karl Michael (Hrsg.): *Lieder und Gesänge. Nach Dichtungen von Friedrich Hölderlin.* Mit Einleitung und Erläuterungen von Karl Michael Komma. Tübingen: J. C. B. Mohr (Paul Siebeck), 1967.

Nono, Luigi: *Fragmente – Stille, An Diotima per quartetto d'archi* (*1979-1980*). Milano: Ricordi, 1997.

Reimann, Aribert: *Hölderlin-Fragmente für Sopran und Orcheter* (*1963*). Studienpartitur. Mainz: Ars Viva Verlag, 1965.

Reimann, Aribert: *Aria e Canzona für Sopran und Klavier* (*Schiller/ Hölderlin*). Mainz: Schott ED 9971, 2006.

Rihm, Wolfgang: *Drei Hölderlin-Gedichte für Sopran* (*oder Tenor*) *und Klavier* (*2004*). Wien: Universal Edition, 2005.

Schönberg, Arnold: Die Kürze. (Entwurf) archive.schoenberg.at/compositions/manuskripte.php? werke_id=82&id_quelle=119&id_gatt=&id_untergatt=&herkunft=allewerke (二〇一九年一月二一日閲覧)

Schönberg, Arnold: *Sämtliche Werke*. Reihe A, Bd. 1, *Lieder mit Klavierbegleitung*. Hrsg. von Josef Rufer, Mainz: Gesellschaft zur Förderung der Arnold Schönberg-Gesamtausgabe e. V., 1966-1988.

Schönberg, Arnold: *Sämtliche Werke*. Reihe B, Bd. 1/2, T. 2, *Lieder mit Klavierbegleitung, Kritischer Bericht, Fassungen, Skizzen, Fragmente*. Hrsg. von Christian Martin Schmidt, Mainz: Gesellschaft zur Förderung der Arnold Schönberg-Gesamtausgabe e. V., 1990.

Schönberg, Arnold: *Sämtliche Werke*. Reihe. B, Bd. 18, 3, *Chorwerke I*. Hrsg. von Tadeusz Okujar und Martina Sichardt, Mainz: Gesellschaft zur Förderung der Arnold Schönberg-Gesamtausgabe e. V., 1991.

Schubert, Franz: *Die schöne Müllerin*, Op. 25, Hrsg. von Walther Dürr, Kassel, Basel: Bärenreiter, BA 9117, 2010.

Schubert, Franz: *Lieder, für eine Singstimme mit Pianofortebegleitung*, Band I. Leipzig: C. F. Peters, 9023.

Schumann, Robert: *Schumann Sämtliche Lieder I, für eine Singstimme mit Klavierbegleitung*, Nach den Handschriften und Erstdrucken. Originalausgabe. Leipzig: C. F. Peters.

Schumann, Robert: *Schumann Sämtliche Lieder II, für eine Singstimme mit Klavierbegleitung*, Nach den Handschriften und Erstdrucken. Originalausgabe. Leipzig: C. F. Peters.

Schumann, Robert: *Schumann Sämtliche Lieder III, für eine Singstimme mit Klavierbegleitung*, nach den Handschriften und Erstdrucken. Originalausgabe. Leipzig: C. F. Peters.

Webern, Anton: *5 Lieder nach Stefan George*, Op. 3, Wien: Universal-Edition. Nr. 6645.

Wolf, Hugo: *Gedichte von Eduard Mörike für eine Singstimme und Klavier*. Wien: Musikwissenschaftlicher Verlag, 1963.

Zelter, Carl Friedrich: *Fünfzig Lieder, 32 Lieder nach Gedichten von Goethe und 18 Lieder nach Worten verschiedener Dichter für eine Singstimme und Klavier*, Hrsg. von Ludwig Landschoff, ausgewählt und mit Unterstützung der Goethe-Gesellschaft. Mainz: Schott, No. 115.

二次資料

外国語文献

Abeln, Carolin: *Sprache und neue Musik. Hölderlin-Rezeption bei Wilhelm Killmayer, Heinz Holliger, Wolfgang Rihm und Luigi Nono*. Rombach Verlag: Freiburg i.Br./Berlin/Wien, 2017.

Adorno, Theodor W.: „Parataxis“. In: *Noten zur Literatur*. suhrkamp taschenbuch, Wissenschaft 355, Frankfurt a. M.: Suhrkamp Verlag, 1981. S. 447-491.

Ders.: *Philosophie der neuen Musik*. suhrkamp taschenbuch, Wissenschaft 239, Frankfurt am Main: Suhrkamp Verlag, 1976/1978.

Albert, Claudia: *Das schwierige Handwerk des Hoffens. Hanns Eislers »Hollywooder Liederbuch«*. Stuttgart: Metzlersche

Verlagsbuchhandlung, 1991.

Ders.: „Materialbegriff und Interdependenz von Sprache und Musik am Beispiel von Lyrikvertonungen". In: *Das Selbstverständnis der Germanistik: aktuelle Diskussionen*. Hrsg. von hrsg. von Norbert Oellers, Tübingen: M. Niemeyer, 1988, S. 228-241.

Allwardt, Ingrid: *Die Stimme der Diotima. Friedrich Hölderlin und Luigi Nono*. Berlin: Kulturverlag Kadmos, 2004.

Andraschke, Peter: „Hölderlin-Fragmente". In: *Das musikalische Kunstwerk: Geschichte, Ästhetik, Theorie, Festschr. Carl Dahlhaus zum 60. Geburtstag*. S. 743-752. Regensburg: Laaber, 1998.

Bayerl, Sabine: *Von der Sprache der Musik zur Musik der Sprache: Konzepte zur Spracherweiterung bei Adorno, Kristeva und Barthes*. Würzburg: Königshausen & Neumann, 2002.

Bertaux, Pierre: *Friedrich Hölderlin*. suhrkamp taschenbuch 686, Frankfurt a. M.: Suhrkamp Verlag, 1981.

Ders.: *Hölderlin-Variationen*. Suhrkamp taschenbuch 1018, Frankfurt a. M.: Suhrkamp Verlag, 1984.

Binder, Wolfgang: „Hölderlins Verskunst" In: *Hölderlin Jahrbuch* 23. Tübingen: Mohr, 1982/83. S. 10-33.

Böschenstein, Bernhard: „Hölderlins späteste Gedichte" In: *Hölderlin Jahrbuch* 14 Tübingen: Mohr, 1965/66. S. 33-56.

Bremer, Dieter. „Versöhnung ist mitten im Streit Hölderlins Entdeckung Heraklits" In: *Hölderlin Jahrbuch* 30. Stuttgart: J. B. Metzler, 1998. S. 173-199.

Breuning, Franziska: „Der Klang verschwiegener Worte. Hölderlin in der neuen Musik" In: *Castrum Peregrini, Friedrich Hölderlin zu seiner Dichtung*. Zeitschrift für Literatur, Kunst- und Geistesgeschichte. Hrsg. von Christophe Fricker, Amsterdam: Die Stichting Castrum Peregrini, 2005. S. 138-149.

Brinkmann, Reinhold: „Schönberg und George, Interpretation eines Liedes" In: *Archiv für Musiwissenschaft* 26, Trossingen, 1969. S. 1-28.

Caduff, Corina: „Prima la Musica, Oder die Musik als das andere der Sprache." In: *Lesbarkeit der Kultur, Literaturwissenschaften zwischen Kulturtechnik und Ethnographie*. Hrsg. von Gerhard Neumann, München: Wilhelm Fink, 2000.

Campbell, Victoria: „Sound, music and the language of harmony in the works of Friedrich Hölderlin." Ph. D. Diss., Oxford, Univ., The Queen's College, 1996.

Diels, Hermann (Hrsg.): *Herakleitos von Ephesos.* Berlin: Weidmannsche Buchhandlung, 1909.

Döhler, Andreas: „Anneigung durch Fragmentierung. Funktion und Poetizität der Gedicht-Montagen Hanns Eislers." In: *Weimarer Beiträge. Zeitschrift für Literaturwissenschaft, Ästhetik und Kulturtheorie.* 35. Jahrgang. Berlin und Weimar: Auflag-Verlag, 1990. S. 434-445.

Dümmling, Albrecht (Hrsg.): *Friedrich Hölderlin. Vertont von Hanns Eisler, Paul Hindemith, Max Reger.* München: Kindler, 1981.

Eggebrecht, Hans Heinrich: *Sinn und Gehalt. Aufsätze zur musikalischen Analyse.* Taschenbücher zur Musikwissenschaft 58, Hrsg. von Richard Schaal, Wilhelmshaven: Heinrichshofen's Verlag, 1979.

Ericson, Kristina: *Heinz Holliger – Spurensuche eines Grenzgängers. Das kompositorische Schaffen im Spiegel der Beschäftigung mit Sprache, Atem, Schweigen.* Bern: Peter Lang AG, 2004.

Franz, Michael: „Hölderlins Platonismus. Das Weltbild der ‚exzentrischen Bahn' in den *Hyperion*-Vorreden." In: *Allgemeine Zeitschrift für Philosophie* Jg. 22, Stuttgart-Bad Cannstatt: frommann-holzboog, 1997. S. 167-187.

Ders (Hrsg): *„... im Reich des Wissens cavalieremente"?. Hölderlins, Hegels und Schellings Philosophiestudium an der Universität Tübingen.* Tübingen: Hölderlin-Gesellschaft: Edition Isele, 2005.

Frenzel, Herbert und Elisabeth (Hrsg.): *Daten deutscher Dichtung. Chronologischer Abriß der deutschen Literaturgeschichte.* Bd. 1-2. dtv 3003, 3004. München: Deutscher Taschenbuch Verlag, 2004.

Gaier, Ulrich: *Hölderlin.* Uni-Taschenbücher 1731, Tübingen und Basel: Franke Verlag, 1993.

Gaier, Ulrich: „Neubegründung der Lyrik auf Heinses Musiktheorie." In: *Hölderlin Jahrbuch* 31. Stuttgart: J. B. Metzler, 2000. S. 129-138.

Georgiades, Thrasybulos Georigios.: *Musik und Sprache – Das Werden der abendländischen Musik dargestellt an der Vertonung*

der Messe. Berlin: Springer-Verlag, 1974.（ゲオルギアーデス、トラシュブロス・ゲオリギオス『音楽と言語――ミサの作曲に示される西洋音楽の歩み』、木村敏訳、東京、講談社、一九九四年。）
Ders.: *Schubert. Musik und Lyrik*. Göttingen: Vandenhoeck & Ruprecht（2. Auflage）, 1979.（ゲオルギアーデス、トラシュブロス・ゲオリギオス『シューベルト　音楽と抒情詩』、谷村晃、樋口光治、前川陽郁訳、東京、音楽之友社、二〇〇〇年。）
Görner, Rüdiger: *Grenzen, Schwellen, Übergänge. Zur poetik des Transitorischen*. Göttingen: Vandenhoeck & Ruprecht, 2001.
Grenz, Friedemann: *Adornos Philosophie in Grundbegriffen. Auflösung einiger Deutungsprobleme; mit einem Anhang, Theodor W. Adorno und Arnold Gehlen, Ist die Soziologie eine Wissenschaft vom Menschen? : ein Streitgespräch*. Frankfurt a. M.: Suhrkamp, 1974.
Grimm, Jakob und Wilhelm（Hrsg.）: Deutsches Wörterbuch von Jacob Grimm und Wilhelm Grimm. 11. Band, Leipzig: Verlag von S. Hirzel, 1935.
Heißenbüttel, Helmut: „Hölderlin oder die Schwierigkeit, Poesie zu vertonen." In: *Friedrich Hölderlin. Text+Kritik. Zeitschrift für Literatur*. Sonderband. Hrsg. von Heinz Ludwig Arnold, München: edition text+kritik, 1996. S. 237-250.
Hellingrath, Norbert von: *Pinderübertragungen von Hölderlin. Prolegomena zu einer Erstausgabe*. Jena: Eugen Diederichs, 1911.
Hiller, Marion. *>Harmonisch entgegengesetzt< Zur Darstellung und Darstellbarkeit in Hölderlins Poetik um 1800*. Tübingen: Niemeyer, 2008.
Hölderlin-Archiv（Hrsg.）: *Musikalien und Tonträger zu Hölderlin 1806-1999*. Sonderband auf der Grundlage der Sammlungen des Hölderlin-Archivs der Württembergischen Landesbibliothek. Stuttgart: Friedrich Frommann Verlag, 2000.
Holzboog, Günter（Hrsg.）: *Hölderlin und der Deutsche Idealismus*. Dokumente und Kommentare zu Hölderlins philosophischer Entwicklung und den philosophische-kulturellen Kontexten seiner Zeit. Dargestellt und hrsg. von Christoph Jamme und Frank Völkel. Bd. 1-4. Stuttgart-Bad Cannstatt: Frommann-Holzboog, 2003.
Hotaki, Leander: *Robert Schumanns Mottosammlung*. Übertragung, Kommentar, Einführung. Rombach Wissenschften- Reihe

Litterae. Hrsg. von Gerhard Neumann und Günter Schnitzler, Bd. 59. Freiburg: Rombach-Verlag, 1998.

Hösle, Vittorio, Neuser, Wolfgang (Hrsg.): *Logik, Mathematik und Naturphilosophie im objektiven Idealismus.* Würzburg: Königshausen & Neumann, 2004.

Jeorgakopulos, Katharina. *Die Aufgabe der Poesie, Präsenz der Stimme in Hölderlins Figur der Diotima.* Würzburg: Königshausen & Neumann, 2003.

Jeschke, Lydia: „Ohne Hölderlin nichts los?: Literarische Titel in der neuen Musik." In: *Positionen. Beiträge zur neuen Musik*, 47. Berlin: Verlag Positionen, 2001. S. 23-26.

Johnen, Kurt: *Allgemeine Musiklehre.* Dreizehnte Auflage, Stuttgart: Reclam, 1982.

Jooß, Mirjam Ruth: „The Musicality of Odes and their Reception in Music: a Comparative Study of three Odes by Friedrich Hölderlin and their Musical settings." Masters thesis., Liverpool, University, 2004.

Kastberger, Klaus: „Zu welchem Ende studiert man den poetischen Geist? Am Beispiel einer Handschrift von Friedrich Hölderlin." In: *Handschrift.* Hrsg. von Wilhelm Hemecker, Wien/München: Zsolnay Verlag, 1999.

Killmayer, Wilhelm: „Zur Lautstruktur bei Hölderlin." In: *Hölderlin-Jahrbuch* 28. Stuttgart: J. B. Metzler, 1993. S. 218-238.

Killmayer, Wilhelm: „» Gehet Ihr aus eurem Klugheitsjahrhundert heraus, um zusammen zu seyn! « Zu meinen Vertonungen der späten Hölderlin-Gedichte." In: *Friedrich Hölderlin. 17./18. Februar 1990.* Essays, Interpretationen – Termine, Programme. Internationale Hugo-Wolf-Gesellschaft Stuttgart, 1990. S. 97-100.

Killmayer, Wilhelm: „Sprache als Musik." In: *Jahrbuch/Bayerische Akademie der schönen Künste.* Schaftlach. 16, Göttingen: Wallstein, 2002. S. 147-159.

Kluge, Friedrich: *Etymologisches Wörterbuch der deutschen Sprache*, 21. unveränderte Auflage, Hrsg. von Walter Mitzka, Berlin: Walter de Gruyter, 1975.

Kolleritsch, Otto (Hrsg.): *Die Musik Luigi Nonos. Studien zur Wertungsforschung*, Band 24, Wien. Graz: Universal Edition, 1991.

Komma, Karl Michael: „Probleme der Hölderlin-Vertonung." In: *Hölderlin Jahrbuch* 9. Tübingen: J. C. B. Mohr, 1957. S. 201-218.

Komma, Karl Michael (Hrsg.): *Lieder und Gesänge. Nach Dichtungen von Friedrich Hölderlin.* Mit Einleitung und Erläuterungen. Tübingen: J. C. B. Mohr, 1967.

Konrad, Michael. *Hölderlins Philosophie im Grundriss.* Bonn: H. Bouvier u. Co. Verlag, 1967.

Krabiel, Klaus Dieter: *Tradition und Bewegung zum sprachlichen Verfahren Eichendorffs. Studien zur Poetik und Geschichte der Literatur.* Bd. 28. Hrsg. von H. Fromm, H. Kuhn, W. Müller-Seidel und F. Sengel. Stuttgart: W. Kohlhammer, 1 973. S. 44-56.

Kreutzer, Hans Joachim: „Tönende Ordnung der Welt. Über die Musik in Hölderlins Lyrik." In: *Obertöne, Literatur und Musik. Neun Abhandlungen über das Zusammenspiel der Künste.* Würzburg: Königshausen & Neumann, 1994. S. 67-102.

Kreuzer, Johann (Hrsg.): *J. Ch. F. Hölderlin, Theoretische Schriften.* Hamburg: Felix Meiner Verlag, 1998.（クロイツァー、ヨハン『省察』、武田竜也訳、東京、論創社、二〇〇三年。）

Ders. (Hrsg.): *Hölderlin Handbuch. Leben – Werk – Wirkung* Sonderausgabe. Stuttgart/ Weimar: Verlag J. B. Metzler, 2002 /2011.

Linden, Werner: *Luigi Nonos Weg zum Streichquartett, Vergleichende Analysen.* Kassel: Bärenreiter-Verlag, 1989.

Martens, Gunter: *Friedrich Hölderlin.* 3. Auflage, Reinbek bei Hamburg: Rowohlt, 1996/2003.

Menninghaus, Winfried: *Hälfte des Lebens.* Frankfurt a. M.: Suhrkamp, 2005.

Menninghaus, Winfried: *Unendliche Verdopplung. Die frühromantische Grundlegung der Kunsttheorie im Begriff absoluter Selbstreflexion.* Frankfurt a. M.: Suhrkamp, 1987.

Mein, Georg: *Die Konzeption des Schönen. Der ästhetische Diskurs zwischen Aufklärung und Romantik: Kant – Moritz – Hölderlin – Schiller.* Bielefeld: Aisthesis, 2000.

Mohr, Georg und Kreuzer, Johann (Hrsg): *Vom Sinn des Hörens, Beiträge zur Philosophie der Musik.* Würzburg: Königshausen

& Neumann, 2012.

Ozawa, Kazuko: „„Ganz original ist keiner.“ Inspiration und Zeitgeist.“ In: Hrsg. von Helmut Loos, *Robert Schumann Persönlichkeit, Werk und Wirkung*. Bericht über die Internationale Musikwissenschaftliche Konferenz vom 22. bis 24. April 2010 in Leipzig. Leipzig: Gudrun Schröder Verlag, 2011. S. 379-399.

Pöggeler, Otto: „Hegel, der Verfasser des ältesten Systemprogramms des deutschen Idealismus.“ In: Hrsg. C. Jamme u. H. Schneider, *Mythologie der Vernunft*. suhrkamp taschenbuch wissenschaft 413, Frankfurt a.M.: Suhrkamp, 1984. S.126-143.

Polledri, Elena: „*... immer bestehet ein Maas“. Der Begriff des Maßes in Hölderlins Werk*. Würzburg: Königshausen & Neumann, 2002.

Pott, Hans-Georg: *Schiller und Hölderlin. Studien zur Ästhetik und Poetik*. Frankfurt a. M.: P. Lang, 2002.

Roberg, Thomas (Hrsg.): *Friedrich Hölderlin. Neue Wege der Forschung*. Darmstdt: Wissenschaftliche Buchgesellschaft, 2003.

Ryan, Lawrence J.: *Hölderlins Lehre vom Wechsel der Töne*. Stuttgart: W. Kohlhammer, 1960.

Scher, Steven Paul (Hrsg.): *Literatur und Musik. Ein Handbuch zur Theorie und Praxis eines komparatistischen Grenzgebietes*. Berlin: E. Schmidt, 1984.

Schmidt, Jochen: „Sobria ebrietas. Hölderlins *Hälfte des Lebens*.“ In: *Hölderlin Jahrbuch* 23. Tübingen: Mohr, 1982/83. S. 182-190.

Schuhmacher, Gerhard: *Geschichte und Möglichkeiten der Vertonung von Dichtungen Friedrich Hölderlins*. Regensburg: Gustav Bosse Verlag, 1967.

Schurz, Robert: *Ethik nach Adorno*. Basel: Roter Stern, 1985.

Schwarz, Herta: *Von Strom der Sprache. Schreibart und >Tonart < in Hölderlins Donau-Hymnen*. Stuttgart: J. B. Metzler, 1994.

Selbmann, Rolf: „Zur Blindheit über-redete Augen. Hölderlins Hälfte des Lebens mit Celans Tübingen, Jänner als poetologisches Gedicht gelesen.“ In: *Jahrbuch der deutschen Schillergesellschaft*, 36 Jahrgang. Stuttgart: A. Kröner, 1992.

Spree, Hermann: *„Fragmente – Stille, An Diotima“ Ein analytischer Versuch zu Luigi Nonos Streichquartett*. Saarbrücken:

PFAU-Verlag, 1992.
Stenzl, Jürg (Hrsg.): *Luigi Nono. Texte, Studien zu seiner Musik.* Zürich: Atlantis Musikbuch-Verlag, 1975.
Szondi, Peter: *Hölderlin-Studien. Mit einem Traktat über philologische Erkenntnis.* edition suhrkamp 379, Frankfurt a.M.: Suhrkamp, 1970.（ソンディ、ペーター『ヘルダーリン研究』、ヘルダーリン研究会訳、東京、法政大学出版局、二〇〇九年。）
Vietor, Karl: *Die Lyrik Hölderlins. Eine analytische Untersuchung.* Darmstadt: Wissenschafliche Buchgesellschaft, 1967.
Wagner, Andreas (Hrsg.): *Luigi Nono. Dokumente Materialien.* Saarbrücken: PFAU-Verlag, 2003.
Waldenfels, Bernhard: *Sinne und Künste im Wechselspiel. Modi ästhetischer Erfahrung.* suhrkamp taschenbuch wissenschaft 1973, Frankfurt a.M.: Suhrkamp Verlag, 2010.
Wieke, Thomas: „Sprache als Musik. Zur Klangtechnologie in Hölderlins Gedichten." In: *Temperamente. Blätter für junge Literatur.* Berlin: Neues Leben, 2/ 1984. S. 126-132.
Willison, Ann: „Bettines Kompositionen: Zu einem Notenheft der Sammlung Heineman." In: *Internationales Jahrbuch der Bettina-von Arnim-Gesellschaft,* Hrsg. von Lemm, Uwe, 3/ 1989. S. 183-208.
Ziche, Paul: „Mathematik und Physik als philologisch-geschichtliche Wissenschaften. Christoph Friedrich Pfeiderers Inauguralthesen in den Fächern Mathematik und Physik (1790-1792)" In: *»... im Reiche des Wissens cavalieremente«?* Hrsg. von Michael Franz, Hölderlin-Gesellschaft, Tübingen/Eggingen: Isele, 2005. S. 372-406.
Zuberbühler, Rolf: *Hölderlins Erneuerung der Sprache aus ihren etymologischen Ursprüngen.* Berlin: E. Schmidt, 1969.

邦訳文献

アガンベン、ジョルジョ『思考の潜勢力——論文と講演』、高桑和巳訳、東京、月曜社、二〇〇九年。

エッカーマン、ヨハン・ペーター『ゲーテとの対話』（下）、山下肇訳、東京、岩波書店、二〇一一年。

グリフィス、ポール『現代音楽、１９４５年以後の前衛』、石田一志、佐藤みどり訳、東京、音楽之友社、一九八四年／一九九二年。

チクセントミハイ、ミハール『楽しみの社会学』、今村浩明訳、東京、新思索社、二〇〇〇年。

プラトン『饗宴　恋について』、山本光雄訳、東京、角川学芸出版、二〇一二年。

ヘルダーリン、フリードリッヒ『ヒュペーリオン　ギリシャの隠者』、青木誠之訳、東京、筑摩書房、二〇一〇年。

ラクー＝ラバルト、フィリップ『虚構の音楽』、谷口博史訳、東京、未來社、一九九六年。

ラクー＝ラバルト、フィリップ『経験としての詩』、谷口博史訳、東京、未來社、一九九七年。

日本語文献、資料

朝枝倫子「C．F．シューバルトの「調の性格付け」とベートーヴェンの歌曲における調の選択」、『お茶の水女子大学人文科学紀要』第五〇巻、二二七―二四三頁。

青木誠之『ヘルダーリン研究』、長野、私家版タイムズ、二〇一〇年。

――「目に映じる時――ヘルダーリン最後期の詩へのスケッチ」、『イドゥーナ』（ヘルダーリン研究会）第二号、二〇〇二年、六三―九三頁。

小磯　仁『ヘルダリーン』（人と思想一七一）、東京、清水書院、二〇〇〇年。

子安ゆかり「20世紀音楽の論理と共振するヘルダーリンの詩法」、東京大学総合文化研究科『言語情報科学』第7号、二〇〇九年、二一九―二三五頁。

――「付曲された『生の半ば』」、『武蔵野音楽大学研究紀要』第四〇号、二〇〇九年、一九―三五頁。

――「付曲するとは、いかなる行為であるのか――Vertonen をめぐる一考察」、『武蔵野音楽大学研究紀要』第四七号、二〇一六年、四七―六六頁。

篠岡恒悦『伊英独仏音楽用語辞典』、東京、春秋社、二〇一五年。

滝藤早苗「E．T．A．ホフマンの調性格論――C．F．D．シューバルトの見解との比較」、『慶応義塾大学日吉紀要　ドイツ語学・文学』第三八巻、五五―七六頁。

田中美知太郎「ヘラクレイトスの言葉」、『田中美知太郎全集』第一二巻、東京、筑摩書房、一九七一年、三八五―四五六頁。

日生劇場（編）『日生劇場開場50周年記念事業《ライマン・プロジェクト2012》講演録 2012年6月30日〜2013年3月11日』、東京、日生劇場（公益財団法人ニッセイ文化振興団）、二〇一三年五月二五日発行。

日生劇場（編）『日生劇場開場50周年記念事業《ライマン・プロジェクト2013》講演録 2013年5月25日〜2014年1月17日』、東京、日生劇場（公益財団法人ニッセイ文化振興団）、二〇一四年三月二八日発行。

沼野雄司『リゲティ、ベリオ、ブーレーズ、前衛の終焉と現代音楽のゆくえ』、東京、音楽之友社、二〇〇五年。

宮原　朗「ヘルダーリンの詩論の基本構造Ⅰ」、埼玉大学教養学部『埼玉大学紀要』第二七巻、一九九一年、一―一三頁。

――「ヘルダーリンの詩論の基本構造Ⅱ」、埼玉大学教養学部『埼玉大学紀要』第二八巻、一九九二年、一三―二五頁。

ラッヘンマン、ヘルムートほか「シンポジウム、ルイジ・ノーノと《プロメテオ》」、『InterCommunication』No. 27、一九九九年、一二八―一四二頁。

あとがき

遠い昔に音楽大学の学生だったわたしは、およそ語学を学ぶことにも、そして机に向かってこつこつ勉強することにも積極的ではない、孵るかもわからないピアニストの卵だった。そのようなわたしがドイツ詩に深くのめり込んだのは、ドイツ・リートに出会ったからである。

ドイツ・リートにおける詩と音楽の深淵なる関係性と、ピアノという楽器が持つ豊かな可能性に深く魅せられ、ドイツへと飛び立ち、ケルン音楽大学で歌曲演奏法を学んだ。だから、ドイツ文学における綺羅星たちにもすべてドイツ・リートの中で出会っている。ゲーテ、ハイネ、リュッケルト、アイヒェンドルフ、メーリケ、そしてゲオルゲやトラークル、ツェランに至るまでなんと多くの綺羅星たちがいることだろう。そんなドイツ・リートにおける綺羅星たちの中で、特別な光を放っていたのがヘルダーリンだった。音楽の世界では、ヘルダーリンは難解な詩人であり現代音楽と深く結びついた詩人である。それでも偉大な作曲家たちの作品を聴き音楽の力の助けを借りて、遠巻きにすることしかできなかった存在に一歩ずつ近づいてゆけるようになっていった。

音楽に満ちたドイツでの暮らしはそれだけで幸せだったが、さらに、エリザベート・シュワルツコップフ先生、ディートリヒ・フィッシャー＝ディースカウ先生の両巨匠のもとで研鑽を積むという、およそリート・ピアニストにとっては、それだけで一生分の幸運とも言える幸運に恵まれた。このお二人の下で演奏し学ぶことで、わたしはさらにドイツ・リートにのめり込み、ドイツ詩に魅せられていった。このお二人には、「詩×音楽」の真髄を教えていただけた。その時のお二人の表情一つ、声のニュアンス一つに至るまで今でも生き生きと甦ってくる。またお二人からは、響きとしてのドイツ語の美しさ、そしてドイツ語は決して歌いにくい言語ではないことも教えていただいた。お二人と過ごした日々を通して、わたしの耳は鍛えられていった。

この深淵なるドイツ・リートの世界を、ドイツ語が母語である演奏家と同じように理解できたらという思いが、演奏活動の傍らケルン総合大学でドイツ学（Germanistik）を学び始める動機となった。だからわたしにとってケルンは、音楽家としての故郷であると同時に研究活動の原点でもある。そこでわたしのことを今でも家族の一員とみなしてくださるカール＝ハインツ・ゲッタルト先生にも出会った。中高ドイツ語を専門とする教授でいらしたゲッタルト先生は、音楽を専門とするわたしが学術研究にも取り組むことを肯定し応援してくださった。だからまず最初に感謝を捧げたいのは、ゲッタルト先生である。そうして、わたしはおぼつかない足取りながら、ピアノに向かうことと机に向かうことを両立させる生活を始めた。それは帰国後も続いた。

本書の元となったのは、二〇一六年に東京大学大学院総合文化研究科超域文化科学（表象文化論）専攻に提出した博士学位論文である。出版にあたり必要に応じてかなりの修正を行い、また各データについては、この二年半の間にアップデートされたものは最新のデータにしているが、内容も章立ても原論文のままである。なお、出版にあたっては平成三〇年度東京大学学術成果刊行助成制度の補助を受けた。

本書が、今こうして一冊の本になろうとするまでに、実に多くの方々にお世話になり、導かれ、そして勇気と根性をいただいた。

まず、ご指導くださった諸先生方に深く感謝申し上げたい。ドイツでは、博士課程の学生の指導教授のことを「博士〔課程〕の父 Doktorvater」と呼ぶ。わたしの指導教授であった長木誠司先生の「父」ぶりは、細かいことには拘らず、しかしいつも大局的に捉え正しい方向づけを促すような、心から信頼し尊敬できる「りっぱな父」だった。わたしは博士課程の初めの頃は、ただ漂流していたも同然だった。そのようなまだ一筋の光も見いだせずにいた頃より常に的確なご助言を賜った。もがき苦しむ私の要領を得ない話を聞くや否や、要点をまとめ、問題点を明らかにしてくださる様は見事という他なく、混迷を極める中でもいつも次の一歩を見つけることができた。また本研究の切り口はひとつの挑戦であり、なかなか理解者を得ることもままならない中で「僕は面白いと思う」と当初から認め続けてくださったことにどれほど助けられたか計り知れない。長木先生のご指導がなければ、本研究は未だに泥沼にはまったままだろうし、やり続ける勇気もどこかで萎えてしまっていたかもしれない。さらには、審査の先生方からいただいた沢山の宿題に答えようと修正をする時にも、常に頼りになる「父」であったし、公刊するという一大事にチャレンジする際にも背中を押していただいた。どれほど感謝してもし尽せない思いである。

　青木誠之先生にも大変お世話になった。ヘルダーリンは、音楽の世界では現代音楽との文脈で語られることが多く、「わけのわからない詩人」と捉えられがちである。そのような詩人に取り組もうと決断できたのは、ヘルダーリン研究を専門とされている青木誠之先生のお陰である。修士一年の講読の授業でのことは今でもはっきり覚えている。予め読み、文意をまとめるといったことを予想していたのだが、いきなり「逐語訳してください」の一言を聞き、青くなった。それから先生の下では、ヘルダーリンの詩や文献を、不定冠詞のあるなしにまでこだわって翻訳し続けた。その作業のおかげで、難解な文章と向き合う体力が知らず知らずのうちに備わり、ヘルダーリン自身の論考と格闘するという大胆な挑戦ができたのではないかと思う。同時に青木先生にはヘルダーリンのことばがいかに美しいか、またいかに広がりのある詩人であるのかも教えていただいた。さらには未熟な草稿がなんとか論文の体を成すまでに何度も鋭いご指摘を賜った。口調は穏やかで優しく、しかし内容は鋭く厳しいご指摘を受けるたびに、どうしたら青木先生にもわたしの考えていることを理解していただけるかと考え抜いたことが、わたしの思考を前に進めてくれた。心から感謝する次第である。

学位審査の際に副査を務めてくださった石光泰夫先生、竹峰義和先生およびヘルマン・ゴチェフスキ先生にも心よりの感謝を申し上げたい。石光先生には、中間発表の際から何度も貴重なご助言を賜った。そのご助言をなんとか生かそうと考えたことにより独りよがりの文章を見直すことができた。竹峰先生には、日頃の印象と同じく明晰にわたしの論文の全容を見通され、今後の研究につながるご指摘を賜った。またゴチェフスキ先生には、論文に散見された不明瞭さや論述の未熟さをご指摘いただいた。もしも本書が多少なりとも論述の緻密さや厳密さを備えているとしたら、それはゴチェフスキ先生のお陰である。

さらには、青木先生を中心とする勉強会のメンバーである畠山寛先生と江黒史彦氏にも深く感謝したい。かれらは、学者はネクラであるというわたしの漫然とした先入観をすっかり払拭し、陽気にそして真剣に学友となってくださった。授業だけでは足りないと、青木先生の下、体育会の特練さながらに土日も一日中人気の少ない駒場の教室に籠り、ハイデッガーと格闘したことも懐かしい思い出である。その後、場所は学外になってもかれらとの勉強会は常に大切な場だった。だから本研究の成果はかれらの存在抜きでも考えられない。多様な視点からの突っ込んだ議論は常に刺激的であり、焼き鳥とビールと共になされたアフター勉強会での何気ない一言からも実に多くのことを学ばせていただいた。

シュトゥットガルトにある州立図書館内のヘルダーリン・アルヒーフにも心からの感謝を述べたい。ヘルダーリンをテーマにしようと決意した時から、休みごとに通ったことは良き思い出である。およそヘルダーリンにまつわる資料を可能な限り収集し、研究者のために提供してくださるこの資料室のお陰でわたしは研究をすることができた。修士の時から足掛け一〇年経つうちに司書の方々も三代くらい変わったけれど、優しい笑顔と迅速な対応は変わらなかった。朝一〇時から夕方一七時まで机一杯に資料を広げて読み、考える時間は、わたしに学ぶ喜びを与えてくれた。

長木先生の下に集う多くの方々の存在も、常にわたしに多くの刺激を与えてくれた。具体的なアドバイスもさることながら、かれらと過ごしたゼミや勉強会での時間はとても貴重だった。一人一人お名前を挙げることは叶わないが、心からの感謝を捧げたい。そして、武蔵野音楽大学のリートクラスの（元）学生たちにも心からの「ありがとう」を伝えたい。かれら、かの女らは、ある時は「詩と音楽とは何か」、「音を聴くとはどのようなことか」と考え続けるわたしの実験台（？）であり、またある時はドイツ・リートを心から愛する同志のようであり、無条件にわたしの奮闘を応援してくれる家族のような存在だった。

臼井隆一郎先生と本書の出版を快く引き受けてくださった書肆心水社の清藤洋氏にも深く感謝を申し上げたい。臼井先生のゼミのテーマは、わたしにとって全く知らない世界のことばかりでとても刺激的だった。そして、絶妙なタイミングでいつも励ましてくださった。先生は、常に「面白いこと」を探し実践なさり、そして精力的に書き続けていらっしゃる。その背中を拝見するだけでも勉強になるが、それればかりではなく折に触れては「面白そうな場」にお誘いくださった。そんな「面白い場」の一つである異種交流の場で、わたしは先生から書肆心水社の清藤さんをご紹介いただいた。今、初校ゲラを見ながら、編集者の方の目が通るということはこういうことなのか、と深く感じ入っている。そして、恥じ入りながらも、細かく赤を入れていただけることの有難さを噛み締めている。

最後に、個人的なことになるが、夫・一平と家族にも心からの感謝を捧げたい。かれを筆頭とするこの応援団は、わたしの精神的支柱であり、わたしが挑戦をし続けることができたのは本当にかれらのお陰である。

このように多くの方々に助けられ、支えられるとはなんと幸せなことだろうか。すべての方々に心からの「ありがとうございました！」を捧げる。

本書が芸術活動に携わる方々へのエールになること、それがわたしが願う密かな夢である。もしこの小さな声援に対する「こだま」を聴けるなら、「おと」に共鳴する協和音は勿論のこと、反発、ご批判の鋭い不協和音であってもすべて望外の喜びとなるだろう。自らの音だけでは聴くことが叶わないそのような「新しい音」こそ、わたしを次の一歩へと導いてくれると信じているからである。

わ　行

ま　行

『マドンナに *An die Madonna*』　――216
〈まぼろし *Täuschung*〉作品 89•19（D911•19）　――81

《見えざる者 *L'invisible*》　――214
『短さ *Die Kürze*』　――89, 187
《短さ *Die Kürze*》　――187, 189

『ムネモシュネー *Mnemosyne*』　――34

『メロディ　リューダに *Melodie An Lyda*』　――23

や　行

『野外へ *Der Gang aufs Land*』　――169

『夕べの想い *Abendphantasie*』　――98
『許しがたきこと *Das Unverzeihliche*』　――39, 89
『許しを求めて *Abbitte*』　――39, 89, 187
《許しを求めて *Abbitte*》　――187

『良き信仰 *Der gute Glaube*』　――39, 89
『世の喝采 *Menschenbeifall*』　――88, 89
『夜の歌 *Nachtgesänge*』　――34, 40, 90
《四分三三秒 *4'33"*》　――57, 203

ら　行

『ライン河 *Der Rhein*』　――23, 33
『ランダウアーに *An Landauer*』　――33

《リア *Lear*》　――214
『理想的な大転換は…… *Löst sich nicht die idealische Katastrophe...*』　――141, 159, 163, 164

『ルイーゼ•ナストに *An Louise Nast*』　――27
『ルブレ様に *Dem gnädigsten Herrn von Lebret*』　――35

は　行

『ハイデルベルク *Heidelberg*』　――31, 33, 90, 169
『罰の概念について *Über den Begriff der Strafe*』　――30
『パトモス *Patmos*』　――34, 44
《ハリウッド歌曲集 *Hollywooder Liederbuch*》　――170, 228
『春 *Der Frühling*』　――196
「ハルトの片隅 *Der Winkel von Hardt*」　――40
『判断と存在 *Urteil und Sein*』／『存在、判断…… *Seyn, Urtheil...*』　――30, 118, 159
『パンと葡萄酒 *Brot und Wein*』　――33, 78

『悲劇的な詩人は…… *Der tragische Dichter...*』　――141, 164
『美に寄せる讃歌 *Hymne an die Schönheit*』　――103
『ヒュペーリオン――ギリシャの隠者 *Hyperion oder Der Eremit in Griechenland*』
――31, 32, 44, 50, 88, 98, 99, 120, 121, 132, 136, 140, 143, 145, 160, 195, 204, 237
『ヒュペーリオン *Hyperion*』(断片)　――31, 108, 158, 163
『ヒュペーリオンの運命の歌 *Hyperions Schicksalslied*』　――48, 52, 192
《ヒュペーリオンの運命の歌 *Hyperions Schicksalslied*》　――49
『表現とことばのためのヒント *Wink für die Darstellung und Sprache*』　――21, 114, 134, 136, 139, 140, 237, 238
『ヒント』　→『表現とことばのためのヒント』

《二つの歌 *Zwei Gesänge*》作品 1　――229
『冬 *Der Winter*』　――23, 88, 196
《冬の旅 *Winterreise*》作品 89 (D 911)　――81
『ふるまい方』　→『詩的精神のふるまい方について』
《プロメテオ、島二 b: 神話（ヘルダーリン）*Prometeo, Isola 2b: Mitologia* (*Hölderlin*)》
――192

『平和 *Der Frieden*』　――169
『平和の祭 *Friedensfeier*』　――34
《ヘルダーリン歌曲集 *Hölderlin – Lieder*》　――54, 243
《ヘルダーリン＝断章 *Hölderlin-Fragmente*》　――65, 169, 171, 216, 217, 228, 239
《ヘルダーリンの詩による歌曲集 *Lieder und Gesänge nach Dichtungen von Friedrich Hölderlin*》　――53
『ヘルモクラテスからケパロスへ *Hemokrates an Cephalus*』　――30
『ヘロ *Hero*』　――23, 29, 35

『祖先の絵 *Das Ahnenbild*』 ——90
『ソフォクレス *Sophokles*』 ——169
『存在、判断……』 →『判断と存在』

た 行

『太陽の神に *Dem Sonnengott*』 ——23
〈黄昏 *Zwielicht*〉作品 39•10 ——232
《断ち切られた歌 *Il canto sospeso*》 ——193
『多島海 *Der Archipelagus*』 ——33
《断章—静寂、ディオティーマに *Fragmente – Stille, An Diotima*》 ——22, 55, 192, 195-197, 203, 227, 230, 241

『追想 *Andenken*』 ——34
〈追想 *Andenken*〉 ——169
『ツィンマーに *An Zimmern*』 ——35
『月夜 *Mondnacht*』 ——51, 64, 90

『ディオティーマ *Diotima*』 ——39, 195
『ディオティーマに *An Diotima*』 ——39
『ディオティーマを悼むメノーンの嘆き *Menons Klagen um Diotima*』 ——39, 228
『テュービンゲン城 *Burg Tübingen*』 ——41

『ドイツ人に *An die Deutschen*』 ——90
『ドイツ人の心が歌う *Gesang des Deutschen*』 ——23, 169
『遠くから *Wenn aus der Ferne*』 ——195

な 行

『嘆き　ステラに *Klagen Au Stella*』 ——27
『夏 *Der Sommer*』 ——196
「涙 *Tränen*」 ——40

『……に *An*』 ——217
『日没 *Sonnenuntergang*』 ——187
《日没 *Sonnenuntergang*》 ——187

「年齢 *Lebensalter*」 ——40

さ 行

〈さすらい *Das Wandern*〉 ——81
『さすらい人 *Der Wanderer*』 ——164
『さすらい人の夜の歌 *Wandrers Nachtlied*』 ——78
《さすらい人の夜の歌 II *Wanderers Nachtlied II*》 ——74

『詩学の図式 *Poetologische Tafeln*』 ——141, 159, 164
《四季 *Jahreszeiten*》 ——243
『詩作の様々な様式について *Über die verschiednen Arten, zu dichten*』 ——107, 163
『詩作の様式の違いについて *Über den Unterschied der Dichtarten*』 ——163, 164
『詩作様式の混合 *Mischung der Dichtarten*』 ——140, 163
『詩人がひとたび精神を操ることができるなら』 →『詩的精神のふるまい方について』
《詩人の恋 *Dichterliebe*》 ——92
『詩人の使命 *Dichterberuf*』 ——33
『詩人の勇気 *Dichtermut*』 ——90
『自然と技芸 *Natur und Kunst*』 ——33
『時代の本 *Die Bücher der Zeiten*』 ——29
『詩的精神のふるまい方について *Über die Verfahrungsweise des poetischen Geistes*』/『詩人がひとたび精神を操ることができるなら *Wenn der Dichter einmal des Geistes mächtig*』 ——21, 98-100, 102, 107, 108, 132, 133, 140-142, 154, 164, 235, 237
『詩においては…… *Die Empfindung spricht...*』 ——163, 164
《謝肉祭 *Carnaval*》作品 9 ——85
『シュトゥットガルト *Stuttgard*』 ——33
『抒情的な、見かけによれば理想的な詩は…… *Das lyrische dem Schein nach idealische Gedicht...*』 ——143, 163, 164

《スカルダネッリ=チクルス *Scardanelli-Zyklus*》 ——55

『省察』 →『アフォリズム』
『静寂 *Die Stille*』 ——27
〈聖なる流れ、ライン河で *Im Rhein, im heiligen Strome*〉作品 48•6 ——232
『生の享受 *Lebensgenuß*』 ——88
『生の行路 *Lebenslauf*』 ——90
「生の半ば *Hälfte des Lebens*」 ——34, 40, 60, 61, 63, 78, 98, 228

『ソクラテスとアルキビアデス *Sokrates und Alcibiades*』 ——88, 89, 190

『オイディプス王 *Oedipus der Tyrann*』 ——44, 59, 147
『オイディプスへの註釈 *Anmerkungen zum Oedipus*』 ——58
〈思い出 *Erinnerung*〉 ——169
『音調の交替 *Wechsel der Töne*』 ——140, 159, 163, 164

か　行

『賢い助言者たちに *An die klugen Ratgeber*』 ——164
『樫の木 *Die Eichbäume*』 ——207
〈風は暖かい *Warm die Lüfte*〉 ——57
「ガニュメデス *Ganymed*」 ——40
『彼女の快癒 *Ihre Genesung*』 ——39, 90
『彼女の守護霊に *An ihren Genius*』 ——39

『帰郷 *Heimkunft*』 ——23, 33, 98
〈期待 *Erwartung*〉作品 2•1 ——185
「希望に寄せて *An die Hoffnung*」 ——40, 169, 171, 181
〈希望に寄せて *An die Hoffnung*〉 ——22, 169, 171, 239
《キャバレーソング *Brettl-Lieder*》 ——229
《浄められた夜 *Verklärte Nacht*》 ——185

「ケイローン *Chiron*」 ——40
『月桂冠 *Der Lorbeer*』 ——27
『結婚前のエミーリエ *Emilie vor ihrem Brauttag*』 ——195
『ゲルマニア *Germanien*』 ——33
《厳粛なる歌 *Ernste Gesänge*》 ——169
《幻想曲 *Fantasie*》作品 17 ——85

交響曲第 6 番《田園 *Pastorale*》 ——84
《五月の夜 *Die Mainacht*》作品 43•2 ——51
『故郷 *Heimat*』 ——216
〈故郷 *Die Heimat*〉 ——169
『故郷への帰還 *Rückkehr in die Heimat*』 ——33
《故郷への帰還 *Rückkehr in die Heimat*》 ——49

作品名索引

詩、音楽作品およびヘルダーリンの文芸作品

あ　行

『愛し合う者 *Die Liebenden*』 ――39, 89
《暁の歌 *Gesänge der Frühe*》 ――50, 89, 243
『秋 *Der Herbst*』 ――196
『あたかも祭りの日のように…… *Wie wenn am Feiertage...*』 ――32, 99, 228
《アデライーデ *Adelaide*》作品 46 ――51
《アナクレオン流断章 *Anakreontische Fragmente*》 ――228
〈あなたのことを歌いたい *Singen möcht ich von Dir*〉 ――22, 225, 227, 241
『アフォリズム *Aphorismen*』／『省察 *Reflexionen*』 ――101, 131-133, 154
《アリアとカンツォーナ *Aria e Canzona*》 ――217
『あるこどもの死に寄せて *Auf den Tod eines Kindes*』 ――35
『あるこどもの誕生に寄せて *Auf die Geburt eines Kindes*』 ――35
『アルプスの麓で歌う *Unter den Alpen gesungen*』 ――33
〈ある町に寄せて *An eine Stadt*〉 ――169
『アンティゴネ *Antigonä*』 ――44, 59, 165
『アンティゴネへの註釈 *Anmerkungen zur Antigonä*』 ――58

《五つの詩 *Fünf Gedichte*》 ――219
《糸を紡ぐグレートヒェン *Gretchen am Spinnrade*》作品 2（D 118） ――81
『「イリアス」について一言 *Ein Wort über die Iliade*』 ――141

「内気 *Blödigkeit*」 ――40, 90
《美しき水車小屋の娘 *Die schöne Müllerin*》作品 25（D 795） ――81, 92, 185
「ウルカヌス *Vulkan*」 ――40
『運命 *Das Schicksal*』 ――31, 88
《運命の歌 *Schicksalslied*》作品 54 ――48, 52, 170

『エーテルに寄せて *An den Äther*』 ――164
『エレギー *Elegie*』 ――228
〈エレギー 1943 年 *Elegie 1943*〉 ――169
『エンペドクレスの死 *Der Tod des Empedokles*』 ――32, 98, 99, 216

や　行

ヤング　Edward Young　——27

ら　行

ライマン　Aribert Reimann　——22, 49, 214-217, 219, 221, 224, 227, 231, 232, 241, 242
ランダウアー　Christian Landauer　——33, 37

リーム　Wolfgang Rihm　——49, 214
リゲティ　Ligeti György　——49

ローゼンツヴァイク　Franz Rosenzweig　——39

ブラームス　Johannes Brahms　――48, 51-53, 55, 69, 232
プラトナー　Ernst Platner　――30
プラトン　Plato　――121, 160, 161
フランツ　Michael Franz　――108, 157, 158
フレーリッヒ　Theodor Fröhlich　――49
ブレヒト　Bertolt Brecht　――169, 170, 228

ヘーゲル　Georg Theodor Friedrich Hegel　――28, 29, 39, 80, 94, 99, 103, 108, 120, 158
ベートーヴェン　Ludwig van Beethoven　――50, 51, 69, 84-86, 89, 94, 192, 193, 229
ペッゲラー　Otto Pöggeler　――39
ベッティーナ・フォン・アルニム　Bettina von Arnim　――48-50, 147
ペトラルカ　Francesco Petrarca　――185
ヘラクレイトス　Herakleitos　――120, 121, 123, 237
ヘリングラート　Norbert von Hellingrath　――44, 45, 64-67, 78, 90
ベルク　Alban Berg　――57, 66
ヘルティー　Ludwig Hölty　――51
ベルトー　Pierre Bertaux　――21, 40, 96, 97, 154, 157, 194, 219, 235, 238
ベンゲル　Johann Albrecht Bengel　――28
ヘンツェ　Hans Werner Henze　――49
ベンヤミン　Walter Benjamin　――45

ホフマン　Ernst Theodor Amadeus Hoffmann　――85
ホリガー　Heinz Holliger　――55, 243, 245

ま　行

マーゲナウ　Rudolf Friedrich Heinrich Magenau　――28
マーラー　Gustav Mahler　――54, 83, 94
マッティソン　Friedrich von Matthison　――51

ミュラー　Wilhelm Müller　――81

メーテルリンク　Maurice Maeterlinck　――186, 231
メーリケ　Eduard Mörike　――28

た 行

チクセントミハイ　Mihaly Csikszentmihalyi ——132, 162

ツィンカーナーゲル　Franz Zinkernagel ——44, 154
ツィンマー　Ernst Zimmer ——38
ツェラン　Paul Celan ——215, 216, 219
ツェルター　Carl Friedrich Zelter ——75
ツムシュテーク Johann Rudolf Zumsteeg ——36

ディットリッヒ　Paul Heinz Dittrich ——55
デーメル　Richard Dehmel ——185
デュロン　Friedrich Ludwig Dülon ——37, 40, 41, 165

な 行

ナスト　Immanuel Nast ——36

ニートハンマー　Friedrich Immanuel Niethammer ——30

ノイファー　Christian Ludwig Neuffer ——28, 32, 125, 135, 164
ノヴァーリス　Novalis ——30
ノーノ　Luigi Nono ——22, 47, 49, 55, 191, 192, 194-197, 201-204, 206, 208, 214, 227, 230-232, 240, 241

は 行

バイスナー　Friedrich Beißner ——45
ハインゼ　Wilhelm Heinse ——32, 39, 145-150, 165
ハウアー　Joseph Matthias Hauer ——53

ビンダー　Wolfgang Binder ——23
ピンダロス　Pindaros ——27, 28, 65, 78, 146

フィヒテ　Johann Gottlieb Fichte ——30, 99
ブーレーズ　Pierre Boulez ——191, 214
プファイデラー　Christoph Friedrich Pfeiderer ——108
フュッスル　Karl Heinz Füssl ——53

ケージ　John Cage　——57, 89, 203, 204
ゲーテ　Johann Wolfgang von Goethe　——30, 70, 74-79, 81, 165, 215, 231
ゲオルギアーデス　Thrasybulos Georgios Georgiades　——21, 73-80, 83, 93, 184, 215, 216, 234, 235
ゲオルゲ　Stefan George　——186, 187, 191
ケプラー　Johannes Kepler　——28
ケラー　Gottfried Keller　——185

コマ　Karl Michael Komma　——53

さ　行

ザットラー　Dietrich Eberhard Sattler　——45, 107, 116, 154, 181, 230

シェーンベルク　Arnold Schönberg　22, 49, 53, 66, 90, 169, 183-187, 190, 191, 215, 228, 229, 239, 240
シェリング　Friedrich Wilhelm Joseph von Schelling　——28, 30, 39, 99, 108, 157, 158
シャルロッテ・フォン・カルプ（フォン・カルプ家）　Charlotte von Kalb　——29, 30
ジャン・パウル　Jean Paul　——85
シューバルト　Christian Friedrich Daniel Schubart　——27-29
シューベルト　Franz Peter Schubert　——74-77, 79-81, 83, 87, 92, 183-185, 234, 242
シューマッハー　Gerhard Schuhmacher　——18, 23, 37, 41, 193
シューマン　Robert Schumann　——50, 51, 56, 75, 85, 86, 92, 94, 232
シュトイドリーン　Gotthold Friedrich Stäudlin　——28, 44
シュトックハウゼン　Karlheinz Stockhausen　——191, 214
シュトラウス　Richard Strauss　——54
シュルツ　Robert Schurz　——67, 68, 90
シュレーゲル　Karl Wilhelm Friedrich Schlegel　——30, 85
シラー　Friedrich Schiller　——27, 30, 31, 36, 99, 103, 155, 158, 164, 165
ジンクレーア　Isaac von Sinclair　——31, 39, 126

ズゼッテ（ゴンタルト家）　Susette Gontard　——32, 34, 37, 145
ストラヴィンスキー　Igor Strawinsky　——68, 91

ソフォクレス　Sophokles　——34, 38, 44, 63, 146, 165
ソンディ　Peter Szondi　——88, 228

人名索引

あ 行

アイスラー　Hanns Eisler　——22, 49, 65, 169-171, 174, 175, 182, 183, 228, 239, 240
アイヒェンドルフ　Joseph von Eichendorff　——18, 51, 64
青木誠之　——40, 160
アドルノ　Theodor W. Adorno　——45, 62, 66-68, 78, 90, 96
アルベルト　Claudia Albert　——228

ウェーベルン　Anton Webern　——65
ウォリネン　Charles Wuorinen　——193
ヴォルフ　Hugo Wolf　——54
ウルマン　Victor Ullmann　——49

エッゲブレヒト　Hans Heinrich Eggebrecht　——21, 79-81, 83, 93, 94, 96, 185, 196, 215, 216, 234, 235

オシアン　Ossian　——27, 28

か 行

ガイアー　Ulrich Gaier　——145, 146, 148, 165, 215
カウフマン　Emil Kauffmann　——49
カント　Immanuel Kant　——99, 103, 105, 130, 156, 161, 162

キャンベル　Victoria Campbell　——18, 23
キルマイヤー　Wilhelm Killmayer　——23, 53, 243, 245

クセナキス　Iannis Xenakis　——193
クナウプ　Michael Knaupp　——113, 156
クルターク　Kurtág György　——49
クロイツァー　Johann Kreuzer　——128, 160
クロップシュトック　Friedrich Gottlieb Klopstock　——27, 28

子安《こやす》ゆかり

東京都出身。ピアニスト、武蔵野音楽大学専任講師。お茶の水女子大学、玉川大学、早稲田大学非常勤講師。武蔵野音楽大学卒業、ケルン音楽大学大学院修了（歌曲演奏法）。ケルン総合大学哲学部を経て、東京大学大学院総合文化研究科博士課程修了。博士（学術）。専門分野は表象文化論、音楽学、ドイツ詩。共著に『貴志康一と音楽の近代』（青弓社）、論文に「20世紀音楽に共振するヘルダーリンの詩法」（『言語情報科学』第7号）、「付曲するとは、いかなる行為であるのか——Vertonenをめぐる一考察」（『武蔵野音楽大学研究紀要』第47号）など。ピアニストとしての活動も盛んであり演奏会多数、CD「岩の上の羊飼い」（MM1216）リリース。

聴くヘルダーリン／聴かれるヘルダーリン

詩作行為における「おと」

刊　行　2019年3月

著　者　子安ゆかり

刊行者　清 藤　洋

刊行所　書 肆 心 水

135-0016 東京都江東区東陽 6-2-27-1308
www.shoshi-shinsui.com
電話 03-6677-0101

ISBN978-4-906917-89-1 C0098

―既刊書―

シンフォニア・パトグラフィカ

現代音楽の病跡学

小林聡幸著

精神構造体としての作曲家の姿

クラシック音楽フリークの精神科医がひらく、音楽批評＋病跡学（パトグラフィー）の新領野。20世紀クラシック音楽作曲界を病跡学的に広く見渡したイントロダクションと、8人の作曲家を個別詳細に論じる8つの章。各章に音盤紹介を附す。ヤナーチェク、ロット、バルトーク、ランゴー、ペッテション、ナンカロウ、ツィンマーマン（B. A.）、シュニトケ。2009年日本病跡学会賞受賞。

5000円（税別）